Fleur Australe

Géraldine Danon

Fleur Australe

ARTHAUD

87, quai Panhard-et-Levassor
75647 Paris Cedex 13

ISBN : 978-2-0812-7017-6

« Soyez amoureuses, soyez mystérieuses
et vous serez heureuses. »
Sur la maison de Paul Gauguin, aux Marquises

Sommaire

Cap au sud

La Polynésie ou les étoiles voyageuses

Cap au sud

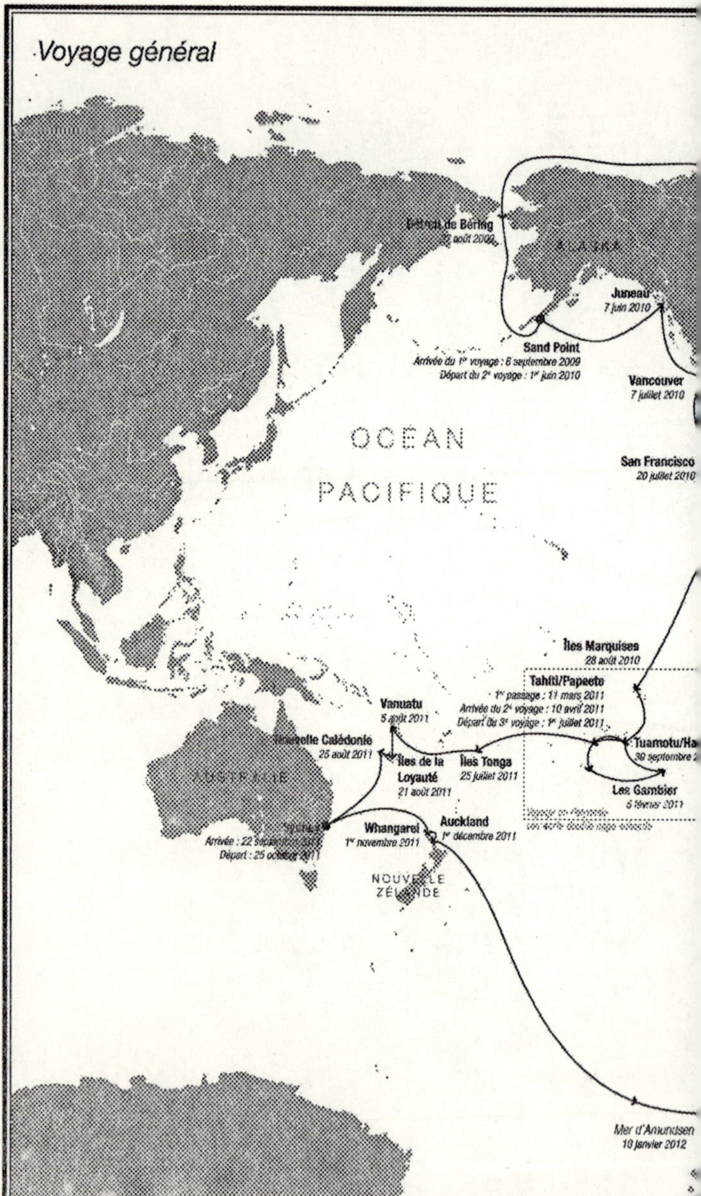
Voyage général
de Béring
Juneau
7 juin 2010
Sand Point
Arrivée du 1er voyage : 6 septembre 2009
Départ du 2e voyage : 1er juin 2010
Vancouver
7 juillet 2010
San Francisco
20 juillet 2010
OCÉAN
PACIFIQUE
Îles Marquises
28 août 2010
Tahiti/Papeete
1er passage : 11 mars 2011
Arrivée du 2e voyage : 10 avril 2011
Départ du 3e voyage : 1er juillet 2011
Les Gambier
Vanuatu
Calédonie
25 août 2011
Îles de la
Loyauté
21 août 2011
Îles Tonga
25 juillet 2011
Whangarei
1er novembre 2011
Auckland
1er décembre 2011
Arrivée : 22
Départ : 25
Mer d'Amundsen
10 janvier 2012

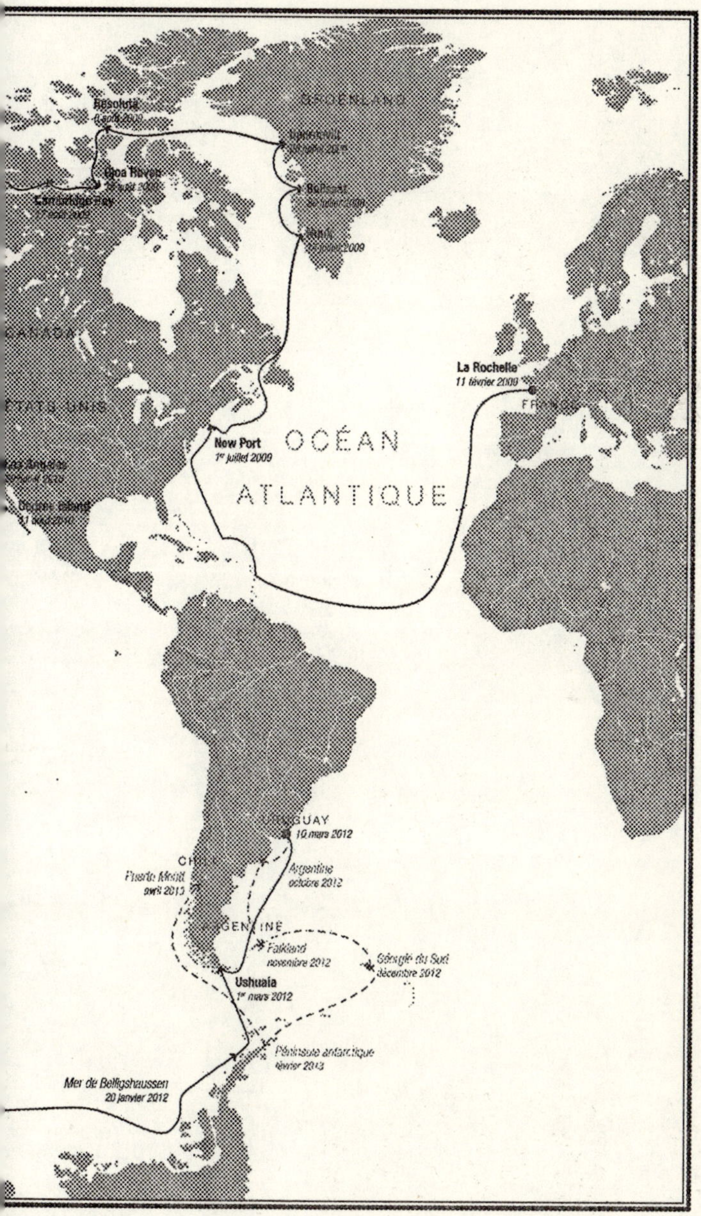
GROENLAND
Resolute
CANADA
ÉTATS-UNIS
La Rochelle
11 février 2009
FRANCE
New Port
1er juillet 2009
OCÉAN
ATLANTIQUE
URUGUAY
10 mars 2012
Argentine
octobre 2012
Puerto Montt
avril 2013
ARGENTINE
Falkland
novembre 2012
Géorgie du Sud
décembre 2012
Ushuaia
1er mars 2012
Péninsule antarctique
février 2013
Mer de Bellingshausen
20 janvier 2012

Le départ : vers les glaciers

C'est fou comme, en prenant de l'altitude, tout semble soudain s'éclaircir. J'avais déjà observé ce phénomène pendant notre passage du Nord-Ouest, l'été dernier. En grimpant au nid-de-pie, la situation m'apparaissait plus fluide, moins désespérée. Nous étions enfermés dans un labyrinthe de glace. On ne distinguait aucune issue, mais d'en haut, il m'arrivait de voir une tache bleue, loin, très loin dans ce désert de glace.

Je suis dans le poste de pilotage d'un Airbus avec mon fils, Loup. Nous volons vers l'Alaska. C'est cette même route que nous avons parcourue avec notre voilier, *Fleur Australe*, il y a quelques mois. Nous avons bataillé durement contre cette banquise pour atteindre le Pacifique. D'ici, pourtant, tout semble si simple. La calotte du Groenland, l'inlandsis, est bien visible, comme une couronne de fleurs blanches sur sa chevelure argentée. Les méandres du désert lacté paraissent avoir un sens, tel un puzzle reconstitué, dont seul le ciel aurait le secret. Les pièces s'assemblent, elles se rejoignent miraculeusement. Elles sont reliées par une petite fissure, une faille dans l'immaculée pampa, stigmate de ce réchauffement climatique qui préoccupe tant les scientifiques.

La famille est au complet : Nina, treize ans, Loup, dix ans, Laura, trois ans, et Marion, deux ans. Ils ont un peu grandi depuis le dernier voyage. Je suis accompagnée de Kate, que nous avons rencontrée aux Antilles. Elle me donnera un coup de main à bord. Le capitaine, mon époux, Philou, est parti il y a une quinzaine de jours avec Denis, l'équipier instituteur, et Beti, notre jack russell. Il a retrouvé *Fleur Australe* à Sand Point, où nous l'avions laissée pour l'hiver après le passage du Nord-Ouest. Il faut la caréner, la préparer pour de nouvelles aventures.

Nous atterrissons à Juneau, la capitale de l'Alaska, après un long voyage. Ici, les vols intérieurs sont soumis aux conditions météo. Ils sont souvent annulés, mais les longues heures d'attente ne surprennent personne. Tout juste débarqués, nous sentons le souffle de l'aventure qui vient réveiller nos corps engourdis. Nous y sommes ! Je vois le sourire de mes enfants malgré le vent glacé et je sais que nous sommes repartis pour un tour.

En arrivant au motel, je reçois un e-mail de Philou me prévenant qu'une tempête dans le golfe de l'Alaska les a contraints à s'arrêter à Kodiak, en attendant une meilleure plage météo. Ils ne seront pas là avant quelques jours. Nous sommes impatients de retrouver la *Fleur*, de reprendre la mer et nos habitudes à bord. La perspective de ces nouveaux horizons nous enchante.

Dès le lendemain, un hélicoptère jaune nous mène sur le Mendenhall Glacier pour une balade en traîneau à chiens. Même Marion est là, qui se cramponne pour ne pas tomber. Je distingue à peine son visage, enfoui dans sa petite combinaison rose, et les bottes qu'on lui a prêtées pour l'occasion semblent lui remonter jusqu'au nombril. Le paysage est grandiose, c'est l'Alaska dans toute sa splendeur. L'attelage est composé de seize chiens, des huskies, qui nous font dévaler à toute allure les pentes vertigineuses et immaculées. C'est féerique ! Les enfants n'en croient pas leurs yeux ! Laura me demande si c'est ici que le Père Noël habite. Nous sommes au cœur de l'Alaska, plongés dans une autre dimension. Le glacier est omniprésent à Juneau. Je comprends très vite qu'il est l'âme de cette ville. D'immenses paquebots déversent chaque jour des flots de touristes à l'assaut de ses glaciers et de ses trésors cachés. L'or et la pierre sont ses principales ressources, ainsi que la pêche et le tourisme. Mais dès que l'on s'éloigne du port, on plonge immédiatement dans le vif de cette nature sauvage, brute, forte, démesurée. Nous n'oublierons jamais cette balade en traîneau sur le glacier, les hurlements des chiens et la magie des lieux.

À peine le temps de nous acclimater, nous apercevons *Fleur Australe*, toutes voiles dehors, qui fait son entrée dans le charmant port de pêche d'Auke Bay. En la voyant s'approcher, mon cœur se serre. Voilà bientôt un mois que Philou et moi sommes séparés, alors que nous n'avons pas passé plus d'une semaine l'un sans l'autre depuis notre rencontre il y a six ans.

Je me souviens de ce jour de septembre où nos destinées se sont croisées pour la première fois. Il faisait très chaud, l'été jouait les prolongations. Un parfum de résine de pin et de jasmin flottait dans l'air. La ravissante mairie de Porquerolles était pleine à craquer pour célébrer le mariage de ma chère amie, Florence Arthaud. J'avais enfilé mes chaussures bleues à talons hauts, assorties à ma robe. Je portais mon panama d'Équateur si fin qu'on pouvait le rouler dans un étui à cigares. Au milieu de cette foule, mon regard s'est posé sur une nuque. Elle était légèrement hâlée, traversée par trois petits plis charnus, comme ceux des bébés, potelés, charmants, tendres, à croquer. Il s'en dégageait une tendresse infinie. J'avais envie de m'y perdre, de m'y noyer. C'étaient des plis d'amour, de volupté, de compassion. Lorsque cette nuque s'est retournée, j'ai découvert le sourire d'un homme, comme un croissant de lune dans un ciel étoilé. Il remontait jusqu'à ses yeux, deux fentes vertes, rieuses, espiègles. J'ai su dès le premier instant que j'avais trouvé ma moitié, ma « part de l'autre », celui qui comblerait mes manques, épouserait mes formes, remplirait mes failles. Celui dont on parle dans les livres et que l'on ne rencontre qu'une fois dans sa vie. C'est dans les vignes qu'il m'a enlacée pour la première fois. La lune était pleine. Arcturus veillait sur nous. Ces bras-là, je les attendais depuis toujours. Ils étaient forts, solides, protecteurs, ronds comme ce monde que nous n'allions pas tarder à parcourir. Depuis ce jour, nous ne nous sommes pas quittés.

Aujourd'hui, je filme notre petite tribu, Loup, Nina, Laura, Marion, qui court sur le ponton tandis que la *Fleur* s'approche du quai. Il pleut des trombes d'eau. L'équipage est désormais au complet. *Fleur Australe* peut voguer vers de nouveaux horizons. Le capitaine est ému.

L'Alaska : terre sauvage

La salle d'attente du vétérinaire est spacieuse, les immenses baies vitrées donnent sur une forêt de pins à perte de vue. Avant de reprendre la mer, il nous faut en avoir le cœur net : Beti a pris des formes, ses mamelons sont gonflés. Philou me dit l'avoir mise au régime depuis quelques jours, mais je ne suis pas sûre que son surpoids soit dû à un quelconque excès de nourriture… Le vétérinaire, un barbu que l'on imagine sans peine au secours d'un ours brun, rentre dans la salle, un grand sourire aux lèvres. « *Congratulations ! You will have three puppies*[1] ! » annonce-t-il au capitaine consterné. Je ne peux m'empêcher d'éclater de rire en voyant l'œil dépité de Philou.

Deux jours plus tard, alors que nous sommes en pleine mer en direction de Glacier Bay, réserve nationale, Beti met bas sous le regard attendri de nos quatre enfants. L'équipage s'est agrandi, trois adorables chiots avec deux taches noires autour des yeux tiennent maintenant compagnie à nos gentils diablotins. Nous ne saurons jamais qui est le père, ce qui donnera l'occasion au patron du motel où nous séjournions d'exprimer une opinion toute

1. « Félicitations ! Vous allez accueillir trois chiots ! »

personnelle : « *She's like the women in Alaska, never know who's the father*[1] ! »

Glacier Bay est un long fjord dont les ramifications débouchent sur des glaciers. C'est l'une des plus importantes réserves classées par l'Unesco. Elle s'étend sur cinquante milles de long. Une vingtaine de petites îles abritent des colonies de loutres, d'otaries, de lions de mer et des dizaines d'espèces d'oiseaux : martins-pêcheurs, guillemots, puffins, sternes, cormorans, aigles. La mer respire, le souffle des baleines à bosse et des rorquals surgit des profondeurs, leurs queues graciles virevoltent dans les airs, comme un hymne à la vie. Deux dauphins louvoient dans notre sillage. Philou parcourt la réglementation en matière de pêche en Alaska. Nous avons une licence qui nous autorise à pêcher une semaine sur le territoire. On peut tout prendre (saumon, flétan) sauf le *king crab*, interdit aux non-résidents. L'essentiel est qu'on ait le droit de le manger, car c'est mon péché mignon ! Le frigo est d'ailleurs rempli de grosses pattes de crabe achetées au supermarché de Juneau.

Il y a encore deux cent cinquante ans, Glacier Bay n'était qu'une rivière de glace de deux cents kilomètres de long. Aujourd'hui, nous naviguons sur ce glacier, qui s'est retiré vers le nord. Il reste douze petits glaciers vers lesquels nous voguons toutes voiles dehors.

Le paysage peu à peu se transforme, les sommets enneigés dominent les immenses forêts d'épicéas. Des glaciers à la verticale, des dénivelés vertigineux, des sommets de près de cinq mille mètres. Nous sommes au pied de l'Himalaya, en bateau… Sur le rivage, une maman ours et son ourson nous observent. Les premiers *growlers*[2] ne tardent pas à apparaître. Je retrouve cette sensation angoissante, mais terriblement excitante, de la navigation

1. « Elle est comme les femmes d'Alaska, vous ne pouvez jamais savoir qui est le père ! »

2. Petits icebergs.

dans les glaces. Je regarde Philou, je sais que l'on se comprend. Lorsque l'on goûte à ces navigations, on n'a de cesse de vouloir y revenir.

Nous mouillons au pied du Margerie Glacier et commençons son ascension. Nous grimpons parmi les amas morainiques. Dès que nous le pouvons, nous débarquons et prenons de la hauteur. La *Fleur* repose, solitaire et élégante, dans ce paysage glaciaire.

Le glacier vêle des icebergs qui se brisent en milliers de petits diamants au contact de la mer. Nous traquons les baleines à bosse avec nos appareils photo ; c'est à celui qui obtiendra le meilleur cliché. Nous relâchons dans la baie de North Sandy Cove. Deux grizzlis nous observent tandis qu'un arc-en-ciel fait sourire le ciel.

Les chiots grandissent chaque jour et commencent à poser quelques soucis domestiques. Les enfants ne veulent pas entendre parler de les donner, surtout Loup. De toute façon, il n'est pas question de s'en séparer avant qu'ils soient sevrés. Nous avons organisé une petite cérémonie pour les baptiser : les deux mâles sont nommés Geronimo et Juneau, en hommage à leur « presque lieu de naissance » et la femelle est appelée Maya. Beti a déjà récupéré sa ligne de jeune fille. L'équipage reprend ses habitudes ; Denis, qui s'est vite amariné, fait l'école aux deux grands. Il est instituteur à Nantes. Nina va entrer en troisième et Loup en sixième, quant à Laura, elle a commencé hier sa maternelle. Pas facile de faire travailler ce petit monde. Marion court partout, elle a l'air heureuse de retrouver son univers. C'est sur le bateau qu'elle a fait ses premiers pas, dans le golfe d'Amundsen, en plein océan Arctique. Philou a ressorti le gennaker. Nous l'avions rangé au Groenland, lorsque les nuits étaient revenues, après plus d'un mois de jour continu, afin d'installer le projecteur à sa place avant d'attaquer la dernière partie du passage du Nord-Ouest.

Nous faisons une halte au village de Hoonah. L'unique bar est tenu par deux Indiennes qui font au moins cent kilos chacune. Au mur sont accrochées une peau d'ours noire et une peau de chèvre des montagnes ; il y a même leurs têtes. À la vue de ces deux bêtes aplaties sur un mur, Marion part dans une crise de pleurs que j'ai bien du mal à calmer.

Nous filons vers Petersburg, par le Icy Channel, une autoroute bien confortable bordée d'une magistrale forêt de sapins dominés par des monts enneigés. Petersburg, sur l'île Mitkof, est un des plus jolis villages d'Alaska du Sud. Il abrite une importante colonie de loups. À l'entrée du port, un groupe de lions de mer devise bruyamment sur une bouée de chenal, tandis qu'un hydravion se pose. Il est fréquent par ici de se déplacer en hydravion. Nous profitons de cette dernière escale en Alaska pour faire le plein de succulentes conserves de saumon frais.

Ce soir, la lumière est dorée. La mer est si calme que l'on pourrait croire que l'on navigue sur une rivière. Le reflet de la *Fleur* nous suit nonchalamment. Quelques cabanes sur pilotis longent le rivage, d'autres sont cachées au fond des bois. On aperçoit aussi de superbes maisons, toutes en bois. Chacune arbore un ponton, un petit bateau et la plupart possèdent un hydravion. Quelques barques de pêcheurs glissent sur l'eau. Loup joue à l'Indien sur le pont, il s'invente des histoires de cow-boys. C'est un plaisir de filmer un paysage comme celui-là.

Nous relâchons à Salmon Bay pour dormir quelques heures. Au réveil, deux biches peu farouches traversent la baie à la nage. Nous relevons les casiers que nous avons posés la veille. Seule une grosse étoile de mer s'est fait prendre, ce qui déclenche l'hilarité générale. Le capitaine a acheté à peu près tout ce qui se fait en matière de leurres pour piéger les crustacés, mais ni son beurre à tartiner ni ses diverses ruses de Sioux n'ont suffi à appâter le dieu homard ou le moindre petit crabe. À ce jour, nous sommes bredouilles !

L'Alaska : terre sauvage

Nous jouissons pleinement de ces dernières heures passées en Alaska. Fini les monts enneigés, les growlers, la banquise et les icebergs. Nous descendons vers le sud. C'est avec une grande émotion que nous quittons ce territoire grandiose. C'est ici que nous avons achevé le passage du Nord-Ouest. La *Fleur* nous a attendus un long hiver, et c'est encore ici qu'a débuté notre nouvelle expédition, du pôle Nord au pôle Sud. Je sais que nous y reviendrons un jour.

Gwaii Haanas : les îles de beauté

Nous ne sommes plus protégés par les canaux, la mer est en colère. Nous retrouvons les joies du mal de mer, surtout Marion et Loup. Le bateau est à la gîte, par vingt-cinq nœuds de vent. Nous sommes dans le Clarence Strait. À bâbord, il me semble apercevoir une énorme baleine ; je cours chercher mon téléobjectif, mais découvre bien vite qu'il s'agit en fait d'un sous-marin et de son « chien de garde » qui s'interpose aussitôt. Appel VHF : ils nous demandent fermement de nous dérouter et de passer dans leur ouest. Nous virons de bord immédiatement.

Les chiots sont entassés dans une petite caisse, la pauvre Maya complètement écrasée par ses frères. Marion regarde un film dans sa bannette, elle a l'air d'aller mieux. Dans la cabine avant, lorsque la mer est grosse, on se croirait sur des montagnes russes. Nous avons la houle de face et cela rend cette cabine impraticable. En traversée, la plupart du temps, sauf calme plat, je dors dans la bannette arrière avec les deux petites.

Nous marchons à quatre nœuds contre la mer, le vent et le courant. Au loin, nous apercevons les premières îles canadiennes. Le vent a molli. Quelques cargos émergent de la brume comme des vaisseaux fantômes, plusieurs bateaux de pêche aussi. Une petite pluie fine et pénétrante vient parfaire ce paysage lugubre. C'est normal, car nous arrivons à Prince Rupert, la « ville arc-en-ciel », celle où il pleut le plus au Canada. Treize mille personnes vivent dans ce port en eau profonde, port de pêche et de commerce. Dans le village de Cow Bay[1], tout est à l'effigie des vaches. Vu la taille des gâteaux au chocolat, je ne devrais pas tarder à me fondre dans le paysage si nous tardons trop par ici.

Il pleut sans discontinuer. Les journées passées au port sont très pénibles. Les enfants tournent en rond dans le bateau, s'excitent et se chamaillent. Le ton monte. À mesure que la journée avance, la bande-son s'amplifie pour devenir insupportable le soir venu. Nous avons de charmants voisins canadiens de Vancouver qui ont cassé leur hélice sur un haut-fond. Ils nous ont offert du *halibut* (flétan), nombreux dans ces eaux. L'Alaska et le Canada se disputent les zones de pêche. Philou a enfin réussi à télécharger les cartes du Canada. Il avait quelques problèmes informatiques et je le sentais inquiet à ce sujet. La région est truffée de petits chenaux parsemés de récifs. Certains passages sont très étroits. Il est indispensable d'avoir des cartes précises.

Je regarde mon capitaine, il a l'air heureux. Ces quelques mois passés à Paris à faire la promotion du livre que j'ai écrit sur notre voyage dans le Grand Nord, et à chercher de l'argent pour la suite de nos aventures, commençaient à lui peser. Il était temps que cela s'arrête. Les marins aiment bien la ville… seulement si ça ne dure pas trop longtemps. Philou ne déroge pas à la règle. Je dois dire que moi aussi je suis contente d'avoir pris le large. Comme les marins, j'aime beaucoup la ville, mais à dose homéopathique. La vie en mer me convient à merveille, car j'apprécie par-dessus tout d'être en mouvement : arriver, partir, et qu'entre ces deux moments l'espace soit

1. La « baie des vaches ».

intense et de courte durée. Nous avons un rythme soutenu qui ne laisse du temps ni à la routine ni à l'ennui.

À peine arrivés, déjà repartis.

De violentes rafales résonnent dans le bateau. Un fort vent de sud nous oblige à mouiller pour la nuit dans Useless Bay[1]. Au petit matin, nous débarquons sur la belle plage recouverte de bois flotté. L'eau est très claire, la température a considérablement monté, 12 °C, ça nous change des 3 °C de l'Arctique ! L'air est chaud et il fait doux.

Derrière de grands cèdres rouges aux troncs centenaires, nous découvrons un atelier aux allures de scierie, un grand potager, une serre et quelques superbes rosiers rapportés des îles de la Reine-Charlotte. Un couple sort d'une petite cabane en bois, avec leur fils âgé d'une vingtaine d'années. Trois chiens les escortent ainsi que quelques chèvres. Ils sont du nord de l'Amérique et vivent là depuis 1980, en autarcie totale. Ils font même leur fromage et leur vin. Les chiens sont là pour les protéger des loups, très nombreux. Ils n'ont pas croisé d'ours depuis quelques années, mais il y en a justement un qui rôde depuis une semaine. Ils ont été contraints de se remettre au travail, en 1996, lorsque le gouvernement a décidé de réglementer la pêche au saumon. Les quatre mois autorisés se sont transformés en quatre jours par an. Ils ont repris leur métier d'enseignants à Petite Diomède, une petite île située entre la Russie et les États-Unis, au milieu du détroit de Béring. Nous étions passés devant l'année dernière, mais sans nous y arrêter car il fallait payer cent dollars par personne pour débarquer. Lorsqu'ils apprennent que nous avons fait le passage du Nord-Ouest, leur regard s'allume et les questions fusent. Le passage exerce une réelle fascination sur ces populations. Nos deux Américains ont passé plus de dix ans à Petite

1. La « baie inutile ».

Diomède avant de retrouver leur paradis. « Il y a trente ans, il y avait plus de deux cents bateaux dans la baie, ça allait jusqu'à Prince Rupert. En Alaska, la pêche au saumon est autorisée, le gouvernement ici a fait une grave erreur ! » lance le père de famille avant de retourner à son atelier pour scier des planches colossales qui laissent Philou rêveur. « Du cèdre rouge de plus de trois cents ans et de l'épicéa parfait pour les mâts de bateau », précise-t-il.

Le vent a légèrement faibli, nous allons pouvoir appareiller en direction des îles de la Reine-Charlotte. Nous sommes dans la réserve du parc national des Gwaii Haanas, site du patrimoine haïda. Nous accostons un bateau de pêche. À son bord, un Canadien échoué sur l'île depuis 1980 et un Haïda pure souche, peu affable et beau comme un dieu. Au bord de cet océan Pacifique qui regorge de vie, les montagnes enneigées jaillissent de la forêt pluviale luxuriante et les anses paisibles contrastent avec la rudesse des îlots rocheux. Les îles de la Reine-Charlotte sont officiellement appelées Haïda Gwaii, ce qui signifie les « îles du peuple », dans la langue des Haïdas. Elles comptent à peine cinq mille habitants pour un archipel de cent cinquante îles situées à l'ouest du plateau continental. La culture haïda unit son peuple à la terre et à la mer depuis plus de douze mille ans. Nous sommes très vite passionnés par l'histoire de ce peuple si anciennement enraciné, modèle de relation harmonieuse entre l'homme et les éléments, puisque le principe même de la tradition haïda est de considérer que les humains font partie intégrante de la nature. Les Gwaii Haanas sont extrêmement protégés. Le gouvernement du Canada et le Conseil de la nation haïda travaillent à la création d'une réserve marine, ainsi le site sera préservé depuis ses plus hauts sommets jusqu'aux profondeurs de son territoire marin. Nous apprenons peu à peu à comprendre et à respecter leurs valeurs spirituelles et leurs rites sacrés. Ils ont réussi à sauver leur écosystème, leurs traditions, leur langue et leur individualité dans un monde où tout se perd. Leur Dieu, Raven, a fait jaillir la vie des profondeurs. Devant chaque maison, on aperçoit leurs immenses totems sculptés dans le bois. Ils sont faits pour être vus de loin et indiquer qui habite le lieu. Au sommet, il y a l'emblème du chef de famille, puis vient son épouse et sa descendance. Les Haïdas se déplacent encore sur de superbes pirogues creusées dans des troncs et peintes à la main. L'emblème des Gwaii Haanas représente une loutre de mer et un oursin. Ils ont choisi ces deux créatures à cause de leur importance dans l'histoire de l'île. La loutre de mer contrôlait les populations d'oursins ; c'est une espèce qui se nourrit de laminaires, elle assure l'abondance de cette algue et le fourmillement de la vie dans la forêt alentour. La disparition de la loutre de mer à l'époque du commerce des fourrures a perturbé l'équilibre naturel entre les espèces, et la santé de la forêt de laminaires s'est trouvée menacée.

Il faut un permis pour visiter les îles de Beauté à l'extrémité sud des îles de la Reine-Charlotte. Après avoir suivi une courte formation pour apprendre les règles à respecter ainsi que l'histoire de cette réserve, notre licence en poche, nous faisons cap sur les cinq plus anciens villages haïdas.

En sortant du port, je m'aperçois que nous avons oublié Kate et Marion à terre. Elles étaient parties se promener et nous avons levé l'ancre en pensant qu'elles étaient à bord. Avec les jumelles, je les observe sur le pont. Kate fait de grands gestes, tandis que mon petit bout de chou semble déconcertée et quelque peu inquiète. De retour au port, pour nous faire oublier cet épisode fâcheux, notre charmant voisin nous offre un délicieux saumon sockeye, à la chair rouge, que je prépare en sashimi.

Les monts San Cristobal forment l'épine dorsale des Gawaii Haanas, ils atteignent mille cent vingt-trois mètres au mont de la Touche. On estime qu'un million et demi d'oiseaux nichent le long de ces îles. La plupart d'entre eux ont élu domicile aux Gwaii Haanas. L'archipel étant situé sur la voie migratoire du Pacifique, des douzaines d'oiseaux migrateurs y font escale au printemps et à l'automne. Bon nombre d'espèces continentales ordinaires sont absentes de ces îles, ou bien se sont transformées en sous-espèces uniques, comme l'ours noir, la martre des pins, la souris sylvestre et l'hermine. D'autres espèces comme le cerf, l'écureuil, le castor ou le rat ont été introduites récemment et s'y trouvent en grand nombre, au détriment de la végétation et de la faune indigènes.

Chaque apparition des ours est une véritable fête. Nous relâchons à Hot Springs, l'île des sources thermales. L'équipage est ravi d'aller barboter dans ces piscines naturelles. C'est à la suite d'un affrontement entre le Conseil national haïda et l'industrie forestière que le Conseil de la nation et le gouvernement du Canada ont négocié cette entente pour classer les Gwaii Haanas réserve nationale. La forêt que nous traversons pour aller aux sources est particulièrement dense ; elle semble « habitée » par l'esprit des Haïdas. Des troncs colossaux, recouverts de mousse et de lichen, sont couchés sur le sol. On se croirait dans la forêt de Brocéliande. Celle-ci est considérée comme l'île de l'abondance, car elle procurait de l'eau, de la nourriture, mais c'était aussi un lieu pour guérir et nourrir le corps et l'âme. Cette forêt est définitivement chargée de symboles. Le soleil s'infiltre à travers les arbres dressés comme des menhirs. Ils semblent communier avec le ciel. Pour les Haïdas, il n'existe aucune frontière entre le monde naturel et le monde spirituel. De nombreuses histoires circulent à propos d'êtres venus d'un autre monde qui se transforment en humains.

Nous sommes accueillis par une gardienne du site. Elle nous mène jusqu'aux sources chaudes. Les enfants sont ravis. L'eau thermale ne vient pas de la mer, même si sa teneur en sels minéraux lui donne un goût salé. C'est de l'eau de pluie qui se fraie un chemin à travers les fissures du roc jusqu'à un réservoir d'eau tiède. Nous barbotons un long moment, passant de la mer à 11 °C aux divins bains d'eau brûlante. Nous rentrons au coucher du soleil. C'est l'heure où les chauves-souris de Keen quittent leur gîte pour aller chercher de la nourriture pour leurs petits. Leurs oreilles font plus d'un quart de leur corps. Des coquillages, disposés minutieusement sur la terre, nous indiquent le chemin du retour.

Les Haïdas sont en relation directe avec la mer, le ciel et la forêt. À marcher sur les traces de leurs ancêtres, nous ressentons cette fusion, au plus profond de nos êtres.

Le lendemain, nous rejoignons le village de Sgang Gwaay, site classé au patrimoine mondial de l'Unesco. L'île abrite les seules ruines au monde d'un village traditionnel des premières nations de la côte nord-ouest. Sur la plage, des dizaines de mâts héraldiques trônent solennellement. Certains sont érigés en mémoire d'un défunt dont les restes sont enfouis ailleurs ou dont le corps a disparu en mer. D'autres sont juste là pour raconter la généalogie d'une famille. Il y a aussi des mâts mortuaires : le cercueil dans lequel reposait le défunt était placé au sommet du mât. Ces totems étaient réservés à l'élite. Sgang Gwaay est un lieu sacré pour les Haïdas. Les restes de leurs ancêtres et leurs esprits s'y trouvent encore.

À l'époque des premiers Européens, les épidémies ont décimé les Haïdas. Ils sont passés de vingt mille à cinq cents à la fin du XIXe siècle. Les morts furent enterrés ici, dans ces mâts, dans la terre ou dans des cavernes.

Nous regagnons la *Fleur* sous la pluie, émus. Nous foulons une terre sacrée. Nous marchons doucement à travers la forêt d'épicéas. Le vent souffle fort. Pour une fois, les enfants sont tranquilles…

BBC : Beautiful British Columbia[1]

Un vent de sud de plus de trente nœuds fait gîter la *Fleur*. Nous sommes au près[2]. Les grains se succèdent. Marion est malade, puis c'est au tour de Laura de vomir. Nous sommes toutes les trois entassées dans la bannette arrière. Je déteste voir mes enfants souffrir du mal de mer. Philou enroule le génois et hisse la trinquette. Impossible de trouver le sommeil. Je sors les bracelets en laine que j'ai achetés avant de partir, une pastille est censée appuyer sur un point d'acupuncture pour soulager le mal de mer. Malheureusement, ils n'ont aucune efficacité sur mes deux princesses. Elles vomissent de plus belle. Marion est encore toute petite et n'est pas bien grosse. Je souffre de la voir ainsi se vider. Je les oblige à boire pour lutter contre la déshydratation mais, dans ces moments-là, il est bien difficile de leur faire entendre raison. C'est au tour de Loup de s'approprier le seau. Le mal de mer finit par me gagner, je suis barbouillée. Des nuits comme celles-ci, on se demande pourquoi on s'inflige ce genre d'épreuves. Mais ces questions s'envolent aussitôt que la mer s'apaise et qu'elle nous offre le spectacle merveilleux des nuits

1. Belle Colombie-Britannique.
2. Le vent de face.

étoilées et la satisfaction tranquille d'après tempête. Kate souffre beaucoup du mal de mer. En traversée, elle ne m'est d'aucune aide, ni avec les petits ni avec le reste. Elle ne bouge pas de sa bannette.

Nous sommes maintenant à cinquante milles de l'île de Vancouver. Nous relâchons dans une baie abritée pour déjeuner. Le paysage a radicalement changé, on pourrait se croire aux Antilles, dans les îles Vierges, la brume et le ciel gris mis à part. On aperçoit des roches escarpées, de gros cailloux, une superbe plage de sable blanc avec un long ponton en bois flotté qui semble surgir de nulle part. L'eau est claire. Il pleut des trombes. Vers trois heures du matin, nous rentrons dans Port Hardy, sur l'île de Vancouver. La nuit est d'un noir profond. Nous manquons de percuter les billes de bois flottantes amarrées au milieu du port. Le lendemain matin, nous découvrirons les troncs de bois reliés par des câbles en acier, en attendant l'arrivée du cargo qui les transportera vers un grand port. Avec la pêche, l'exploitation forestière est l'une des ressources principales de Port Hardy. Après avoir acheté des grosses crevettes à un pêcheur, nous débarquons.

Dès nos premiers pas à terre, nous croisons un ours noir. Il passe sous le pont, à la sortie de la rivière, en plein village. Cela ne surprend plus personne. Je me souviens de notre premier ours blanc à la sortie de Resolute, pendant le passage du Nord-Ouest. Nous n'en croyions pas nos yeux. Nous étions restés des heures à espérer qu'il réapparaisse, mais le seigneur de l'Arctique sait se faire désirer. Depuis l'Alaska, les ours font partie intégrante de notre paysage. Nous en avons aperçu des dizaines, avec chaque fois le même ravissement. Lorsque nous allons marcher, Philou prend ses fusées de détresse au cas où il y en aurait un qui s'approche de trop près. Les autorités nous ont conseillé l'extrême prudence. Ne pas laisser traîner de nourriture, ne pas faire trop de bruit, et surtout ne jamais leur tourner le dos en cas de rencontre. Il faut rester vigilant. Les enfants ne se promènent jamais seuls.

Port Hardy, c'est vraiment l'idée que l'on se fait du Canada. Les billes de bois sur l'eau, les ours, les forêts immenses, les hydravions, la pêche au saumon, tout y est ! J'ai même croisé un beau bûcheron avec une barbe et une chemise à carreaux. Philou me confie qu'il rêve depuis longtemps de venir dans ces régions. Il est heureux de voir la *Fleur* au mouillage dans ce petit port de pêche. Nous en avons parcouru des milles pour arriver jusqu'ici. Nous avons vu nos premiers ours, notre première aurore boréale, croisé des phoques, des morses, des baleines, des narvals, des dauphins et des centaines d'icebergs. La banquise a bien failli nous garder. Aujourd'hui, le capitaine et moi savourons l'instant et profitons de ces quelques moments de calme avant de reprendre la mer et de poursuivre notre descente vers le sud.

Dès le lendemain, nous embouquons le détroit de la Reine-Charlotte pour nous engager dans les fjords de la Colombie-Britannique. Les baies et les îles se succèdent. Le courant est très fort. La mer est polie comme un miroir. Les forêts de sapins s'y admirent sur des milles et des milles. Rien ne semble troubler la quiétude de ces lieux féeriques. Des cheveux d'ange flottent gracieusement sur les branches. Quelques gouttes de pluie, légères, font des ricochets sur l'eau. Les cumulus sont suspendus sur les sommets enneigés. La grâce a dû vampiriser l'atmosphère d'un coup de baguette magique. C'est tout à la fois fort et extrêmement délicat. Nous pénétrons dans le Mackensie Sound. Le soleil s'infiltre subrepticement et vient caresser la *Fleur* de sa douceur.

Soudain, tout s'accélère, nous arrivons sur des rapides. La *Fleur* se fait brasser, un nuage d'embruns nous enveloppe de sa fraîcheur vivifiante. Nous évitons les tourbillons de peu et débouchons sur une petite baie idyllique qui abrite le ravissant lodge de Nimmo Bay. Nous accostons au petit ponton. L'habitation est fermée, seul le propriétaire s'y trouve. Il nous reçoit avec beaucoup de gentillesse. Dans l'après-midi, il emmène toute la famille faire un grande excursion en kayak. Loup et Nina sont aux anges. Nous profitons de la cascade gelée et du bain bouillonnant. Il n'y a rien que j'aime mieux que passer d'un bain d'eau glacée à un bain d'eau brûlante. Notre hôte nous met en garde contre le grand nombre d'ours bruns qui rôdent dans les parages. Deux chiens sont là pour nous protéger de ces plantigrades.

Le lodge est magnifique. Il est tout en bois. Les propriétaires produisent leur propre électricité grâce à la cascade – pas de générateur, pas de pollution, un silence absolu… Nous sommes invités à dîner au coin du feu. C'est l'escale rêvée. Un petit paradis rien que pour nous.

Le lendemain, à l'aube, Peter, un des meilleurs pilotes d'hélicoptère de Colombie-Britannique, nous fait découvrir les trésors de ces vallées profondes. Nous plongeons au cœur des cascades, pénétrons à l'intérieur des fjords, rasons les glaciers immaculés. Peter est impressionnant, il pilote depuis quarante ans. Il connaît la région par cœur. Nous oublions bien vite son hélicoptère et rêvons que nous avons des ailes. Il se pose partout. Le rotor frôle les arbres. Les embruns des cascades nous éclaboussent. Nous effleurons les falaises, que l'on appelle ici les palettes de peintre tant leurs couleurs sont variées et éclatantes. Dans notre casque, Peter diffuse l'*Alleluia* de Jeff Buckley, histoire de se sentir encore un peu plus proche du ciel. Il se pose au pied du Sarsalla Glacier, plonge dans la cascade de Brian (Brian's Falls), s'insère dans les chutes de Mabs (Mabs Falls), puis finit par se poser sur Clearwater, au centre des rapides et des tourbillons d'eau. Il nous demande une extrême prudence. L'année dernière, un Indien de huit ans s'est fait aspirer par le maelström, il a perdu la vie… Il improvise enfin un repas léger au pied de ces chutes vertigineuses. Pour clore cette journée merveilleuse, je me baigne avec Nina et Loup dans un lac à

5 °C ; c'est là que les saumons reviennent frayer en août, après un long voyage en mer. Philou pêche notre premier saumon (*coho salmon*). Cette balade dans les airs restera un grand moment de notre voyage. Nous sommes envoûtés. Ce jour-là plus que jamais, notre cœur palpite au rythme de l'univers. Comme le peuple haïda, nous sommes chaque jour un peu plus liés au ciel, à la mer, à la forêt. Dans cette communion, nous ressentons une paix intérieure, une mystérieuse harmonie qui fait tourner la terre et nous avec elle.

Nous appareillons dans la nuit, des images plein les yeux. Le temps est venu de filer vers la capitale. Vers cinq heures du matin, alors que nous tentons de franchir le Hopetown Passage, la *Fleur* talonne. Le passage est très étroit et peu profond. Les cartes ne sont pas précises. La *Fleur* s'échoue. Philou relève la quille et tente de faire marche arrière. La marée descend, il faut faire vite. Le capitaine finit par nous délivrer. Nous contournons l'île Watson. Nous doublons bientôt un campement indien. La roche est lisse, polie, car nous sommes dans d'anciennes vallées glaciaires.

Les chiots grandissent à vue d'œil. Ils ont ouvert les yeux et commencent à marcher. Beti les délaisse de plus en plus ; elle est fatiguée par les nombreuses tétées. Loup s'en occupe beaucoup. Nous les sortons dans le cockpit deux ou trois fois par jour ; le reste du temps, ils sont dans une caisse dans l'atelier du capitaine. Ils représentent désormais une source de conflit. Philou les trouve encombrants. Il faut sans cesse nettoyer leurs excréments, cela devient compliqué de les garder.

Il fait de moins en moins froid, le ciel est d'un bleu limpide. Voilà longtemps que nous n'avions pas eu aussi chaud, c'est bien agréable !

Le capitaine tourne la barre rapidement dans un sens puis dans l'autre, nous sommes dans le Devil's Hole (le trou du Diable), en plein milieu des tourbillons. La mer a perdu la raison, elle semble en proie à toutes sortes de tourments. Nous rencontrons d'autres maelströms, quelques milles plus loin, les Arran Rapids. Le paysage est spectaculaire. Nous profitons de ce temps clément pour prendre notre premier bain de mer. Plus nous approchons de Vancouver, plus la côte est habitée. Nous apercevons d'élégantes demeures avec leurs yachts à moteur au bout du ponton. L'ambiance est très maritime, des bouées de casiers servent de décoration aux somptueuses propriétés. Le Royal Vancouver Yacht Club, ainsi que celui de Seattle, ont élu domicile ici, dans la baie de Pender Harbour. C'est le lieu de villégiature des Canadiens fortunés de Vancouver.

« Ancouver ! Ancouver ! » s'exclame Laura en découvrant les premiers gratte-ciel. C'est la troisième grande ville dans laquelle nous arrivons en bateau et c'est toujours le même plaisir. Je me souviens de notre première escale, à Lisbonne, après une navigation houleuse dans le golfe de Gascogne. Ma première traversée. La capitale du Portugal m'était apparue dans toute sa splendeur, comme la lumière au bout du chemin. Je n'oublierai jamais cette tour de Belém au lever du soleil. Je crois que j'ai vraiment attrapé le virus de la navigation ce jour-là, avec la joie d'arriver, d'apercevoir la terre qui se dessine à l'horizon après de longues journées de mer. Nous avions ressenti cette même euphorie en atteignant New York, au terme d'une pénible traversée depuis les Turks-et-Caicos. Quel bonheur de pénétrer dans cette mégapole hyperactive après avoir passé des semaines à regarder la mer et à guetter le moindre signe de vie à l'horizon. Je me souviendrai toujours du regard émerveillé des enfants lorsque nous sommes entrés dans North Cove Marina, en plein centre-ville, au pied des buildings. Je retrouve aujourd'hui cette même sensation en accostant au quai de notre petite marina, Coal Harbour, située aussi au cœur de la ville.

Vancouver est la troisième ville du Canada, avec deux millions et demi d'habitants. Le maire s'est donné comme objectif d'en faire la ville la plus verte du monde d'ici à 2020. Les enfants sont pressés de débarquer et de se mêler à l'agitation ambiante. Ils ont tous envie de quelque chose. Cela va des bonbons pour les petites aux baskets Converse pour Nina.

Dès que nous mettons pied à terre, nous tombons sous le charme de Vancouver et de ses habitants. Plus de 50 % de la population est asiatique, on l'appelle d'ailleurs « Hongcouver ». Cela tombe bien : je rêve d'un bon restaurant japonais. La ville est d'une propreté rare, les taxis sont en partie électriques. Nous arpentons les rues pendant de longues heures. À travers la superbe forêt, les gratte-ciel réfléchissent leur lumière argentée. Vancouver est un subtil mélange de nature et de ville, prouvant que performance et progrès peuvent parfaitement cohabiter harmonieusement avec écologie et respect de l'environnement.

Je filme notre expédition. Je prends des photos et raconte chaque jour nos aventures sur notre site. Lorsque nous avons voulu unir nos destinées et partir à la conquête de notre belle planète, Philou et moi avons décidé qu'il mettrait sa grande expérience des océans au profit de nos navigations, tandis que je relaterais nos voyages à travers les films, l'écriture et la photo. Ensemble, nous prenons le pouls de la planète, relevons la température des océans, et envoyons régulièrement des « bulletins de santé » aux scientifiques (comme avec l'Ifremer[1]), essayant modestement d'apporter notre contribu-

1. L'Institut français de recherche pour l'exploitation de la mer (Ifremer) contribue, par ses travaux et expertises, à la connaissance des océans et de leurs ressources, à la surveillance du milieu marin et du littoral et au développement durable des activités maritimes. À ces fins, il conçoit et met en œuvre des outils d'observation, d'expérimentation et de surveillance, et gère des bases de données océanographiques.

tion à la recherche. Nous sommes équipés de capteurs, placés à l'arrière de la *Fleur*, qui mesurent et enregistrent la température et la salinité de l'eau, ainsi que la date et l'heure. Les scientifiques peuvent ensuite mettre ces données en corrélation avec celles relevées par satellite. Nous servons aussi de station mobile à Météo France, pour qui nous faisons des relevés quotidiens de vent, de mer, de couverture nuageuse et de pression atmosphérique. Les parcours que nous choisissons sont peu empruntés. Préparer une expédition, affréter un bateau pour aller sur le terrain coûte très cher. Lorsque nous avons décidé de partir à la conquête du passage du Nord-Ouest, il nous a fallu trouver des partenaires. Fleury Michon, le fidèle sponsor de Philou durant toutes ses « années course », nous a bien aidés, et GDF-Suez est venu également nous soutenir pour la suite de nos missions en devenant notre partenaire principal.

Aujourd'hui, j'ai rendez-vous au Musée maritime pour tourner un sujet. Le bâtiment a été construit autour du *Saint Roch*, le célèbre bateau d'Henry Larsen. Le toit en forme de pyramide permet d'abriter les mâts du navire. De 1940 à 1942, le *Saint Roch* a effectué le passage du Nord-Ouest en traversant l'Arctique, de Vancouver à Halifax. Il a mis vingt-sept mois à accomplir ce voyage. Larsen a hiverné dans la baie Pasley, où nous avions relâché. Nous avions lu ses aventures lors de nos navigations en Arctique l'année dernière. En 1944, il effectua le passage dans l'autre sens, en empruntant une route plus au nord que nous, plus directe aussi. Nous n'avions pas pu la prendre, car elle était complètement obstruée par la glace. Il a réussi l'exploit de mener à bien ce voyage en quatre-vingt-six jours seulement. Philou s'intéresse de près à la construction de ce bateau à moteur de trente mètres, avec deux mâts d'appoint. Ce n'est pas un brise-glace, mais il a été conçu, comme la *Fleur*, pour résister à la pression de la banquise. Sa double coque est faite de sapin de Douglas, elle est protégée par des plaques en acier, et ses flancs sont recouverts de planches d'eucalyptus, ce qui l'empêche d'être râpée par la glace. Sa coque arrondie lui permet de se soulever lorsque les glaces font pression. Le *Saint Roch* a passé vingt et un étés et douze hivers dans l'océan Arctique, il patrouillait le long de la côte ouest de l'Arctique canadien. Il ravitaillait les postes de police et transportait quelques passagers. Il passait parfois l'hiver ancré, en toute sécurité, dans une baie d'où les policiers partaient en traîneau à chiens rendre visite aux Inuits. Ils enquêtaient sur les crimes qui avaient eu lieu, faisaient respecter les lois sur la chasse et veillaient au bien-être des Inuits. C'est le premier bateau à avoir fait le tour du continent nord-américain par le canal de Panamá avant de rejoindre Vancouver en 1944. Le *Saint Roch* fut ensuite retiré du service actif. Le gouvernement du Canada le restaura pour lui restituer son aspect d'origine. En grimpant sur le pont, on se croirait en pleine expédition : des traîneaux, des chiens empaillés, un morse. Il y a un safran de secours qu'il pouvait changer seul en mer. Nous observons les moindres détails : poste d'équipage, carré, cuisine, cabine du capitaine Larsen, celle du radiotélégraphiste et celle des deux ingénieurs, tout y est, même les cirés et les brosses à dents. Il y avait onze membres d'équipage au total.

Pour regagner notre bord, nous décidons de prendre le ferry qui nous promène dans la False River, au pied des gratte-ciel, puis nous prenons le Sky Train jusqu'au centre-ville où se trouve notre petite marina. Il flotte dans l'air de Vancouver un indéniable parfum de légèreté et de bien-être. Après avoir profité de tout le confort que peut nous offrir une grande ville (courses, linge, poste, Internet), nous levons l'ancre en direction du village de Sydney, sur l'île de Vancouver.

C'en est vraiment fini cette fois des polaires, doudounes, bonnets et couvertures. Il fait très chaud, le soleil explose sur les tours d'argent. Cela faisait longtemps que la *Fleur* n'avait pas pris un vrai bain de soleil. Demain, elle a rendez-vous au chantier de Canoe Cove Marina pour se refaire une beauté. Sa coque ressemble à un véritable jardin botanique. Il faut la sortir de l'eau, puis procéder au carénage et à l'application d'un nouvel antifouling. Elle sera entre de bonnes mains. Ce chantier nous a été vivement conseillé, il jouit d'une bonne réputation fondée sur quarante ans d'expérience. En France, Philou a fait l'acquisition d'un nouvel appareil qui émet des ultrasons censés empêcher la formation d'algues et d'anatifes. Inoffensif pour l'homme et pour l'environnement, ce système a reçu le prix de la meilleure innovation en Angleterre. On en profitera aussi pour placer la nouvelle hélice avec des pales repliables afin d'aller plus vite. Tout cela devrait améliorer considérablement les performances de la *Fleur* et lui permettre dans le mois qui vient de voler à travers le Pacifique pour rejoindre les Marquises.

L'équipage est joyeux. C'est amusant de voir les enfants torse nu se balader sur le pont, après toutes ces navigations dans les hautes latitudes. L'espace d'un instant, on aurait presque l'impression d'être en vacances en ce début de juillet. Cette soudaine légèreté nous fait du bien à tous. Pour fêter le retour de l'été, nous faisons une petite halte à English Bay et la famille prend un bain de mer au milieu des véliplanchistes et des gros cargos. Des dizaines de voiliers colorés régatent et virent de bord au ras de la *Fleur*. Le spectacle au coucher du soleil est magnifique.

Depuis ce matin, Philou est très tendu, il vaut mieux éviter de lui parler. Je devine à l'observer qu'il redoute ce genre d'exercice. Effectivement, la manœuvre est délicate, on positionne la *Fleur* dans les sangles du *travel lift*, pour la sortir de l'eau doucement avec toujours la crainte que les sangles ne soient pas assez résistantes pour supporter la charge. La *Fleur* pèse la bagatelle de quarante tonnes. Heureusement, tout semble se dérouler parfaitement Nous laissons le capitaine assister aux premiers soins de son navire chéri, tandis que nous sommes accueillis par Ted sur l'îlot privé qui se trouve juste en face. La *Fleur Australe* restera hors de l'eau près d'une semaine. Grâce à une connaissance de mon amie Anne-Sophie Avé, directrice des Armateurs de France, nous avons la chance de faire escale sur une île déserte absolument paradisiaque. Le capitaine pourra donc facilement faire des allers-retours en annexe et choyer son bateau sans pour autant délaisser sa famille. Les enfants sont enchantés par cette escale imprévue et profitent de la magnifique forêt de cèdres rouges pour se défouler. Mis à part les nombreux phoques, on pourrait se croire dans le golfe du Morbihan. Je ne suis pas sûre que Ted s'attendait à voir quatre adultes, quatre enfants et quatre chiens envahir son îlot, mais il fait tout pour nous être agréable. Ce matin, il nous a fait visiter Victoria. La capitale de la Colombie-Britannique abrite trois cent mille âmes. Amarrée à quai dans le très beau port, en plein centre-ville, une réplique du célèbre *Bluenose*, le *Pacific Grace.* Nous avions visité la goélette légendaire à Lunenburg, en Nouvelle-Écosse. Victoria, comme sa grande sœur Vancouver, est un modèle en matière de *green city.* Elle s'est engagée à garantir la neutralité carbone de ses opérations d'ici à 2012. C'est le concept anglo-saxon de « Neutral Carbon » qui consiste à calculer la quantité de CO_2 émise par les transports ou toute autre activité polluante, puis à contribuer financièrement à des actions censées contrebalancer ces émissions.

Dans l'après-midi, nous visitons le Victoria Butterfly Garden. Si « le bonheur appartient aux papillons, aux bulles de savon et à tous ceux qui leur ressemblent[1] », nous avons eu la grande joie de partager celui de ces quelque trois mille lépidoptères qui évoluent en toute liberté dans ce jardin. Ils sont conservés dans un écosystème tropical reconstitué qui répond à des pratiques de

1. Friedrich Nietzsche, *Ainsi parlait Zarathoustra.*

développement durable. Il y en a soixante-quinze espèces, venues de différentes régions. L'élevage des papillons est bénéfique pour l'environnement, notamment pour la culture des arbustes, des fleurs et des arbres. J'ai toujours été fascinée par les papillons. Lorsque j'étais petite, au Sénégal, où nous allions régulièrement car ma mère y est née ainsi qu'une de mes sœurs, je passais mes journées à les guetter. J'aime leur grâce et leur fragilité. Leur durée de vie est d'environ quatre à six semaines. Certains sont « éphémères », ils s'éteignent lorsque la nuit tombe. Il y a les papillons de jour et les papillons de nuit, ceux qui volent vite et vont droit sur leur cible, ceux qui préfèrent butiner d'une fleur à l'autre et prendre le temps de vivre. Quelques-uns se protègent de l'ennemi grâce à l'odeur nauséabonde qu'ils diffusent dans leur sillage. Le soir, ils se baladent en groupe pour plus de sécurité. D'autres laissent aux oiseaux qui tentent de les dévorer un goût épouvantable et de sérieuses douleurs à l'estomac. Nous sommes transportés dans un monde en couleurs, empli de douceur, de légèreté et de poésie.

De retour sur notre îlot, nous avons la mauvaise surprise de ne plus trouver que deux chiots. Maya a disparu. Loup est dans tous ses états. Nous leur avions fait un enclos avec des chaises, mais la coquine a trouvé le moyen de s'échapper. Nous la retrouvons après avoir arpenté l'île en long et en large pendant près d'une heure, cachée sous le trampoline.

Jeff est scientifique, spécialiste des orques. Il les étudie, les identifie et les répertorie. Ce sont les pilotes qui le renseignent sur leurs trajets ; le tuyau vaut de l'or. Les premiers marins décrivaient l'orque comme un gros dauphin, le « dauphin démon » selon Linné. Mais en 1860, on le classe dans un nouveau genre : *Orsinus.* Nous sortons en mer avec Jeff pour tenter de les approcher. Nous naviguons sur son semi-rigide jusqu'à la frontière des États-Unis. Quelques bateaux sont déjà sur place. L'information a dû circuler. Un troupeau d'orques danse autour de nous. Ils frôlent le bateau. Chaque individu se différencie des autres par la morphologie de son aileron dorsal; c'est ce qui permet de suivre sur une période assez longue l'évolution et l'organisation de l'espèce. Ils mesurent entre huit et dix mètres et peuvent atteindre sept cents kilos. Il n'y a pas d'attaque d'homme connue à ce jour.

Philou se souvient d'une course à laquelle il participait, le Triangle atlantique, dans les années 1970; il avait à peine vingt ans. Jérôme Poncet – que l'on connaît pour ses aventures dans le Grand Sud, à bord de *Damien* – était à bord de *Guia III*. Il s'était fait attaquer par des orques juste après l'équateur, dans l'hémisphère Nord. Il disputait la dernière étape, entre Rio et Portsmouth. Les épaulards avaient coulé son bateau en moins de vingt minutes. À l'époque, il n'y avait pas de balises de détresse. Par chance, un cargo les avait repérés et sauvés au bout de quarante-huit heures d'angoisse. C'est Tabarly qui a gagné cette course… On suppose que les orques avaient pris le bateau pour une baleine. On évite de peindre les coques en blanc afin de prévenir toute confusion. Nous observons les orques bondissant hors de l'eau pendant près de deux heures, pour le plus grand bonheur des enfants.

Sur le chemin du retour, nous croisons un *minke whale* (petit rorqual) de plus de douze mètres. C'est rare d'en voir d'aussi gros. La chance est avec nous, les conditions météo sont idéales. Ciel bleu, mer calme, les orques sont au rendez-vous, quelques marsouins de Dall nous escortent. Il est temps pour nous de reprendre la mer. La *Fleur* est prête, toute belle, toute propre. Comme nous, elle est impatiente de filer vers de nouveaux horizons. C'est émouvant de la voir prendre la mer après cette semaine passée dans les airs. Cela me rappelle ce jour de novembre 2008, au chantier des Pinta, à La Rochelle. Marion venait de naître. Il pleuvait à verse. Philou et moi étions particulièrement émus, nous allions enfin pouvoir caresser notre rêve. La *Fleur Australe* touchait l'eau pour la première fois.

Lorsque je demande au capitaine s'il est rassuré de savoir son navire de nouveau dans l'eau, il me répond que nous n'allons pas tarder à être fixés, sa dernière crainte étant que l'hélice soit montée à l'envers…

La Californie : *on the road again*

Latitude 48° 17’ nord. Longitude 124° 56’ ouest. Nous embouquons le détroit de Juan de Fuca, qui sépare l’île de Vancouver de l’État de Washington. Trente nœuds de vent. Une grosse houle de face. Nous marchons à sept nœuds avec des pointes à onze nœuds sur le fond, grâce au courant. À la sortie du détroit, la mer est désordonnée. Des lames de plus de quatre mètres se fracassent sur l’étrave. La houle du Pacifique est soumise aux effets de côte, aux hauts-fonds et aux courants qui déclenchent cette grosse mer perturbée. La *Fleur* tangue et roule à la fois.

Loup est le premier à vomir. Il gît dans le cockpit, allongé par terre, accroché à son seau. Puis c’est au tour de Marion, de Laura et même de Nina qui pourtant n’est pas sujette au mal de mer. Kate et Denis n’y échappent pas non plus. Par chance, je suis épargnée pour cette fois. C’était ma hantise avant le grand départ de 2009, pour moi et pour les enfants. Le papa de Loup[1] m’avait conseillé d’acheter des pilules miracles que l’on ne trouve qu’en Belgique, lui-même ayant subi les affres du mal de mer (ce qui ne l’a pas empêché de remporter quelques-unes des

1. Titouan Lamazou.

courses les plus prestigieuses). Je me suis procuré à peu près tout ce qui peut se faire en la matière, en Europe et dans le monde entier : homéopathie, gélules, bracelets... Malgré toute cette pharmacopée, le redoutable golfe de Gascogne, notre première traversée, ne nous a pas ménagés. Puis nous nous sommes peu à peu amarinés. Je ne pense pas qu'il y ait de remèdes efficaces contre le mal de mer, seule une règle d'or vaut, les trois F : pas froid, pas faim, pas fatigué. C'est sans doute pour cette raison que, contrairement aux autres, je grossis en mer, à force de grignoter.

Ce matin, le bateau des US Coast Guards nous a interpellés. Ils nous ont demandé de longer la côte canadienne de près, car ils effectuaient des exercices militaires avec d'éventuels risques de balles perdues. Nous croisons un bateau de pêche. Philou m'assure que les matelots doivent être dans leurs bannettes à subir les effets du mal de mer. Il prend un ris dans la grand-voile. Nous sommes encore à six cent cinquante milles de San Francisco, au large de toute côte, dans l'océan Pacifique. Marion est malade toute la nuit. Je la change, la douche et nettoie la bannette à plusieurs reprises. Il faut faire attention de ne pas tomber avec elle dans les bras, le bateau est à la gîte. Je suis vigilante. La mer n'a pas l'air de vouloir se calmer. Il y a des creux de plus de sept mètres, des paquets d'eau se déversent sur le pont. Kate ne bouge plus de sa bannette, elle semble le vivre assez mal. Denis résiste. Loup, Nina et Laura ont fini par s'endormir. Pendant ce temps, les chiots font des glissades dans l'atelier.

Ce matin, Philou a pêché deux gros thons d'au moins quinze kilos. Leur chair est tendre et particulièrement succulente. Je retrouve le rythme si particulier des traversées. Après quelques jours de mer, c'est une autre respiration, plus posée. Un rayon de soleil fait scintiller la mer. Le temps n'a plus d'importance, seul compte le mouvement qui nous entraîne, comme un souffle de vie, dans sa vibration joyeuse. À bâbord, un dauphin noir sans aileron dorsal nous escorte, c'est le dauphin à dos lisse boréal. Nous sommes désormais au portant. C'est magnifique ! L'étrave plonge dans la houle, puis bondit comme un cheval sauvage dans un lit d'écume. Le vent du nord s'engouffre dans nos voiles. La *Fleur* est en parfaite harmonie avec la mer et le vent. La mer est blanche, le ciel est d'un bleu éclatant, quelques cumulus humilis flottent à l'horizon. La lune est montante. Ce soir, au menu, steak de thon, assis par terre dans la timonerie. J'aime ces instants rares, violents, purs et simples, d'une esthétique absolue, franche. Cela me rappelle certaines sensations que l'on peut avoir en haute montagne. J'ai passé une partie de mon adolescence en Haute-Savoie. J'allais à l'école le matin et je skiais l'après-midi avec mes camarades de classe. Amoureuse de la mer, je ne peux pourtant pas me passer de la montagne. J'y reviens dès que possible. Loup a d'ailleurs fait sa maternelle et son CP à Avoriaz et à Chamonix avant que je ne rencontre Philou.

Le capitaine est au pied du mât pour prendre un ris, il a fière allure avec son pantalon de marin rouge. Le vent forcit, la *Fleur* part au lof[1]. Le tangon, déjà fragilisé – nous l'avions cassé pendant la traversée de l'Atlantique, puis réparé aux Antilles –, se brise en deux. Les lames sont grosses comme des sommets enneigés. Le vent atteint les quarante nœuds. J'ai bien du mal à me déplacer sur le pont. Les enfants n'ont pas le droit de sortir. Je suis trempée malgré mon ciré et mon pantalon de marin, mais j'aime ça. Le spectacle est unique. Nous sommes trinquette tangonnée et deux ris dans la grand-voile. Nous marchons à neuf nœuds. La température est de 12 °C, le ciel est anthracite, la mer est complètement noire, puis blanche, quand les crêtes meurent.

Loup est encore malade. Mais il supporte le mal de mer avec courage et ne se plaint jamais. Kate n'est pas sortie

1. Remonte vers le vent.

de sa bannette depuis cinq jours ; elle n'a rien avalé. Dieu merci, j'ai enfin trouvé un médicament qui semble efficace sur Marion : le Vogalène en suppositoire. Elle tient le coup grâce à ça. Quel soulagement ! Pendant ce temps, Philou s'harnache pour manœuvrer sur le pont.

Je tente de préparer un gâteau aux marrons, car aujourd'hui c'est l'anniversaire de Nina. C'est le deuxième que nous passons en mer. L'année dernière, nous étions dans la baie de Disco, au Groenland, au milieu de milliers d'icebergs. La vie en mer est ponctuée par les anniversaires et autres fêtes. Ce sont toujours des moments joyeux, et cela permet de garder un pied dans le quotidien. Toutes les occasions sont bonnes pour sortir un bon foie gras envoyé par Titouan depuis son Béarn natal, ou une bouteille de rhum à n'ouvrir qu'à la latitude la plus sud, offerte par Pierre Monsaingeon lors de notre escale à Saint-Barth'… Nina souffle ses quatorze bougies par quarante nœuds de vent, en plein Pacifique. La *Fleur* vole vers San Francisco. Un albatros plane gracieusement audessus de nous.

Les cornes de brume résonnent. Après une semaine de traversée, malmenés par une mer en colère, le mythique Golden Gate Bridge émerge du brouillard comme une invitation à l'aventure. Une goélette louvoie devant la prison d'Alcatraz. Sausalito rayonne à travers la brume. Il me semble y apercevoir la silhouette de Jack London accoudé à un bar. Nous affalons la grand-voile et pénétrons dans la San Francis Marina, qui abrite un très élégant yacht-club. Je découvre les rues vallonnées de San Francisco, leurs vagues aussi grosses que celles de l'océan Pacifique. Je suis transportée en pleine course-poursuite dans une de mes séries préférées sur l'écran noir de mes nuits bleues. Cette ville m'est familière, même si je n'y suis jamais venue. Je m'y sens tout de suite bien. Je suis heureuse d'être arrivée jusqu'ici, en bateau, avec les êtres qui me sont le plus chers. Philou aussi. Il nous fait remarquer qu'il a fallu en traverser, des océans, avant de fouler la terre californienne : l'Atlantique, l'Arctique, et maintenant le Pacifique. « C'est pas de la tarte ! » ajoute-t-il en souriant.

Nous pensions en avoir fini avec les polaires et les bonnets ; c'était oublier qu'à San Francisco il fait aussi froid pendant l'été. Un vent du nord venu du large et une importante couverture nuageuse sont responsables de ces températures particulièrement basses. San Francisco s'enrhume pendant que nous ressortons les cache-nez de la « valise froid », bien enfouie dans la soute avant. Un petit tour à Oakland, la ville de Jack London, pour les formalités douanières. Le port de San Francisco a longtemps été le plus large et le plus fréquenté de la côte occidentale américaine, mais il est désormais détrôné par Los Angeles et Long Beach. Il a été construit à partir de pontons (les Piers) perpendiculaires à la côte. Historiquement, les cargos étaient déchargés par des grues, puis la marchandise était transportée par des hommes vers les hangars sur les quais. Aujourd'hui, les infrastructures portuaires deviennent obsolètes. Les hangars ont été réaménagés en bureaux, centres commerciaux ou espaces d'exposition. Le port de San Francisco concentre des activités de plaisance et de tourisme. C'est le port d'Oakland qui accueille les cargos.

Je suis perdue dans les bas-fonds d'Oakland, seule Blanche à l'horizon, en quête d'une paire de rollers pour Loup. La ville n'a rien à voir avec sa voisine. La population est en majeure partie noire et asiatique. Nous sommes très loin de la blonde peroxydée et bodybuildée que je ne cessais de croiser dans le quartier branché de Marina, où la *Fleur* se repose. Et surtout, le soleil brille de mille feux et il fait chaud. San Francisco prend froid pendant qu'Oakland se dore la pilule. Il n'en demeure pas moins que le charme de San Francisco est inégalable :

son pont, ses Piers, ses docks, sa baie magnifique, ses tramways… C'est une ville éclectique, inspirée et inspirante. Nous arpentons les rues grâce à la ligne F, ligne de tramway historique qui longe la côte. Partant de Market Street, elle relie Fisherman's Warf à Castro en empruntant Embarcadero. Le tramway est composé de vieux wagons de l'entre-deux-guerres provenant des quatre coins du pays. Fisherman's, l'ancien port de pêche, a été transformé en centre commercial. Financial District reste le royaume des banques et des boutiques de luxe. Nous faisons un petit détour par Haight Ashbury, pôle de la culture hippie dans les années 1960, qui a vu fleurir de nombreux mouvements culturels contestataires, parmi lesquels les skinheads et la mode des raves. En 1967, Haight Ashbury a atteint son zénith lors du Summer of Love, mémorable festival hippy qui a attiré plus d'un demi-million de jeunes Américains. Nous passons devant la maison de Jimi Hendrix et Nina prend la pose devant celle de Janis Joplin.

En revenant vers la marina, je m'aperçois que j'ai dû oublier mon ordinateur dans le taxi qui nous a conduits à Financial District ce matin. Nous tentons de nous souvenir à quoi ressemblait la voiture. Il y a les taxis jaunes, les noirs, les bleus. Impossible de se rappeler précisément sa couleur. Je suis désespérée. Toutes mes photos sont enregistrées dedans et je n'ai fait aucune sauvegarde pour l'instant. Nous téléphonons à toutes les compagnies et finissons par nous rendre à l'autre bout de la ville, à la centrale des taxis noirs que nous croyons reconnaître. Aucun d'eux ne se remémore nous avoir pris à côté du yacht-club et surtout personne n'a retrouvé d'ordinateur. De retour à la marina, accablée par mon triste sort et jurant que jamais plus je ne sortirai mon ordinateur du bateau, même pour aller consulter ma messagerie au café, j'ai la bonne surprise de croiser notre taxi du matin qui est à notre recherche. Mes prières ont donc été entendues !

Son véhicule n'était ni noir, ni jaune, ni bleu, mais noir et rouge – ils sont quelques-uns à porter ces couleurs. Ils ne travaillent pour aucune centrale, mais pour leur compte.

Les chiots sont de plus en plus encombrants. Ils suscitent de nombreuses disputes entre Philou et moi, et cela devient pénible pour tout le monde. Les enfants, qui ne veulent pas s'en séparer, font leur possible pour nettoyer, mais c'est très contraignant. Ce matin, Loup, Denis et Nina ont emporté Geronimo dans un petit sac pour tenter de le donner, mais ils sont revenus avec lui. Au moment de passer à l'acte, ils n'ont pas eu le courage.

Nous avons décidé de louer une petite camionnette pour visiter le Yosemite Park et la vallée de la Mort, situés à quelques centaines de kilomètres de San Francisco. À nous la Californie ! Impossible de laisser les chiots. Notre petit camion s'est donc transformé en annexe de la *Fleur Australe* : sacs de couchage, enfants et chiots en folie. C'est l'aventure et c'est comique ! L'Amérique telle qu'on l'imagine. Les ponts, les autoroutes s'entrecroisent. Peu à peu, le paysage se métamorphose : on aperçoit des vergers sur des kilomètres, puis des zones d'élevage. Le relief est de plus en plus vallonné et la terre aride. Elle est jaune, presque rouge par endroits. Les routes sont sinueuses. Dans la voiture, c'est l'enfer. Ce qui est supportable en bateau l'est difficilement, entassés dans cette petite camionnette blanche. Les enfants se chamaillent, les chiots sautent partout, renversent l'eau dans leur caisse, font pipi et j'en passe.

Nous approchons bientôt du parc. On se croirait en plein western : des saloons, des canyons de mille trois cents mètres d'altitude, des falaises de granit de plus de mille cinq cents mètres, des séquoias géants. C'est grandiose, un véritable temple de la nature ! Un panneau nous met même en garde contre les passages d'ours, responsables de vingt-sept accidents de voiture en 2009. Nous traversons des parcelles de forêt totalement brûlées à cause des incendies qui ravagent la Californie. Le parc national du Yosemite, en Sierra Nevada, s'étend sur 3 079 kilomètres carrés. Il a été classé site du patrimoine mondial de l'Unesco en 1984. La tribu Ahwahneechee, installée dans la vallée du Yosemite, était une tribu particulièrement féroce. On les appelait les *yohhe meti*, c'est-à-dire « ceux qui tuent ».

Les falaises de granit qui dominent les canyons sont spectaculaires. Leur formation fait s'interroger les géologues depuis plus de cent ans. Les Indiens d'Amérique rapportent une légende à leur propos : une femme et son mari se disputaient si violemment que les esprits mécontents les transformèrent en pierres : le « Half Dome » et le « North Dome ». Ainsi, ils seraient contraints à se faire face éternellement dans cette vallée. Philou et moi n'avons de cesse de nous chamailler depuis que nous sommes arrivés. Pourvu qu'ils ne nous réduisent pas en pierre ! Qui sait si l'esprit de ce couple ne nous a pas ensorcelés. Je pense plutôt que nous sommes à cran à cause des chiots. Il faut sans cesse changer le papier journal et s'arrêter sur le bord de la route ; les enfants sont insupportables. Denis n'en peut plus de Loup ; quant à Kate, depuis la dernière traversée où elle n'a pas bougé de sa bannette, elle semble inquiète et nerveuse. Elle redoute sans doute la grande navigation entre Los Angeles et les Marquises. Pour couronner le tout, nous sommes le 24 juillet, il y a beaucoup de monde au Yosemite, alors que nous avons pris l'habitude de vivre hors des sentiers battus, seuls au monde, face à la mer ou dans des coins peu fréquentés. Même ce décor titanesque, grandiose, ne parvient pas à m'apaiser. Je me prends à regretter la quiétude de nos journées en mer, passées à guetter le moindre signe de vie à l'horizon.

Heureusement, nous partons à l'aube en direction de Glacier Point, le point le plus haut que nous pouvons atteindre en voiture. Nous descendons de la falaise jusqu'à la vallée. Il n'y a pas âme qui vive. Nous sommes à deux mille sept cents mètres d'altitude. Le grand glacier, Lyell, qui culmine à quatre mille mètres d'altitude, s'étend sur soixante-cinq hectares. Il y a plus de deux mille cinq cents kilomètres de cours d'eau dans les limites du parc et des centaines de lacs d'origine glaciaire. Un grand nombre d'entre eux ont été comblés par des sédiments et se transforment en prairies marécageuses. Autrefois, il y avait un grand lac dans la vallée. La balade à travers la forêt de séquoias est magnifique. Le chemin est sinueux, étroit et très raide, à flanc de montagne. Nous sommes heureux de faire un peu d'exercice, c'est ce qui nous manque le plus pendant les traversées. Avec mon tempérament hyperactif, j'ai peut-être plus que personne besoin de me dépenser pour trouver mon calme.

Le parc abrite également de nombreux glaciers même si le réchauffement climatique tend à les faire disparaître. Ils ont totalement sculpté le paysage, creusé et poli les roches pour les transformer au fil du temps en canyons. L'érosion a éliminé les roches tendres, façonnant le granit en formes vigoureuses, dômes, pics, colonnes. De gros cailloux sont posés en équilibre instable sur la falaise, comme retenus par un fil invisible qui les relierait au ciel. En 1968, les guides du Yosemite déclaraient que le sommet du Half Dome ne serait jamais foulé par des pieds humains. George Anderson a relevé le défi. Il est le premier à avoir atteint le sommet en 1975 ; beaucoup d'autres ont suivi. Aujourd'hui, les grimpeurs viennent du monde entier pour escalader les faces de Granite Cliffs. À mesure que nous descendons, nous devenons d'infimes particules face à ces impressionnantes cathédrales de granit. Même les séquoias géants paraissent tout petits dans ce décor colossal. L'échelle s'est emballée, tout est démesuré. J'ai l'impression d'être Alice au pays des merveilles qui aurait bu une potion magique et ce serait soudain transformée en fourmi. J'aperçois des visages sculptés dans la roche, des sphinx qui nous observent tranquillement, sans doute de grands sages indiens qui veillent sur leur territoire depuis la nuit des temps. Même les cumulus font partie du monde d'en bas. Ils flottent à mi-falaises, on dirait de gros moutons blancs qui tentent de voler jusqu'aux sommets. Il se dégage des lieux une force titanesque, une spiritualité bien palpable. Pour clore notre excursion, nous prenons un bain dans une rivière glacée. Les enfants se laissent dériver dans le courant. Nous avons retrouvé le sourire.

Nous reprenons la route en direction de San Francisco. Nous n'irons pas jusqu'à la vallée de la Mort. De toute façon, la chaleur nous interdirait de sortir de la voiture et la tribu ne supporterait pas vingt heures de voiture de plus, aller et retour ! Le capitaine prend la sage décision d'arrêter là notre expédition à terre et de rejoindre la *Fleur*. Le soleil se couche sur les champs d'éoliennes. Vénus brille. La lune est pleine. D'ici quelques heures, nous retrouverons notre cher bateau. La petite famille est endormie à l'arrière de notre camionnette qui a perdu de sa blancheur.

Nous franchissons le mythique Golden Gate Bridge, le pont suspendu qui marque la jonction entre la baie de San Francisco et l'océan Pacifique et qui relie la ville de San Francisco à celle de Sausalito, située à la pointe sud du comté de Marin. Ce pont est le monument le plus célèbre de San Francisco, il fait partie des sept merveilles du monde moderne. Avec ses mille neuf cent soixante-dix mètres, il fut longtemps le plus long pont au monde, avant d'être supplanté par les deux mille deux cent soixante-dix mètres du Verrazano Narrows Bridge de New York en 1964 – que nous franchissions l'année dernière à la même époque. Passer au-dessous d'un pont en bateau donne toujours l'impression désagréable que les mâts vont rester accrochés.

Nous employons une partie de la journée suivante à visiter Sausalito, tandis que Philou répare le tangon que nous avons cassé pendant la traversée. À l'époque de la prohibition, Sausalito accueillait les tripots qui vendaient de l'alcool. Dans les années 1960-1970, les hippys investirent les lieux et s'installèrent dans des maisons-bateaux faites de bric et de broc. Des péniches rafistolées, plus ou moins sophistiquées, composent ces villages flottants aux superstructures excentriques. Aujourd'hui, la cité s'est embourgeoisée, les loyers ont grimpé, et Sausalito est devenu le fief des bobos qui ont fait fortune dans la Silicon Valley. Mais le village flottant n'a rien perdu de son charme. Il reste toujours aussi original et ses « houseboats » sont uniques en leur genre.

Le tangon est réparé avec un vieux manchon en aluminium que Philou a retrouvé puis riveté. Cela devrait être plus solide que la dernière fois. Il est temps pour nous de lever l'ancre. Nous repassons sous le pont au clair de lune. Des milliers d'étoiles scintillent sur la baie de San Francisco. Bientôt, nous ne sommes plus guidés que par Vénus.

À l'entrée de la baie de Monterey, nous apercevons une baleine. Il y en a beaucoup par ici. Nous repérons leur souffle de loin. Il y a des baleines bleues, des baleines à bosse, des baleines grises et des orques. L'ancienne capitale de la Californie, rendue célèbre par les pêcheurs, les écrivains et les Mexicains, tomba quelque peu en désuétude lorsque la ruée vers l'or attira les populations vers d'autres villes. De nouvelles activités vinrent la réveiller à la fin du XIXe siècle : le tourisme et la pêche, portée par les Chinois et les Italiens. Elle fut alors promue capitale de la sardine, avant que l'industrie ne s'effondre dans les années 1950.

Des centaines de lions de mer devisent bruyamment. Ils sautent hors de l'eau, grimpent sur les pontons, s'y prélassent nonchalamment. C'est l'hystérie au pays des otaries ; le spectacle est unique. Les bateaux doivent se protéger des lions de mer et des loutres de mer qui viennent bronzer sur leurs ponts. Un canyon sous-marin de plus de trois mille mètres rentre dans la baie et permet ainsi à une faune impressionnante de se rassembler dans ces eaux (sardines, maquereaux, calamars, krill...). C'est pourquoi on observe ces nombreuses colonies d'otaries, de lions de mer et de phoques qui plongent à plus de trois cents mètres. Les superbes plages de sable blanc sont rendues impraticables par les centaines de lions de mer qui s'y agglutinent ; l'odeur y est nauséabonde. Ils font un tel vacarme qu'il est impossible de dormir. Monterey jouit d'un climat méditerranéen régulé par la mer ; contrairement à San Francisco, il y fait chaud. La baie est classée réserve nationale – la Monterey Marine National Sanctuary – et abrite un institut biologique.

Nous empruntons le front de mer en direction de Cannery Row[1]. Ce quartier de la sardine qui fit la richesse de la ville fut immortalisé par John Steinbeck dans son premier roman, *Tortilla Flat* (1935), ainsi que dans *Rue de la Sardine* (1945) ou *Le Beau Jeudi* (1954). Nous passons par la maison de Robert L. Stevenson, l'ancienne résidence du percepteur des douanes devenue aujourd'hui pension de famille. L'auteur de *L'Île au trésor* y écrivit une partie de son célèbre roman. Nous marchons sur les traces de nos auteurs préférés. C'est en lisant Stevenson, Melville ou London que j'ai attrapé le virus de l'aventure. J'ai appelé mon fils Loup en hommage au terrible Loup Larsen, héros trouble et charismatique du *Loup des mers* de Jack London. À bord, ces auteurs ont une place de choix dans notre bibliothèque, et Philou comme moi ne nous lassons pas de les relire, en particulier dans le Pacifique où leurs aventures sont nées.

Le Monterey Bay Aquarium est l'un des plus riches au monde, mais nous sommes fin août et fuyons sans tarder lorsque nous apercevons la foule agglutinée devant la caisse.

1. *Cannery* signifie « conserverie » en anglais.

Philou et moi décidons d'aller passer la journée du lendemain en amoureux à Carmel. Nous avons peu de moments à nous, c'est donc l'occasion. Carmel est une élégante petite station balnéaire bordée d'une magnifique plage de sable blanc et fin. C'est le paradis des Américains fortunés, ville préservée, chérie des célébrités. Clint Eastwood en fut le maire entre 1986 et 1988. Il y possède encore deux restaurants et y a réalisé son premier film, *Un frisson dans la nuit*. Nous dînons dans un de ses restaurants. Philou demande à la serveuse si l'idole est dans les parages, celle-ci lui répond aussitôt qu'il n'est pas là ce soir, mais qu'il devrait être là demain. J'ai moi aussi été propriétaire d'un restaurant à Montmartre pendant quelques folles années, et mes serveuses avaient pour consigne de répondre systématiquement à ceux qui me réclamaient que je passerais plus tard. Il se trouve que ce n'était pas tout à fait faux, puisque je jouais chaque soir juste en face, au Ciné Théâtre 13, le cinéma dont Claude Lelouch m'avait confié la destinée et que j'avais transformé en théâtre. Je soupais donc à La Divette du Moulin, mon bistrot, en sortant de scène. Cela ne suffira pourtant pas à nous faire modifier notre programme. Dommage, je suis une fan de l'inspecteur Harry.

C'est justement vers le pays des étoiles que nous filons ce soir, toutes voiles dehors, en guettant les baleines. Los Angeles : la ville de tous les excès. J'y avais passé trois mois de rêve il y a quelques années pour assurer la promotion de *Company Business*, un film que j'avais tourné avec Gene Hackman. Un joli souvenir, très hollywoodien. J'avais été choisie parmi une flopée de jeunes comédiennes pour y interpréter sa fille, qui était aussi la fiancée de son meilleur ami, le danseur étoile Mikhaïl Baryshnikov. Le tournage avait duré près de quatre mois entre Paris, Berlin et les Antilles. Je n'oublierai jamais mon amusement teinté de fierté lorsqu'en arrivant sur le tournage, le premier jour, je vis une chaise à mon nom au milieu de celles de ces deux monstres sacrés. La production me convia pour la sortie. J'étais logée dans un palace sur Sunset Boulevard et invitée chaque soir à des dîners dont le casting rendrait jaloux n'importe quel réalisateur. Cette fois-ci, c'est par la mer et avec ma famille que je découvre la cité des Anges. Je suis heureuse de revenir de cette façon-là dans cette ville où j'ai des souvenirs forts. La jeune actrice en vogue, excessive et tourmentée, est devenue une mère de famille presque posée et tout à fait responsable, qui court le monde avec son époux. Je me sens en phase. Il n'y a rien de pire que les femmes qui courent après leur jeunesse. On peut passer à côté de quelqu'un, d'une ville ou de soi-même, simplement parce que ce n'est pas le bon moment. Il en faut des paramètres réunis pour que le miracle d'une rencontre opère. Je ne pense pas que Philou et moi aurions eu le coup de foudre quelques années auparavant. Inconsciemment, je m'étais préparée à cette rencontre. J'avais délaissé ma vie parisienne suractive, mon théâtre, mon restaurant, mon existence trépidante pour aller me mettre au vert et respirer l'air de la mer avec mon fils. J'étais enfin prête à aimer et à me laisser aimer. J'avais fait le chemin de l'amour, dompté mes démons, j'aspirais à autre chose. Je pouvais me lancer dans une nouvelle aventure, plus profonde, plus vraie, plus simple aussi, avec l'homme de ma vie. Il en va de même pour Philou. Ses années courses étaient derrière lui, il avait le temps de vivre, d'observer, d'aimer et aussi de m'apprivoiser. Ensemble, nous allions avancer, en unissant nos forces, en combattant nos faiblesses et surtout en regardant le même horizon. La plupart de nos relations et amis, à lui comme à moi, furent surpris de nous savoir ensemble et parièrent que ça ne durerait pas bien longtemps. Seul Titouan, qui sait voir à travers les apparences, se réjouit de la bonne nouvelle et m'assura que nous étions complémentaires et que nous allions nous faire beaucoup de bien. Il ajouta : « Tu vas lui apporter de la fantaisie et il te calmera. » Il est vrai qu'il nous connaît bien l'un comme l'autre, puisqu'il a navigué de nombreuses années avec Philou et qu'il a eu l'occasion de m'observer de près. Je crois aussi qu'il était très content que Loup ait un beau-père qu'il respecte et apprécie.

Nous entrons dans le petit port de Marina del Rey à l'aube. Il fait froid, il pleut. Los Angeles se réveille dans la brume. Un bateau traîne un panneau publicitaire, un autre demande de ne rien rejeter à l'eau et d'utiliser les bacs à eaux grises. Nous sommes loin d'Hollywood, de ses paillettes et de son soleil radieux. Philou aussi a de nombreux souvenirs par ici. Il y est venu il y a trente ans avec Tabarly, lors de leur tour du monde sur *Pen Duick VI*, avec Titouan, Papi (Jean-Louis Étienne), « Costo » et bien d'autres. Les enfants sont déçus par cette arrivée, certes moins impressionnante que celles de San Francisco ou de New York. Il faudra un peu de temps pour qu'ils comprennent le charme de Los Angeles.

L'accueil à la marina n'est pas franchement sympathique. Nous accostons à un quai plutôt triste, puis filons aussitôt pour louer une voiture, objet absolument nécessaire dans cette jungle aux mille visages.

Notre première mission est de trouver quelqu'un à qui offrir nos chiots. Nous avons conclu un marché avec les enfants : nous garderons Maya et laisserons Geronimo et Juneau dès que possible. Ils n'ont pas été trop difficiles à convaincre. Ces dernières semaines, la vie à bord tournait au cauchemard, et ils en ont assez de nettoyer leurs saletés. De toute façon, le capitaine a été formel : « Ça ne peut plus durer, c'est une question d'hygiène à bord. » On ne pouvait rêver meilleure escale pour confier nos adorables compagnons. La gent canine règne en maître sur Los Angeles : magasins spécialisés, nounous pour chiens, taxis, colliers en diamants, ils promènent même leurs adorables roquets en poussette. Ça va les changer de leur caisse à la gîte dans l'atelier, les pauvres chéris ! Je découvre très vite un magasin spécialisé en adoption de chiots. La propriétaire est ravie : mignons comme ils sont, elle n'aura aucun mal à leur trouver une famille. Mes deux charmants petits mâles me regardent avec insistance. Ils m'arrachent une larme, puis deux. Heureusement que je n'ai pas emmené les enfants. Cela devrait soulager le capitaine et lui rendre le sourire. Nous les avons menés à bon port, nous pouvons être fiers d'avoir tenu jusque-là. Ils vont avoir deux mois, ils sont sevrés. Je sors du magasin très vite et pars sans me retourner.

Pour fêter cette sage décision, j'invite Philou à boire un verre au célèbre Château Marmont, que m'avait fait découvrir Adrian Lyne, le réalisateur de *Neuf semaines et demie*. Il m'avait fait faire des essais pour son film *Proposition indécente* avec Robert Redford ; c'est finalement Demi Moore qui a décroché le rôle. Cet hôtel, en plein cœur d'Hollywood, est le repaire des stars. C'est un lieu raffiné et élégant, « à la française », avec un bar très sympathique. Je m'aperçois vite que c'est un des seuls endroits qui a résisté au temps. La mode évolue vite à Los Angeles comme ailleurs, et la plupart des endroits que je fréquentais ont bien changé. Quelques contacts sur place ont vite fait de nous remettre à la page. Ainsi, nous dînerons dans le restaurant japonais de De Niro sur la Cienaga, et boirons un verre au très huppé Standard Hotel Downtown qui se trouve au dernier étage d'un gratte-ciel, déco très branchée, art contemporain et piscine olympique sur le toit. Je ne manque pas d'emmener mon cher et tendre au Sunset Marquis, mon hôtel, à West Hollywood, qui a pris un sérieux coup de jeune sans rien perdre de son charme. Quant aux enfants, ils sont aux anges. Six Flags Magic Mountains, les plus grandes montagnes russes au monde, leur ont retourné les tripes. Comme il se doit, ils ont découvert à Universal Studios l'envers du décor avec les studios de leurs films favoris, les attractions en 3D et même en 4D, qui consistent à se faire toucher par d'ignobles bêtes et à se faire tremper des pieds à la tête tout en dévalant des montagnes vertigineuses, dans le noir évidemment, avec King Kong qui surgit de nulle part pour vous chatouiller. Pour finir, ils ont eu le droit à une démonstration d'effets spéciaux, pyrotechniques et cascades en tout genre. Sur Hollywood Boulevard, ils ont posé leur main dans celle de leur pirate préféré, Johnny Depp, et Laura a même serré la main de Mickael Jackson, qui n'est définitivement pas mort, elle peut le jurer.

En bons Californiens, nous passons notre dimanche sur la longue plage de sable blanc de Malibu. En chemin, nous avons visité la villa Guetty, qui possède une vaste collection d'antiquités grecques et romaines, l'une des plus belles des États-Unis. Les enfants s'amusent dans les gros rouleaux tandis qu'un groupe de dauphins cabriolent à côté d'eux. Les grosses vagues se brisent sur la plage au pied des maisons montées sur pilotis. L'érosion a considérablement réduit l'espace de la dune. Exceptionnellement, le soleil est au rendez-vous. Les Harley-Davidson vrombissent, les blondes californiennes ont sorti leurs strings. Seuls les *lifeguards* n'ont pas le décolleté de Pamela Anderson : ce sont de charmants jeunes hommes, quand même vêtus de rouge. Nous rentrons au coucher du soleil, Santa Monica, Venice. Vers vingt heures, le brouillard tombe comme une chape de plomb sur Washington Boulevard. On passe d'une atmosphère à une autre en moins d'une minute. C'est peut-être pour cela que Los Angeles est la ville du cinéma.

Ma meilleure amie, Natasha – c'est ainsi que j'ai surnommé Mme GPS –, me rappelle à l'ordre de sa voix suave : « *Keep the left. Follow Santa Monica.*[1] » Elle me guide avec conviction, sur l'autoroute qui doit nous mener jusqu'à San Diego où nous avons rendez-vous avec

1. « Gardez votre gauche. Suivez Santa Monica. »

Pete Davidson, scientifique au Scripps Institution of Oceanography. Les routes se croisent, le trafic est épouvantable. Mais où vont-ils tous ? Vers quelle sphère inconnue que nous avons résolument décidé de fuir ? Quel contraste affolant pour nous qui arrivons de la mer et qui restons des jours entiers sans croiser âme qui vive.

Pete nous reçoit dans son laboratoire. L'institut est très beau, situé face à la superbe plage de la Jolla, à quelques kilomètres de San Diego. Pete est à l'origine de l'expédition Seaplex qu'il a menée avec dix-neuf scientifiques sur la zone du Great Pacific Garbage, en 2009, pour étudier et décrire l'abondance du plastique et son impact sur les espèces marines. Nous devrions franchir cette même zone pendant la traversée qui nous mènera jusqu'aux Marquises et nous voulons en savoir plus. Il confirme que le tourbillon de déchets, le « Trash Vortex » du nord de l'océan Pacifique, s'étend sur une zone aussi grande que le Texas. Il ajoute même qu'il est fort probable qu'il s'agisse d'une zone bien plus vaste encore. Lorsque nous évoquons l'« île en plastique » dont on entend bien souvent parler, il rigole. Ce ne sont que de tout petits bouts qui flottent sur l'eau. Sous l'influence du courant et du soleil, le phénomène de biodégradation prend plus de temps, c'est pourquoi ces déchets se transforment en particules plus petites. L'île est une image inexacte, inventée par les journalistes en quête de spectaculaire. Elle a au moins le mérite d'alerter l'opinion publique. Ce qui est sûr, c'est que six kilos de plastique pour un kilo de plancton ainsi que d'autres déchets polluants dérivent en cercle, emportant avec eux des poissons morts, des mammifères marins et des oiseaux qui se retrouvent piégés. Ces déchets ne sont pas détruits avant de nombreuses années et survivent ainsi à ceux qui les ont jetés. De fait, 10 % des cent millions de tonnes de plastique produits chaque année finissent dans l'océan. Près d'un million d'oiseaux de mer et près de cent mille animaux marins et tortues meurent chaque année suite à l'ingestion de plastique. Ces plastiques flottants affectent l'écosystème en recréant une surface stable pour le développement de certaines espèces. Certaines plantes ou certains animaux peuvent être transportés loin de leur habitat et engendrer ainsi des nuisances pour d'autres espèces. Le tourbillon créé par la force de Coriolis est une conséquence de la rotation de la Terre. Dans cette zone de haute pression et de vent calme, le courant et le vent entraînent dans une spirale les déchets autour de l'océan Pacifique Nord. Il semblerait que le même phénomène se produise dans le Pacifique Sud. Docteur Fish – c'est ainsi qu'est surnommé Pete par ses étudiants – prend congé en concluant qu'il est urgent d'arrêter le processus. Ces échanges particulièrement enrichissants avec les scientifiques sont toujours de vrais moments de bonheur.

Nous regagnons Los Angeles. Il y a beaucoup de trafic, mais nous profitons de ces quelques heures passées loin de la famille, en amoureux, pour évoquer la suite du programme. Nous serons bientôt prêts pour la grande traversée. Ce sera la plus longue que nous ayons faite, environ trois semaines pour rejoindre les Marquises. Il nous faut d'ici là terminer l'inventaire : stock de nourriture, pharmacie, et nous préparer à toute éventualité avant de prendre la mer pour si longtemps. Si quelqu'un tombe malade, il faut pouvoir le soigner. Pour cela, nous devons être vigilants et précis, car rien ne doit manquer. Je dois vacciner Beti avant son entrée en Polynésie, envoyer les prélèvements Ifremer à Brest et mes cassettes à la boîte de production. Et, pour mon plus grand bonheur, nous attendons de nouvelles toilettes qui arrivent de Mexico. Les toilettes posent toujours problème à bord des bateaux, et j'ai bien du mal à supporter les nôtres, qui nous font quelques misères depuis le passage du Nord-Ouest. Mais parlons d'autre chose, comme dirait Brel. La météo pour la semaine à venir semble bonne. Si tout va bien, nous devrions larguer les amarres d'ici à deux jours.

Laura et Marion sont recouvertes de paquets de pâtes qu'elles tentent tant bien que mal de faire rentrer dans un petit placard. Les petites veulent participer au rangement, et je dois dire qu'elles ne se débrouillent pas si mal. Les pâtes, le riz, les couches ont trouvé leur place. Il faut emballer les agrumes, pamplemousses, citrons, oranges dans du papier journal, c'est la méthode Moitessier pour les conserver le plus longtemps possible. Ils doivent tenir trois semaines, avec la chaleur, bien que jusqu'ici nous ayons eu plutôt froid. Curieusement, les habitants évoquent plus facilement le *global freezing* que le réchauffement climatique. Les conversations tournent souvent autour du froid qui règne sur Los Angeles cet été. Ils n'ont pas connu cela depuis 1972. Nous sommes prêts à quitter la cité des Anges. Cette ville ressemble un peu au gouverneur de Californie, Arnold Schwarzenegger. Le chantre de la politique écolo roule en Hummer. C'est la ville des paradoxes, mais cela ne retire rien à son charme incontestable ni à son énergie débordante.

Les lumières de la ville scintillent à l'horizon. Un croissant de lune se lève dans le ciel étoilé. Nous larguons les amarres. Une otarie nous observe, allongée sur le ponton. Nous n'avons passé qu'une semaine à Los Angeles, j'ai pourtant l'impression d'y être restée un mois. Nous sommes étourdis par tant de mouvement, heureux de retrouver le calme de notre vie à bord après cette escale survoltée. Nous partons pour notre plus longue traversée à ce jour. Je ressens une certaine appréhension dans l'équipage, surtout chez Kate qui a tant souffert du mal de mer pour rejoindre San Francisco. En ce qui me concerne, je n'y pense pas, je vis au jour le jour. Je sais que c'est une longue navigation et que ce ne sera pas facile, mais le jeu en vaut la chandelle. J'ai hâte de retrouver cette Polynésie qui m'a tant séduite dans le passé. J'ai eu la chance de me balader un peu dans ces îles à deux reprises. J'avais tout juste vingt ans lorsque j'ai foulé le sol tahitien pour la première fois. J'y suis revenue en 1994, juste avant de perdre ma mère. Mon instinct m'avait guidée jusque-là. J'y avais fait mon deuil avant l'heure. J'avais trouvé dans cette nature époustouflante la force de supporter ce que je ne tarderais pas à endurer. À peine rentrée, je découvrais que ma mère était gravement malade. Je l'accompagnai jusqu'à l'issue finale avec un courage qui me surprit moi-même. J'avais vingt-sept ans et j'allais perdre en moins d'un an la personne qui m'était la plus chère au monde. Je la voyais s'éteindre chaque jour un peu plus, sous l'effet de la morphine qui apaisait ses atroces souffrances. Son enveloppe se décharnait peu à peu, pour ne laisser apparaître que ses pauvres os fatigués. Je la menais jusqu'à sa dernière demeure. C'est en serrant ma main qu'elle soupira pour la dernière fois, me laissant seule pour l'éternité avec mes peines et mes bonheurs à venir. Balayés, les derniers vestiges de mon enfance perdue, ses bras qu'elle n'ouvrirait plus jamais pour me consoler et m'envelopper de sa chaleur, cette épaule fragile qui ne sécherait plus jamais mes larmes. Ma mère était morte. Je ne savais pas encore que l'amour immense qu'elle m'avait donné ne s'éteindrait jamais et qu'elle m'accompagnerait pour toujours.

J'ai hâte de renouer avec la sérénité de l'océan, le silence que seuls brisent le bruit des vagues et celui du vent qui s'engouffre dans nos voiles. Prendre le temps de contempler un coucher de soleil, un lever de lune, de regarder la pluie faire des ricochets sur l'eau. En embouquant le chenal de la Marina del Rey, j'adresse une prière à l'étoile la plus brillante, Sirius. Je lui demande de protéger ma famille, de nous guider à travers les mers et de nous garder dans sa lumière. Je pense à toi, Maman, je sais que tu veilles sur nous, que tu nous protèges de là-haut. Vive l'aventure !

La traversée : d'un hémisphère à l'autre

Nous avons passé la frontière du Mexique il y a quelques heures. Le temps est couvert, un peu brumeux, avec un léger crachin. Marion et Loup sont malades depuis ce matin. Lorsqu'on reste une semaine à terre, tout est à refaire, il faut se «réamariner». Après quelques jours, normalement, tout rentre dans l'ordre. Kate n'a pas bougé de sa bannette. Cela commence à inquiéter le capitaine, car la mer n'est pas vraiment grosse, même si ça roule pas mal. Je suis plongée dans le livre de Thor Heyerdahl, *L'Expédition du Kon-Tiki*, la traversée du Pacifique qu'il a entreprise sur un radeau en balsa pour appuyer sa théorie d'une migration polynésienne venue d'Amérique du Sud. Ils mirent cent un jours pour relier le Pérou à la Polynésie. C'est l'une des traversées les plus audacieuses de tous les temps. Il a notamment fondé sa théorie sur des outils retrouvés à Bella Coola, en Colombie-Britannique, qui ressemblent étrangement à ceux des Polynésiens, ainsi que sur les dessins qui ornent des sculptures découvertes aux Marquises qui, selon lui, ne pourraient être originaires que de ces régions. J'aime lire des ouvrages dont l'action se déroule dans les endroits vers lesquels nous naviguons. C'est passionnant et cela permet de rêver avant d'arriver. Dans le Grand Nord, j'ai lu

Nansen, Amundsen, Malaurie, Willy de Roos. Avant de partir pour la Polynésie, nous avons acheté Stevenson, Gary, London, Melville, Tournier, Bougainville, mais aussi le dernier livre de Kersauson et quelques autres récits d'aventure.

Le lendemain, Kate n'a toujours pas bougé de sa bannette et répond à peine lorsqu'on lui parle. Elle semble recluse, repliée dans la position du fœtus. Elle ne mange rien et vomit de temps en temps. Lorsque nous l'avions interrogée après la traversée de cinq jours entre la Colombie-Britannique et San Francisco sur sa volonté de poursuivre et sur l'importance de l'engagement que cela représentait, elle nous avait immédiatement rassurés, prétendant avoir eu de violentes douleurs à l'estomac, mais que tout était rentré dans l'ordre. Elle disait avoir retrouvé le médicament qu'elle prenait dans ces cas-là et qu'il n'y avait pas de souci à se faire. Il semble aujourd'hui que la perspective d'une traversée de trois semaines sans voir la terre lui déclenche des crises d'angoisse associées sans doute au mal de mer. Philou décide de se détourner à quatre-vingt-dix degrés de la route prévue et de faire cap sur les côtes du Mexique. Le capitaine a fait son choix. Il est encore temps de la ramener à terre. Il sera trop tard d'ici à quelques jours, en plein milieu du Pacifique. Lorsque je tente d'en parler avec lui, il me dit que sa décision est sans appel. Il a déjà vécu cette situation avec un équipier et ça a été l'horreur. Il s'est promis de ne plus prendre ce genre de risque. Kate semble soulagée et apaisée par cette décision. En ce qui me concerne, je trouve ça bien triste. Nous avions commencé cette expédition ensemble, la voir partir en cours de route me peine. En plus, je m'étais programmée pour cette longue traversée et le fait de devoir faire une halte au Mexique me perturbe. Je suis un peu dépitée par le cours des événements et les enfants aussi. Laura était attachée à Kate. Nous la connaissons depuis quelques années. Nous l'avons rencontrée à Saint-Barthélemy, où Philou lui louait une petite case au-dessous de chez nous. C'est elle qui gardait les petites à chacun de nos passages. Elle avait aussi navigué avec nous aux Antilles l'année dernière, et tout s'était très bien passé. L'aide qu'elle m'apporte avec les enfants aux escales va me manquer. Lorsque je filme ou que j'écris, j'ai besoin de quelqu'un pour garder les petites. Mais nous n'avons pas le choix, nous ne pouvons pas courir ce risque. Nous arriverons au Mexique dans la nuit, sans savoir exactement où nous la débarquerons. Philou a chargé Maurice Uguen, qui nous routait pendant le passage du Nord-Ouest, de trouver une halte possible. Aussitôt les formalités accomplies, nous reprendrons la mer. En attendant, je regarde des documentaires sur les Marquises pour rêver un peu et réchauffer mon cœur.

Nous atterrissons sur Isla Cedros, une île de vingt-quatre kilomètres de long qui vit essentiellement de la pêche et du commerce du sel. Nous n'avions pas prévu cette escale, nous n'avons donc pas de pavillon mexicain. Nous décidons d'inverser un drapeau italien sur lequel Denis dessine l'emblème du Mexique. Nous faisons avec les moyens du bord. Loup grimpe au hauban pour l'accrocher, à côté de celui des pirates, que nous avions acheté à Mayerau, aux Antilles, et qui commence à fatiguer.

Nous amarrons la *Fleur* à quai, dans le petit port de Cedros. Des enfants nous accueillent en riant, ils s'amusent à sauter du ponton. Je débarque avec Philou pour effectuer les formalités douanières, à dix minutes de marche. Un habitant nous y accompagne en voiture. Nous trouvons le douanier en pleine sieste. Il est pourtant plus de seize heures. On nous dépose au village – dont nous avons vite fait le tour – pour tenter d'acheter un billet d'avion pour Kate. Sur les murs, des peintures mettent en garde contre la drogue et ses dérives. Le village est pour le moins sommaire : quelques *tiendas* (magasins), des maisons colorées et, par chance, une agence de voyages. Il y a trois vols par semaine. Elle prendra celui du lendemain pour Hermosillo, puis Mexico et enfin Paris. L'ambiance au village est joyeuse et poussiéreuse, Manu Chao passe en boucle sur les postes de radio. Les enfants crient et courent dans tous les sens. Le paysage est aride, désertique, montagneux. Je suis contente de parler l'espagnol. J'ai fait une petite partie de ma scolarité en Espagne, à Madrid. Ma tante y habitait et je parlais espagnol avec mes cousines. J'aime cette langue : elle fait chanter mon cœur. J'en avais assez de l'anglais depuis quelques mois. Je suis heureuse aussi de retrouver le contact humain simple et généreux avec ces sympathiques Mexicains. Après la jungle humaine et l'anonymat de Los Angeles, je trouve cela rassurant. Et, par chance, j'ai pu acheter pour Marion un médicament contre le mal de mer conseillé par le pharmacien. Car la deuxième mauvaise nouvelle, c'est que je viens de découvrir que le Vogalène que l'on m'a envoyé de Paris est en cachets et non en suppositoires. Ce n'est pas le même dosage, et surtout Marion le vomit dès que je lui administre. Voilà qui a fini de me déstabiliser à l'aube de cette grande traversée. Mais ce soir, j'ai retrouvé le moral, cette escale imprévue m'a finalement fait du bien. *No hay mal que sin bien no viene* : « C'est un mal pour un bien ». Voilà un proverbe espagnol qui m'accompagne depuis toujours et qui se vérifie une fois de plus. Mon père a passé son enfance à La Havane et il a des origines espagnoles. Il me consolait toujours avec cette petite phrase, lorsque, petite fille, j'étais triste ou déçue.

Dès le lendemain, nous larguons les amarres. C'est avec une pointe de déception que nous laissons Kate sur le quai. Mais l'heure n'est pas à l'attendrissement. Nous avons besoin d'être forts pour cette traversée. Nous longeons les salines, sur la côte, à Guerrero Negro. Malgré sa petite taille, Isla Cedros est considérée comme le troisième port du Mexique grâce à son important commerce du sel. Après avoir été chargé sur des barges, le sel fait escale sur l'île, qui a pour particularité d'avoir un port en eau profonde. Les gros cargos peuvent ainsi venir le récupérer pour l'acheminer, notamment vers le Japon.

Le ciel est bleu cobalt, la mer aussi, soulevée par quelques moutons blancs comme la neige. C'est l'effet Venturi[1] provoqué par les sommets de plus de mille mètres qui renforce le vent et évoque un temps de mistral. Nous sommes grand largue, par trente nœuds de vent. Génois, grand-voile et artimon. Des paquets d'eau se déversent sur le pont. Nous filons toutes voiles dehors vers le pays de Brel et de Gauguin.

Les premiers jours de traversée sont joyeux et agréables, nous sommes vent arrière, c'est plutôt confortable. Nous marchons à huit nœuds. Nous pêchons des daurades coryphènes et des thons que je prépare à toutes les sauces, crus ou cuits. Nous guettons «*the great garbage patch*», le tourbillon qui rassemble les déchets flottants, mais il semblerait que nous soyons légèrement plus au sud. Nous ouvrons l'estomac des poissons que nous pêchons pour voir s'ils ont ingéré du plastique.

L'air est toujours frais et humide et j'ai bien du mal à faire sécher mon linge. Le ciel est gris. À bord, la vie s'organise peu à peu. Apparemment, ni Loup ni Marion ne souffrent du mal de mer pour l'instant grâce au sirop miracle que j'ai trouvé au Mexique. Il manquait à ma panoplie «mal de mer». Malheureusement, il sera plus compliqué de m'en procurer après. Nous surveillons la météo, car le cycle de forte activité cyclonique n'est pas terminé.

---

1. Les particules d'air rencontrant une montagne se retrouvent accélérées de manière à conserver le même débit qu'auparavant.

Nous naviguons dans un désert bleu, parsemé de quelques stratocumulus et de moutons d'océan qui font danser la mer au rythme des alizés. Nous sommes bercés par la douce mélodie des vagues qui se brisent sur l'étrave de la *Fleur* et par le vent qui s'engouffre dans nos voiles. Nous avons passé le tropique du Cancer il y a trois jours et recouvré ainsi la caresse sensuelle et douce de l'alizé sur notre peau. Les petites font trempette sur le pont dans leur petite baignoire rose, tandis que les grands se font traîner dans l'eau accrochés à un bout. Philou a fait cette même traversée, il y a trente ans, avec Tabarly, mais ils étaient passés par Panamá pour rejoindre Los Angeles. C'est une route peu fréquentée : en général les voiliers vont directement vers la Polynésie, depuis le canal de Panamá en passant par les Galápagos. C'est la route logique du «tourdumondiste». Mais nous arrivons d'Alaska par le passage du Nord-Ouest, ce n'est évidemment pas le chemin ordinaire. Des heures durant, je regarde la mer, guettant le moindre signe. Très vite, la température s'emballe, l'eau prend un degré par jour. Nous pêchons beaucoup. Les enfants récurent le pont, préparent des gâteaux, lisent ou regardent des DVD sur leur ordinateur. Ils travaillent avec Denis quand ça ne bouge pas trop. Il commence à faire très chaud et bientôt nous regretterons les températures fraîches des mois précédents. La lumière est plus crue, plus pure, le ciel plus contrasté, plus enjoué. La mer est cristalline, d'un bleu profond, voluptueuse, irisée. Les étoiles sont de retour, elles ensorcellent nos nuits de leur éclat infini.

Les enfants se sont amarinés, ils n'ont plus le mal de mer. Nous avons retrouvé le rythme des longues traversées où le temps n'a plus d'importance, où seul compte l'instant présent. Chaque jour, j'écris, je filme, je fais la cuisine. En général, je prépare le poisson que nous pêchons avec des légumes et du riz cassé acheté à Nouadhibou l'année dernière. C'est mon riz préféré : ça me rappelle Dakar, et le succulent *thiebou djen*[1] que je mangeais avec les doigts, petite fille. Les enfants se remémorent les joyeux souvenirs du banc d'Arguin, au large de la Mauritanie, une de nos escales favorites. Alors, tout en naviguant, nous voyageons encore autour de la table. Je profite des produits frais tant qu'ils résistent à la chaleur. Je garde les agrumes pour plus tard, puisque, avec le chou et les oignons, ce sont eux qui ont la plus longue durée de vie. J'ai même un petit pot de basilic que j'ai suspendu pour qu'il accompagne les mouvements du bateau. Il faudrait que j'enveloppe le pot avec de la pâte à modeler pour qu'il ne casse pas à la gîte. Tous les deux jours, je prépare le pain. L'odeur qui se diffuse dans le bateau est délicieuse et rassurante. Ce matin, nous avons vu nos premiers oiseaux, un fou à pieds bleus et un paille-en-queue. Ils doivent venir de l'île de Clipperton, où notre ami Jean-Louis Étienne avait passé quelques mois.

Une fois par jour, le capitaine met le bateau en panne et j'en profite pour me jeter à l'eau en me tenant au bout. Il faut s'accrocher, on marche à quatre nœuds. J'ai à peine le temps de goûter cette eau délicieuse, comme une caresse douce et chaude sur la peau qui me change du froid cinglant de l'Arctique. Je m'étais baignée un jour de grand soleil avec les phoques, sans combinaison, dans l'eau à 3 °C ! Un banc de daurades phosphorescentes se baladent et bondissent hors de l'eau. Elles ont cassé la ligne du capitaine ; il y en a une trentaine ou plus que nous apercevons dans l'eau cristalline. Elles jouent au chat et à la souris avec nos leurres et virent au jaune soleil dès qu'elles sont hors de l'eau.

Nous repérons notre premier sac plastique qui flotte à la surface. La mer est de velours, moirée, incandescente. Il fait de plus en plus chaud. Philou a installé un taud[2] sur la plage avant du bateau. C'est délicieux de faire la

1. Plat de poisson et de riz.
2. Abri de toile destiné à protéger tout ou partie du bateau.

sieste à l'abri du soleil, c'est la meilleure place quand il n'y a pas trop de mer ; on entend juste le clapotis des vagues, le léger souffle du vent et les voiles qui frétillent de plaisir. Nous sommes bercés par une longue houle du sud qui vient d'on ne sait où.

Au déjeuner, Philou nous a raconté son tour du monde, il y a trente-trois ans, sur *Pen Duick VI*, avec Tabarly et toute la bande. Ils étaient onze à bord, parmi lesquels Jean-Louis Étienne, l'aîné et le médecin, Titouan Lamazou, Jean-François Coste, Olivier Petit, Marc Pinta, Daniel Poisson surnommé Fish, Jacques Arestan et quelques autres. Certains, comme Philou, avaient été recrutés pour leurs compétences, d'autres plutôt par relations. Ils avaient tous entre vingt-deux et vingt-quatre ans, et l'ambiance à bord était joyeuse. Partis de Lorient en février 1977, ils devaient disputer la Transpacifique, course légendaire entre Los Angeles et Honolulu que Tabarly voulait à tout prix gagner avec son grand bateau de 22,50 mètres. Mais le sort en décida autrement. Il se vit interdit de course, car la quille de *Pen Duick* était en uranium. Le règlement avait changé entre la construction du bateau et le départ de la course. Les organisateurs ne voulurent rien entendre et *Pen Duick VI* ne put prendre le départ de cette course, à la plus grande déception de son capitaine et de l'équipage. Ils mirent le cap directement sur les Marquises et firent ainsi cette même route que nous parcourons aujourd'hui. Ils sillonnèrent pendant trois mois la Polynésie, puis filèrent vers Wallis-et-Futuna, les Nouvelles-Hébrides – qui devinrent la république du Vanuatu, peu après leur passage –, la Nouvelle-Calédonie et Auckland, en Nouvelle-Zélande. Ils espéraient courir les deux dernières étapes de la course autour du monde en équipage. Ils furent acceptés et prirent ainsi le départ de la course qui devait les mener d'Auckland à Rio de Janeiro, avant d'être disqualifiés, suite à une réclamation d'un concurrent. Ils l'apprirent par radio, en plein milieu du Pacifique, alors qu'ils étaient largement en tête. Découragés par cette triste sentence, ils eurent tout de même leur revanche, arrivant à Rio les premiers, bien que déclassés, avec plusieurs jours d'avance sur les autres concurrents. Après maintes tergiversations, on les autorisa finalement à courir la dernière étape, entre Rio et Portsmouth. Ils triomphèrent une fois de plus, officiellement cette fois-ci, mais le cœur n'y était plus. Ils rentrèrent sans tarder en Bretagne, à Sainte-Marine, où s'acheva ce superbe tour du monde. Corentin et Christiane Poupon, les parents de Philou, accueillirent l'équipage comme il se doit. On fit une fête mémorable pour célébrer le retour de l'enfant prodige après quatorze mois d'absence.

Le capitaine dort peu, quelques heures dans le carré pendant que nous le relayons. C'est en général Denis qui est de quart entre une heure et quatre heures du matin. Je m'occupe des petites et je suis debout vers quatre heures trente pour mon rendez-vous quotidien, en direct, avec Gérard Klein sur Europe 1. Je lui raconte notre vie à bord depuis le début de l'aventure. Malgré l'horaire, ce sont toujours des échanges joyeux. J'ai rencontré Gérard lorsque j'avais treize ans, sur le tournage de *La Passante du Sans-Souci*, le dernier film de Romy Schneider que produisait mon père. J'avais assisté à tout le tournage, à Berlin. Mes parents avaient accepté que je manque l'école pour l'occasion. J'étais passionnée de cinéma depuis toute petite et suivais des cours d'art dramatique avec ferveur chaque mercredi au cours Simon. Cela avait suffi à les convaincre, et je ne les remercierai jamais assez de m'avoir accordé cette liberté. Gérard Klein y jouait un des rôles principaux. Il était irrésistible et faisait rire toute l'équipe. Nous avons tous les deux gardé un souvenir ému et indélébile de ce tournage particulièrement intense. L'idée de nous retrouver chaque jour pour partager une autre aventure est un immense plaisir. Pendant le reste de la journée, Philou bricole, règle les voiles, nettoie le pont, contrôle les pilotes tandis que je filme, écris, photographie, cuisine et m'occupe des petites. Denis a décidé d'arrêter de fumer. Depuis le début de la traversée, il semble absent. Je crois que le départ de Kate l'a déstabilisé. Mais il prend sur lui et affiche une humeur stable, même s'il est peu loquace. Les filles commencent à tourner en rond et à s'agiter ; cela fait maintenant dix jours que nous avons largué les amarres. Ce matin, la *Fleur* a franchi sa latitude la plus australe depuis les Grenadines (11° 10' nord / 126° 28' ouest) l'année dernière ; nous étions ensuite remontés au nord, bien après le cercle polaire, atteignant ainsi notre latitude la plus septentrionale, 74° 40' nord.

Je suis sur le pont, à l'avant, j'écris. Je guette le moindre signe de vie, un oiseau, un poisson volant, une daurade qui mordrait à l'hameçon. Une vague plus grosse que les autres se brise sur l'étrave de la *Fleur*. Les embruns éclaboussent mon cahier d'écolière. Hier, mon stylo fétiche est tombé à l'eau d'une façon plutôt étrange. La mer était pourtant tranquille. Il a glissé de mon cahier, rebondi sur le pont et disparu comme par magie. Cela m'a rappelé un épisode survenu il y a quelques années pendant les Voiles de Saint-Tropez. J'avais embarqué à bord de *Karénita*, un superbe sloop aurique en bois. Le capitaine, mon ami Éric, m'avait proposé d'assister à une des épreuves. Les plus beaux voiliers du monde disputaient cette course prestigieuse. Toutes ces voiles déployées dans la baie des Canebiers formaient un spectacle magnifique, et l'atmosphère était grisante.

Nous étions au près, poussés par un vent de face de quinze nœuds. Mais la Méditerranée est imprévisible et soudain le vent forcit et la mer grossit. J'étais assise du côté où cela penchait. On m'avait prêté une veste de quart blanche et une salopette de marin. Une lame plus grosse que les autres fit gîter le bateau. Sans que j'aie même eu le temps de réaliser, je fus littéralement déversée dans la mer. C'était comme si tout cela s'était fait très naturellement, sans choc, d'une manière presque sensuelle. La mer m'avait appelée, le bateau m'avait laissée glisser. Je me retrouvai dans l'eau, en plein milieu de la baie, les bateaux à moteur qui suivaient la course fonçaient droit sur moi, tandis que les voiliers régataient autour des bouées. Je n'arrivais pas à nager. L'eau s'engouffrait dans ma salopette, m'interdisant tout mouvement. Je suis pourtant une bonne nageuse, mais je pris peur. Éric, qui, heureusement, m'avait vue tomber, empanna aussitôt et se dirigea vers moi. Les hommes d'équipage se mirent à la chaîne pour me sortir de l'eau. J'étais sonnée. Des larmes coulaient sur mon visage sans que je puisse les retenir. Mon corps tremblait. On retira mes vêtements. Je tentais de donner le change, les rassurais sur mon état et les suppliais surtout de poursuivre la régate, de ne pas abandonner. Je m'en voulais de leur faire perdre cette épreuve. J'en vins même à penser que la mer eût mieux fait de me garder. Pourtant, j'étais calme comme je ne l'avais jamais été. Je découvrais une nouvelle émotion, une forme de sérénité, une force intérieure que je ne connaissais pas.

Ce fut un moment très étrange. Malgré la peur, je m'étais sentie en fusion parfaite avec la mer. J'avais éprouvé quelque chose d'harmonieux, de presque mystique, qui me donnait la chair de poule, au-delà du froid qui faisait frissonner mon corps. Je ne pouvais expliquer pourquoi je me sentais si bien. Je n'étais pas tombée : j'avais roulé dans l'eau, comme mon stylo. C'était un heureux présage ; un an après je rencontrai Philou. En devenant sa femme, c'est la mer que j'épousais.

Nous sommes en bordure du pot au noir. Le front intertropical de convergence (FITC) est une zone qui se situe entre l'hémisphère Nord et l'hémisphère Sud, entre les deux alizés. Il produit les nuages les plus hauts du monde, de type cumulonimbus, qui peuvent atteindre jusqu'à treize mille mètres d'altitude, associés à de fortes précipitations et à des vents variables, entre zéro et quarante nœuds. La température extérieure est de 34 °C à l'ombre.

Les grains succèdent aux violentes rafales de vent. Philou profite d'un moment de calme pour mettre le bateau en panne. Le bain de mer a des saveurs paradisiaques, l'eau est liquoreuse, très salée, suave et exceptionnellement douce. Elle est presque angoissante, comme l'ambiance qui se dégage des lieux. Je sors de l'eau et le vent se met à forcir ; plus de quarante-cinq nœuds. Philou prend un ris à la grand-voile. Le ciel est devenu noir, la mer est « toute chose ». Nous sommes dans le pot au noir, au près. Un vent de sud dans le nez nous oblige à tirer des bords. La mer est triste, elle a perdu tout son éclat, elle est terne, noire et désordonnée. Il fait très chaud, très lourd, orageux. L'air est poisseux comme de la gélatine. C'est oppressant, humide. Depuis ce matin, j'ai du mal à respirer. J'ai de forts maux de tête. L'atmosphère est pesante. Les petites sont trempées. Le pot au noir est un *no man's land* entre deux hémisphères, une sorte de purgatoire où l'on déciderait du sort des pauvres marins. Il s'en dégage quelque chose de morbide. La *Fleur* est trimballée par cette mer confuse, sens dessus dessous, et nous avec. Marion vomit tout ce qu'elle peut. Philou a déjà franchi le pot au noir dix fois. Il me dit que c'est chaque fois une expérience unique, les conditions ne sont jamais les mêmes. Il ne l'a passé qu'une fois sur ce parcours, dans le Pacifique Sud, en 1977, avec Tabarly. Les autres fois il naviguait dans l'Atlantique, entre l'Afrique et le Brésil.

Le capitaine a l'air fatigué ce matin, même s'il n'en souffle mot. Il a passé sa nuit à manœuvrer sur le pont pour s'adapter au vent changeant, à prendre des ris et à virer de bord. L'équipage semble abattu, las, sonné par la chaleur et les violentes rafales de vent. Nous avons tous hâte de retrouver les alizés. Les vagues sont grosses, la *Fleur* plonge fièrement dans ce tumulte incohérent. Des paquets d'eau se déversent sur le pont pour atterrir en cascade dans le cockpit. Philou colmate une fuite dans l'atelier, due sans doute à la mèche du petit safran. Le ciel s'éclaircit légèrement. J'ose espérer que nous sommes enfin sortis du pot au noir, après trois jours d'enfer. Pourtant, le capitaine préfère rester prudent : « Le pot au noir est comme un serpent, il est sinueux, on peut tout à fait le retrouver un peu plus loin. » Mon marin de mari a le don de me rassurer, c'est pour ça que je l'aime… Nous sommes toujours poussés par un vent de sud qui nous oblige à louvoyer. On dit du près : « Deux fois le temps, trois fois la route, quatre fois la misère. » L'arrivée n'en sera que meilleure.

Encore deux jours passés à lutter contre un vent de face. J'en ai assez de ce près serré accompagné d'une grosse houle qui nous contraint à tirer des bords depuis une semaine. Laura et Marion n'en peuvent plus, elles sont très difficiles à tenir. Loup et Nina sont épuisés, ils bougent de moins en moins de leur bannette. Loup a beaucoup maigri. Nous vivons penchés sur un bord, puis l'autre. Le près rend la vie inconfortable, c'est compliqué de se déplacer, de dormir, de cuisiner, d'ouvrir le frigo… Les siestes sont de rigueur pour pallier la fatigue, mais les gentilles demoiselles ne nous en laissent guère l'occasion. Nous sommes bien loin de la navigation paisible, au portant, d'avant le pot au noir ou même de la traversée de l'Atlantique. Mais le spectacle est splendide, la mer a retrouvé son bleu éclatant. La *Fleur* est vaillante, elle file à sept nœuds. Elle lutte pour récupérer la route au plus vite.

Au début de la traversée, Maya se baladait en toute liberté, elle faisait des câlins à Beti dans le cockpit, c'était charmant ; mais depuis le pot au noir, le pont étant difficilement praticable, nous avons été contraints de l'attacher. La fatigue aidant, Philou a bien du mal à supporter les « petits pipis » et autres offrandes que dépose Maya dans le bateau. Le capitaine en a assez de voir la *Fleur* se transformer en « porcherie », pour reprendre ses termes. C'est certes un peu excessif, mais le fait est que cela donne lieu à de nombreuses disputes avec Loup. J'interviens et cela s'envenime rapidement. Depuis quelques jours, l'ambiance à bord est tendue.

Je suis ivre de mer, cela fait plus de deux semaines que nous avons quitté la terre. J'ai chaud. Ma peau transpire du sel. Il fait 34 °C dans le carré. Voilà maintenant douze jours que nous sommes au près serré. Nous vivons penchés, le corps en tension permanente. Mes yeux me font souffrir, j'ai l'impression que mes nerfs optiques tirent, comme les lendemains de fête. La mer, le ciel, le soleil, le sel me submergent. Une grosse sinusite me donne de violents maux de tête que je ne parviens pas à soulager, malgré les antibiotiques que je prends depuis quelques jours. Chaque action est une lutte, même les plus élémentaires. Je hais les toilettes du bateau. Cette odeur nauséabonde me retourne les boyaux chaque fois que je m'y enferme. J'oublie régulièrement d'attacher le couvercle, qui retombe violemment sur mon dos, quand ce n'est pas la porte qui se referme cruellement sur mes doigts qui tentent de s'agripper. Ma cabine à l'avant est impraticable depuis le début, je dors donc coincée entre mes deux petites poupées dans une bannette de soixante centimètres. Quand ça penche du bon côté, ça va, sinon je passe ce que je n'appelle plus mes nuits à tenter de me stabiliser en accrochant mes jambes où je peux. Ma salive est devenue salée, mes selles blanchissent à vue d'œil. D'ici à quelques jours, nous arriverons aux Marquises, terre rêvée où ceux que j'admire sont venus chercher la paix avant de s'éteindre, repus de mer, épuisés d'océan, éclaboussés de bleu pour l'éternité. Cette mer qui nous lave, nous inspire et nous aspire. Cette mer que j'ai attendue quarante ans, de longues années à tourner autour, à la chérir de loin avant de me décider à l'embrasser, à la prendre à bras-le-corps, à moins que ce ne soit elle qui m'ait prise. Toutes ces années à chercher la même intensité dans le jeu, dans la nuit, dans l'amour, dans l'excès. Parfois, je me demande ce qu'il y a après. On tourne, on va d'un pôle à l'autre, on se fraie un passage à travers un labyrinthe de glace, on se perd dans les reflets bleutés des icebergs, on se réchauffe au creux des îles, et après ? Y a-t-il autre chose après la mer ? Vers quel autre rêve vais-je pouvoir foncer tête baissée ? Quel autre défi vais-je me lancer ? Peut-on revenir à terre après tous ces voyages ? Enfermer de nouveau nos pieds devenus trop forts de tant de liberté ? Mes filles, qui n'ont rien connu d'autre, réussiront-elles à rentrer dans le moule de la terre, alors que jusqu'ici leur horizon a été sans limites ? Mais aussitôt, ma petite voix intérieure foudroie ces interrogations d'un coup de baguette magique. Seul l'instant a une vraie valeur, le jour présent est éternité, et pour l'heure je ne peux nous en offrir de meilleur.

Nous sommes désormais dans l'hémisphère Sud et c'est avec une grande émotion que nous avons passé l'équateur pour la première fois. Philou, qui l'a déjà franchi dix fois, s'est déguisé en Neptune pour nous introniser. Le capitaine a bien fait les choses, il s'est concocté un beau costume : une passoire sur la tête à laquelle il a suspendu une louche et une écumoire, un paréo bleu et le trident de Neptune. Il nous remet notre diplôme en bonne et due forme. Une lampée de rhum, puis un œuf écrasé sur la tête. Les enfants sont hilares. Pour clore la cérémonie, Loup et Nina se jettent sur le capitaine et le bombardent d'œufs. Nous avons amarré Maya au collier de Beti, ensemble elles se baladent sur le pont ; ainsi la maman peut veiller sur son chiot.

Le vent est de retour. La *Fleur* galope comme un cheval fou dans le faisceau de la pleine lune. Elle est tendue comme un arc. C'est d'une rare beauté. Nous sommes seuls au monde. Mon cher et tendre est à la barre. Dans la timonerie, quatre têtes blondes s'agitent, se chamaillent, éclatent de rire. Ce soir, les étoiles murmurent à mon oreille la petite mélodie du bonheur. Ainsi va la vie en mer, des moments d'euphorie succèdent à de petites dépressions ou à de gros orages. En cela, la vie en mer est un condensé de la vie à terre, presque une caricature.

Seule une existence comme celle-ci pouvait m'apporter l'intensité dont j'avais besoin et m'éloigner un temps de mon métier. Je suis près des miens, j'en profite pleinement. Ma vie est une aventure de chaque jour. Nous sommes en perpétuel mouvement, ce qui comble mon désir effréné d'action. Les conditions sont parfois difficiles, il faut se battre, ce qui satisfait ma soif d'adrénaline. J'aime passionnément cette mer, qui n'est jamais la même, et qui décide de notre sort.

Désormais, nous sommes portés par un alizé bien stable. Le moral de l'équipage est au beau fixe. On sent monter une légère excitation qui laisse présager que nous sommes sur la dernière ligne droite. Chaque jour, depuis une semaine, Laura me demande : « Quand est-ce qu'on arrive, Maman ? » Je trouve mes enfants bien courageux, ils ne se plaignent jamais, quels que soient les conditions ou leur mal de mer. C'est leur monde et ils l'aiment. Eux aussi savent que c'est le prix à payer pour jouir d'une telle vie. Ce matin, nous avons jeté deux bouteilles à la mer précisant notre position et offrant un cadeau à ceux qui les récupéreraient. Lors de son Vendée Globe de 1992, Philou en avait jeté six. Il avait reçu deux réponses : l'une d'un pêcheur en République dominicaine et l'autre d'un marin brésilien ; deux hommes qu'il est allé rencontrer.

Le capitaine est heureux de voir la *Fleur* atteindre ces vitesses (neuf nœuds). Je l'ai rarement vu dans un tel état d'exaltation. Je sais qu'il est fier de son bateau et de sa famille. Il redoutait cette traversée. C'est une lourde responsabilité. On craint toujours qu'un enfant ne tombe malade, qu'une crise d'appendicite se déclare ou n'importe quelle pathologie grave. Avant de partir pour le passage du Nord-Ouest, nous avons reçu une formation pour connaître les bons gestes en cas de problème (malaise, noyade, crise d'angoisse, points de suture, pose d'une attelle) et le docteur Antoine Grau, auteur avec Hubert Guérin de *La Médecine du voyage*, nous a aidés à constituer une pharmacie de bord la plus complète possible. Nous la remettons à jour régulièrement. Nous avons des livres qui nous permettent d'établir notre diagnostic et, en cas de gros pépins, comme ce fut le cas de Marion entre Terre-Neuve et le Groenland, nous appelons le médecin par Iridium pour connaître la marche à suivre jusqu'à ce que nous puissions toucher terre. Elle était tombée subitement malade, avec plus de 40 °C de fièvre pendant cinq jours. Nous avions dû nous détourner pour la conduire en urgence à l'hôpital de Nuuk. Nous n'avons jamais vraiment su ce qu'elle avait contracté, mais nous avons eu très peur. Certains marins se font retirer l'appendice avant de prendre la mer, comme Titouan, qui voulait mettre toutes les chances de son côté avant le départ du Globe Challenge. Mon pédiatre me l'a déconseillé. En cas de crise, il ne nous reste qu'à administrer des antibiotiques à haute dose pour éviter la péritonite en attendant la prochaine escale.

Les derniers jours semblent longs, surtout pour les enfants. Loup me confiera plus tard que c'est ce qui lui a paru le plus difficile. Effectivement, les journées sont interminables et il fait de plus en plus chaud. Une cinquantaine de frégates nous survolent, cela faisait longtemps que nous n'avions pas vu tant de monde. La terre ne doit plus être loin… Après trois semaines de traversée, nous touchons enfin notre rêve. Nous apercevons à l'horizon la montagne marquisienne, majestueuse et rebelle dans la brume des alizés.

La Polynésie
ou
les étoiles voyageuses

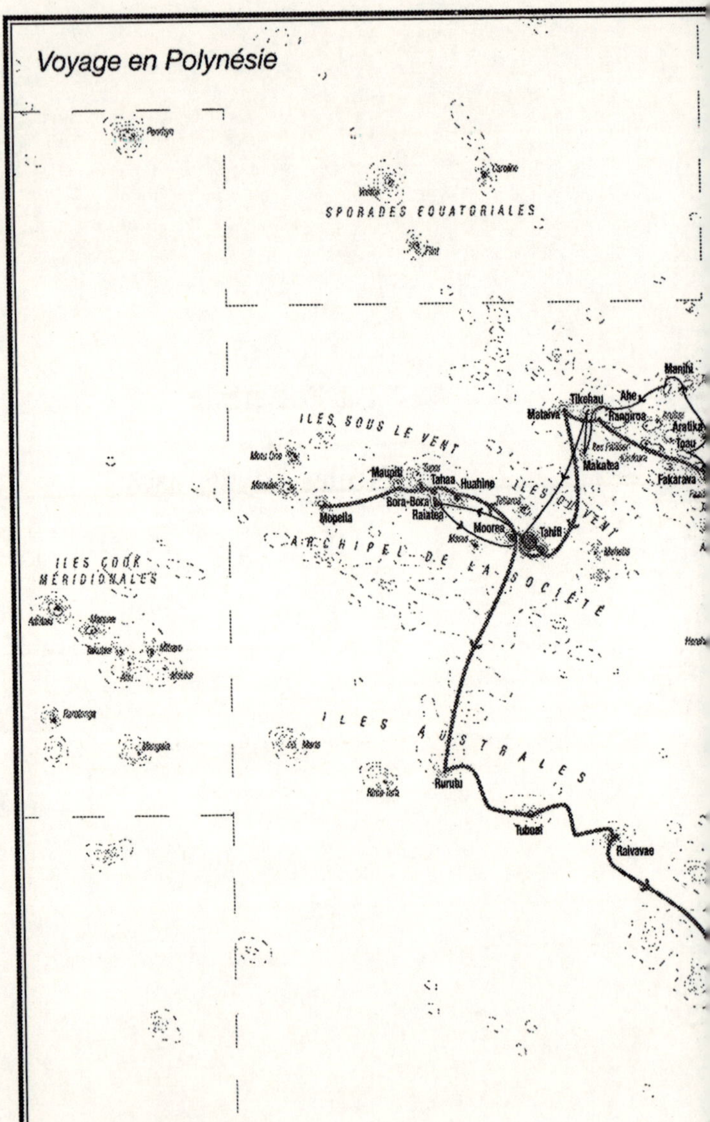

Voyage en Polynésie
SPORADES EQUATORIALES
ILES SOUS LE VENT
ILES DU VENT
ARCHIPEL DE LA SOCIETE
ILES COOK MÉRIDIONALES
ILES AUSTRALES
Manihi
Tikehau
Ahe
Mataiva
Rangiroa
Aratika
Toau
Makatea
Fakarava
Maupiti
Tahaa
Huahine
Bora-Bora
Raiatea
Mopelia
Moorea
Tahiti
Rurutu
Tubuai
Raivavae
août à décembre 2010
janvier à avril 2011

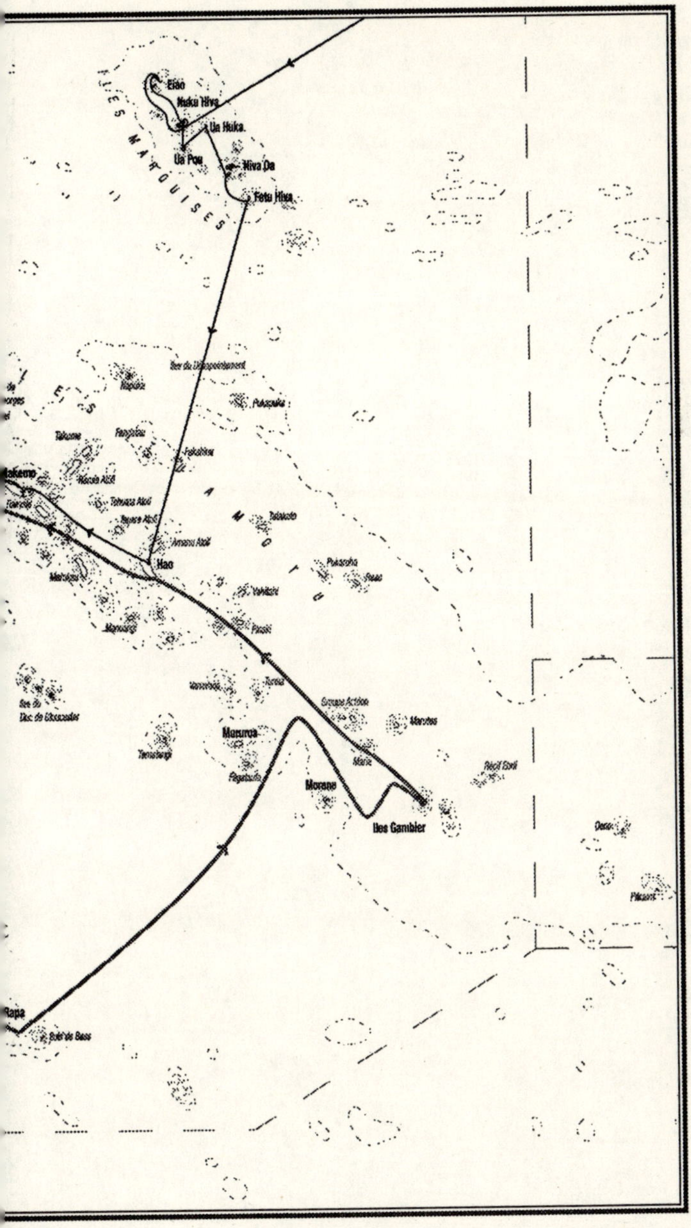

ILES MARQUISES
Eiao
Nuku Hiva
Ua Huka
Ua Pou
Hiva Oa
Fatu Hiva
Hao
Mururoa
Morane
Iles Gambier
Rapa

Les Marquises : « Terre des hommes »

Nous lançons nos amarres à terre. C'est rare que les voiliers arrivent directement dans la baie de Taiohae, sur l'île de Nuku Hiva. Généralement, les tourdumondistes atterrissent à Hiva Oa, c'est la route directe depuis le canal de Panamá. Une foule de gens nous attend : il y a les officiels, le maire, l'adjoint, etc., l'équipe d'EDT, filiale de notre partenaire GDF-Suez, des étudiants, un orchestre de percussions. Tout ce petit monde guettait l'arrivée de la *Fleur*. Le paysage est grandiose, d'une pureté et d'une force absolues. Je suis très émue. Je m'étais juré de revenir en Polynésie, il y a une quinzaine d'années, lors de mon passage dans ces îles enchantées. Mais je n'étais jamais venue aux Marquises. J'ai toujours eu le sentiment qu'il fallait que je mérite ces îles extrêmes et subtiles. Qu'il fallait être arrivé au terme de quelque chose, avoir fait une sorte de parcours initiatique, pour recevoir, pour appréhender tant de beauté et de force. Aujourd'hui, après ces trois semaines de mer, il me semble que je suis digne de fouler cette terre marquisienne dont j'ai tant rêvé.

Tout juste débarqués, nous sommes conviés à grimper sur de superbes chevaux, histoire de ne pas perdre trop vite le rythme chaloupé que nous avons acquis ces dernières semaines. Je prends Laura avec moi et Philou enlace Marion. Je regarde ma famille, ils sont resplendissants, lumineux, forts, secs, hâlés. La mer rend beau. Elle lave de toutes les impuretés, elle ramène à l'essentiel. Ce matin, nous sommes transportés dans un joli rêve, encore un peu en mer, légèrement enivrés, grisés d'océan, et parfaitement heureux. Beti et Maya sont de la fête, elles nous escortent en gambadant.

À l'autre bout de la superbe plage de sable noir, les maires des vallées voisines nous attendent. Un spectacle est donné en notre honneur autour d'un buffet de fruits, beignets de banane et gâteaux au manioc. L'équipage est couvert de colliers de fleurs de tiaré. Je suis envahie par une multitude de senteurs inoubliables. Nos sens sont au paradis. Nous sommes enveloppés de douceur et de sensualité. Après les discours de bienvenue, les danses de l'accueil, *mave mai*, peuvent commencer ; suivent celles du cochon, réservées aux hommes, et celles de l'oiseau, *haka manu*, d'une grâce absolue. Nous sommes conviés à danser.

Nous ne pouvions rêver de plus belle arrivée. Cet accueil ressemble à celui réservé aux grands explorateurs d'autrefois : Cook, Bougainville. Les enfants sont sous le charme. C'est le paradis du marin, après de longues semaines de mer. Nous plongeons directement dans l'âme de ces divines Marquises appelées « Terre des hommes » par son peuple fort et inspiré qui nous accueille avec tant de générosité et de respect. Ce soir, la *Fleur* a l'air d'une reine. Des colliers de fleurs de tiaré pendent un peu partout, des régimes de bananes sont suspendus dans le cockpit, des panières de bambou tressé débordent de mangues, de pamplemousses gros comme le monde et délicieusement sucrés, de pastèques et de cocos. Quelle fête !

Le lendemain, à la messe du dimanche, dans la superbe cathédrale Notre-Dame-des-Îles-Marquises, nous avons l'étrange sensation de faire partie de la famille. Les

Marquisiennes sont très élégantes, tout de blanc vêtues et chapeautées. Elles ont accroché une fleur d'hibiscus dans leurs longs cheveux lissés au monoï. Elles diffusent dans leur sillage des effluves divins. Les chants sont magnifiques et m'arrachent une larme. Philou a sorti son pantalon blanc du dimanche, les enfants ont tous un tiaré à l'oreille, et je porte mon plus beau paréo, en soie blanche, rapporté d'Indonésie. Nous nous sommes d'emblée fondus dans le paysage.

Pas le temps de souffler, nous sommes pris en main par Amélie, une charmante Marquisienne qui fait partie de l'équipe d'EDT. Elle nous a concocté un programme dans chaque île. Tout au long de notre voyage, nous avons, entre autres, mission d'aller à la rencontre des filiales de notre partenaire. Sur place, les équipes nous organisent des entretiens avec les écoles, avec les associations qui luttent pour la sauvegarde de l'environnement, mais aussi avec des personnalités remarquables par leur âge, leur vécu ou leurs combats. Dans la petite voiture que l'on nous a prêtée pour monter au plateau de Toovii, j'enrage de ne pas avoir emporté un disque de Brel dans mes bagages. J'aurais voulu faire écouter *Les Marquises* à mes enfants. Je tourne machinalement le bouton de la radio qui grésille lorsque soudain j'entends la voix du grand Jacques qui susurre « gémir n'est pas de mise… aux Marquises ». Je crois aux signes et celui-ci n'en finit pas de m'émouvoir. Même Philou paraît troublé. Le paysage est lunaire. Nous sommes au cœur de l'univers. Il me semble sentir battre son pouls. La terre est rouge sang, fertile, chaude. La végétation est dense : des bananiers, des pandanus, des cocotiers, des arbres à pain. À mesure que nous grimpons, la brume se fait de plus en plus épaisse. Nous croisons des vaches, des cochons, des coqs, des chèvres qui évoluent en toute liberté. Malgré le brouillard, la lumière est dorée. Le vent balaie les nuages. Quelques chevaux sauvages galopent sur la route. Le ciel et la mer ne font plus qu'un, une lumière intense émane de leur communion. C'est presque irréel, mystique. Brel murmure : « Regarde bien, petit [...], sur la plaine là-bas, y a un homme qui vient, que je ne connais pas. [...] son cheval est trop fier pour être de ce coin... » Nous y sommes.

Pendant que Philou et moi allons à la rencontre des Marquisiens, visitons les lieux de culte et projetons notre film, les enfants coulent des jours paisibles entre la plage et le bateau. Il faut se méfier des nonos, ces minuscules mouches des sables invisibles, endémiques aux Marquises, qui mordent la peau pour prélever du sang. Le nono noir vit dans les vallées et le nono blanc vit sur les plages. Sa morsure provoque de terribles démangeaisons, peut s'infecter et surtout laisse souvent de vilaines cicatrices. J'enduis les petites de monoï et évite de les sortir à la tombée de la nuit. Le gros avantage du bateau est qu'il n'y a à bord ni nonos ni moustiques. Le deuxième danger vient des requins. Les Marquises, contrairement au reste de la Polynésie, ne sont pas le paradis de la baignade, car il n'y a pas de lagon. Dans la baie de Taiohae, l'eau est trouble en raison des alluvions qui descendent de la montagne transportées par les cours d'eau, et du sable noir. Les requins peuvent se tromper et attaquer l'homme par mégarde. Il ne faut surtout pas se baigner près du quai où les pêcheurs nettoient leur poisson, le sang attire ces prédateurs et il peut y avoir des accidents. On compte plusieurs espèces de requins par ici : des gris, des soyeux, des bordés... Mais les plus dangereux sont les ailerons blancs du large, les tigres et les marteaux, nombreux à rôder dans ces eaux. Évidemment, il faut aussi se méfier du soleil, qui est redoutable sur des peaux blanches comme celles de mes blondinettes. Pour l'instant, Nina et Denis m'aident. En traversée, il m'était facile de tout gérer seule, alors qu'ici j'ai beaucoup de rendez-vous pour faire des portraits caméra et j'ai bien du mal à travailler avec les petites dans les pattes. D'ailleurs, ma productrice s'est récemment plainte d'avoir un fond sonore composé de pleurs, et de chamailleries, qui « nuisent parfois à la qualité des sujets », pour reprendre ses termes. Nous avons lancé plusieurs pistes depuis le départ de Kate. La belle-fille d'une connaissance de Philou, qui vit à Manihi, devrait nous rejoindre d'ici à quelques jours, à mon plus grand soulagement. Nous attendons aussi les cours du CNED, qui sont en retard. Pour pallier ce petit désagrément, Denis a photocopié les livres de classe de l'école de Nuku Hiva.

Nous visitons de nombreux *marae*, que l'on appelle ici les *meae*. C'est aux Marquises que l'on trouve les structures archéologiques les mieux conservées. Les Marquisiens travaillent avec ardeur à la restauration et à la préservation de ces lieux sacrés. Le marae est un lieu de culte en plein air édifié à partir de matériaux en basalte juxtaposés et empilés. Destiné à la célébration de la vie religieuse et sociale du clan, on y honorait et invoquait les dieux, intronisait les chefs, préparait la guerre et accomplissait les cérémonies rituelles en y présentant les offrandes et en pratiquant des sacrifices humains. Ils étaient en général entourés de banians (l'arbre sacré) et leur accès était réservé à quelques initiés dotés du mana (la force surnaturelle). C'est généralement là que se déroulaient les rites anthropophages destinés aux chefs, aux prêtres et aux guerriers, à proximité de l'arbre sacré. On a retrouvé de nombreux crânes dans les banians. On ne peut rester insensible à la force qui se dégage de ces lieux où les pierres et les arbres semblent n'avoir rien oublié du passé. Il y a quelques années encore, les Polynésiens n'osaient pas y toucher de peur de fâcher leurs ancêtres. Ils ont compris aujourd'hui que ces sites représentent des vestiges archéologiques de grande importance et que la plus belle manière d'honorer leurs ancêtres est justement de restaurer ces endroits et de les faire revivre. Ainsi, Deborah Kimitete, une des très belles rencontres que j'ai faites aux Marquises, est fière d'avoir offert une nouvelle vie à ces lieux de culte dans lesquels plus rien ne se passait depuis 1842. Désormais, à l'occasion du festival des Marquises, qui a lieu tous les quatre ans, on danse sur le *tohua* (l'esplanade). Aux Marquises, de nombreuses femmes ont des rôles essentiels dans la vie politique. Elles se battent avec passion et détermination pour sauvegarder leur culture et leurs traditions. C'est le cas d'Yvonne Katupa que nous rencontrons dans la superbe vallée de Hatiheu, dont elle est le maire, et qui œuvre vaillamment pour préserver le patrimoine marquisien. Nous mouillons dans une baie enserrée dans un cirque de montagnes qui s'abaissent jusqu'à la mer en fragments de roches noires et escarpées. L'endroit est magique. La baie d'azur est dominée par une statue en corail de la Sainte Vierge érigée par un prêtre en 1872. Le vent souffle fort et balaie la chevelure verdoyante des pandanus, l'air est doux et parfumé. Yvonne nous accueille. Elle lutte corps et âme pour préserver l'authenticité de son village. Elle a su éviter les routes en goudron et les grillages autour des écoles que l'on retrouve un peu partout aujourd'hui. Le village est fleuri, dominé par une montagne noire, majestueuse, tourmentée, ornée de pics basaltiques en forme de dents, symbole de cette force marquisienne teintée de spiritualité. Une longue plage de sable brun, fouettée par une légère houle, sur laquelle les chevaux viennent se baigner au coucher du soleil, complète ce paysage d'une beauté à couper le souffle. Yvonne a déjà réussi à restaurer deux des sept sites de la vallée et travaille à la création d'un petit musée avec tous les vestiges qu'elle a pu récolter. Elle incarne à merveille la femme polynésienne : une douceur inégalable derrière laquelle se cachent une force impressionnante et une détermination farouche. À cause des tabous absurdes, la vie était autrefois difficile pour les femmes, hormis quelques exceptions puisqu'il y avait des chefs femmes et même des prêtresses. Le « tabou » enfermait les femmes de toutes parts. Beaucoup de choses étaient interdites aux hommes, mais très peu étaient autorisées aux femmes. Elles ne devaient pas s'approcher d'un bateau, faire la cuisine sur un feu allumé par un homme, manger du porc, passer sous un pont, et toutes sortes de superstitions, sous couvert du respect de la chasteté féminine, tendaient à creuser le fossé qui séparait les sexes.

Cette escale a tout du paradis, exceptés ces satanés nonos qui ont eu raison de moi. Épargnée jusque-là, je n'ai pas été loupée cette fois ! Je ne suis pourtant jamais piquée par un moustique. Le paradis n'existe pas.

Me voilà équipée, prête à sauter en parapente. Nous sommes à neuf cents mètres d'altitude. Le cirque est absolument grandiose. J'aperçois l'*Aranui*, le cargo qui fait la navette entre les îles. Il entre dans la baie. Mon cœur bat la chamade. Philou m'a pourtant déconseillé ce vol, il trouve ça trop dangereux, mais je ne peux résister au plaisir de flotter dans le ciel marquisien. J'ai attrapé le virus il y a quelques années à La Réunion. Kimi, mon guide, prend le pouls du vent. Aujourd'hui, il semble un brin lunatique. Je m'apprête à me lancer, lorsqu'il m'arrête fermement : « Je ne le sens pas, le vent est trop changeant, ne saute pas. » Je range mon casque, ma voile, ma GoPro (petite caméra accrochée au front). Je suis frustrée, mais on ne prend pas de risque avec ce genre d'exercice, cela peut être fatal. Et Philou de conclure : « Il n'y a pas de bons pilotes, il n'y a que de vieux pilotes », et d'ajouter au cas où je n'aurais pas compris : « Les autres ne sont plus là. »

Pas le temps de souffler depuis notre arrivée aux Marquises. Ce matin, nous avons rendez-vous au collège pour projeter notre film. Je suis particulièrement émue de voir cette classe de troisième visionner mes images. C'est là le sens de mon engagement. Rapporter des documents, des photos, des films, des livres et les partager avec le plus grand nombre, c'est-à-dire ceux qui n'ont pas la chance de vivre ça. Philou voyage depuis de longues années, il a vécu en mer des instants magiques, fait des rencontres exceptionnelles aux quatre coins du monde. Tous ces grands marins ne prennent pas toujours la plume pour raconter, peut-être par pudeur, ou parce que ce n'est pas leur vocation. Je veux partager mes aventures avec ceux qui restent à terre par tous les moyens possibles. Lorsque jc suis dans l'impossibilité de le faire, comme cela m'est arrivé parfois avec le site à cause de problèmes techniques, je suis malheureuse. Je ressens un manque. Raconter me permet de transcender nos aventures et m'aide à supporter les moments difficiles. Rien ne me touche plus que lorsque l'on me dit avoir rêvé grâce à mes écrits ou à mes films. Je ne suis pas marin, je suis là pour relater cette vie exceptionnelle que j'ai grâce à mon mari, et c'est là que je trouve mon harmonie.

À l'issue de la projection, les questions fusent. Ce n'est pas tous les jours qu'ils voient la banquise, les ours blancs, les phoques… Ils n'imaginaient pas qu'un bateau puisse naviguer dans la glace. Ils se sentent tout particulièrement concernés par le réchauffement climatique. L'inlandsis du Groenland ou les glaciers de l'Antarctique, en fondant, influent sur la montée des eaux qui menace directement les îles du Pacifique. On leur explique le phénomène avec l'expérience du verre d'eau et du glaçon. Les Marquises sont certes moins en danger que les Tuamotu, mais les enfants sont très conscients du péril. Ils ont vécu plusieurs alertes au tsunami. Dès que l'alarme sonne, ils partent immédiatement se réfugier dans la montagne. Les échanges avec ces jeunes sont passionnants ; leurs questions sont toujours pertinentes et sensibles. Le fait qu'il y ait des enfants à notre bord est un avantage, cela rend notre aventure plus humaine à leurs yeux, plus parlante.

Notre nouvelle équipière est arrivée hier soir ; elle nous a rejoints dans la baie d'Hatiheu où nous mouillons toujours. Kelly est française d'origine fidjienne, elle a vingt-cinq ans. Un grand sourire illumine son visage racé et ses traits réguliers. Pourvu qu'elle n'ait pas le mal de mer !

Dans la matinée, nous embarquons Xavier Curvat, alias Pipapo, spécialiste en biodiversité marine et grand plongeur. Il a eu pendant longtemps le seul centre de plongée des Marquises à Nuku Hiva, mais il en a eu assez des contraintes administratives que cela lui imposait. Il est accompagné de son fils, qui a l'âge de Loup. Gordon, notre guide marquisien, et André, son collègue, nous rejoignent dans la baie d'Anaho où nous nous sommes abrités en attendant que le vent se calme. C'est un très joli mouillage aux airs de bout du monde. Une longue plage de sable blanc s'étend sur un kilomètre. L'eau est transparente, ce qui est plutôt rare par ici. Stevenson, lorsqu'il croisait dans le Pacifique avec son voilier (*Casco*), tomba sous le charme de cette baie. C'est un des rares endroits aux Marquises où un platier corallien a pu se développer et évoquer une sorte de lagon. Dès que le vent mollira, nous filerons vers Eiao, une île déserte à soixante milles. Les bouteilles de plongée sont chargées. Nous hissons fièrement le drapeau marquisien que Deborah nous a offert ; c'est Loup qui grimpe au mât pour l'accrocher, comme toujours. Il flotte désormais à côté du drapeau breton. Nous n'avons jamais été aussi nombreux à bord. Nous sommes douze ! Gordon et André dormiront sur le pont, moi dans le carré. Depuis notre arrivée, j'ai l'impression de ne pas avoir « touché terre ». Les rendez-vous se sont enchaînés. C'est notre première île aux Marquises ; j'espère que ça se calmera bientôt et que je pourrai adopter le rythme tranquille des îles.

Nous appareillons. Je me réjouis de cette petite expédition et me mets aux fourneaux. Il faut nourrir ce petit monde, et vu la stature de Gordon, je n'ai pas le droit de me laisser aller. Pipapo nous explique que l'archipel marquisien se situe parmi les pays qui ont le plus fort taux d'endémisme, avec 11 % pour les poissons d'eau de mer et plus de trois cent soixante-cinq espèces de mollusques. On trouve une forte concentration de requins en

Polynésie, notamment des marteaux (*Sphyrna lewini*) et des ailerons blancs de récifs (*Carcharhinus albimarginatus*), ainsi que toute la faune pélagique. À l'est de Nuku Hiva, une colonie de milliers de dauphins d'Électre réside à l'année. C'est une espèce très proche de l'orque pygmée, mais on sait peu de choses à son sujet.

Nous jetons l'ancre dans la baie de Vaituha. C'est là qu'en 1960 Georges de Caunes s'était installé en solitaire avec son chien Eder, un chat et un rossignol, relié à la civilisation par la radio. Il voulait vivre l'aventure de Robinson Crusoé pendant un an et la raconter à la radio. Il perdit trente kilos et se fit rapatrier au bout de quelques semaines à Tahiti, où il fut hospitalisé. Philou l'écoutait chaque jour lorsqu'il était jeune et rêvait devant ses récits toujours très inspirés. C'était un merveilleux conteur.

Dès notre arrivée, nous enfilons nos stabs[1] et nous sautons à l'eau avec Pipapo. Les fonds sont magnifiques, le corail est noir. Les raies mantas volent autour de nous, il y en a des dizaines. Nous croisons aussi plusieurs requins soyeux d'environ trois mètres cinquante, des requins de récifs à pointe blanche et des murènes masquées, endémiques aux Marquises, ainsi que des *Coris* marquisiens. Pipapo nous fait remarquer que personne ne plonge par ici ; c'est trop isolé. De toute façon, il n'y a pas de club de plongée aux Marquises, et les plongeurs autonomes ne viennent en général pas jusqu'ici.

Dans l'après-midi, Loup, Denis et moi grimpons jusqu'au sommet d'Eiao (trois cent quarante mètres) avec Gordon et André. La montagne est raide mais, arrivés en haut, le plateau est complètement lunaire, irréel. Toujours cette terre rouge sang, cette montagne aride et dénudée. Les seuls habitants sont les moutons, les cochons et les nonos. La surpopulation animale est un des problèmes majeurs des Marquises. L'introduction des moutons au

1. La stab, ou gilet de stabilisation, permet d'améliorer la flottabilité du plongeur et lui évite de trop se fatiguer.

XIXe siècle a malheureusement contribué à l'appauvrissement de la végétation de l'île, accroissant le phénomène d'érosion du sol. Eiao, totalement dévastée, en est la preuve vivante. Mais les animaux qui évoluent en toute liberté font partie de la culture marquisienne, c'est ancré dans leur mode de vie. Il paraît difficile de leur faire admettre que cela puisse être nuisible à leur environnement.

On dit qu'il y a un trésor caché sur l'île d'Eiao, qui proviendrait d'un sous-marin allemand ou du vice-roi du Pérou. De nombreux explorateurs sont venus retrouver sa trace. Beaucoup de légendes circulent à propos d'Eiao et des livres ont été écrits sur son prétendu trésor. L'île reste un site archéologique réputé, bien que peu fréquenté. On y trouve beaucoup d'herminettes, les outils des Marquisiens en basalte.

Au milieu du plateau, on peut encore voir le petit escalier que s'était fait construire Georges de Caunes, du haut duquel il émettait. Un oranger solitaire trône fièrement, sur le sommet, comme un défi à la nature. André a tiré un mouton que Gordon dépèce devant mon petit Loup, épuisé par l'ascension. Nous ramassons quelques oranges et quelques délicieuses pommes cannelle. Le dîner du soir ainsi composé, nous redescendons sur la plage de sable noir pour allumer le barbecue. Gordon, qui pense à tout, a apporté des fruits de *mei* (arbre à pain) que l'on prépare comme des frites.

Une fois sur la plage, nous réalisons que notre bateau a disparu, il ne mouille plus dans la baie. Le capitaine a abandonné une partie de l'équipage sur un îlot désert ! Certes, nous ne mourrons pas de faim et nous sommes en bonne compagnie, mais l'inquiétude me gagne. J'espère qu'il n'y a pas eu un problème à bord. J'aperçois soudain la *Fleur* qui fait son entrée dans la baie. Ils étaient partis au large. Pipapo a fait découvrir au capitaine un nouveau type de pêche, le *jinging*, qui s'effectue par trois cents mètres de fond, sur le tombant. Il s'agit de donner de violents coups de canne pour tenter d'attraper du gros. Ils ont pêché un thon de vingt kilos. C'est, paraît-il, une pêche amusante. La nuit tombe et les nonos sortent de leurs trous pour venir dévorer nos corps fatigués ; il est temps de regagner le bord, d'autant que de nombreux *tupapau* (fantômes) rôdent sur l'île d'Eiao, sans doute à cause de la prison qui s'y trouvait, me confie Gordon avec conviction.

C'est la rentrée scolaire à bord de la *Fleur Australe* ; Denis donne sa première leçon à Loup, Nina et Laura. Les enfants ne sont pas vraiment motivés, d'autant qu'ils n'ont pas encore reçu leurs cours du CNED. C'est un peu une fausse rentrée pour eux. Ce n'est pas facile de se remettre au boulot dans un environnement aussi exceptionnel. Nous levons l'ancre en direction d'Hatuta'a, la plus septentrionale des îles marquisiennes. Motu Caca, le petit îlot à côté, est la dernière terre immergée des Marquises. Ce sont des îlots déserts. Le vent souffle fort, il est impossible de mouiller devant le Motu Caca où nous avions prévu de plonger. Trop de courant, trop de fond et surtout une grosse houle nous obligent à revenir sur nos pas. Gordon pêche quatre bonites. Beti est comme une folle devant les dizaines de frégates qui survolent la *Fleur*. Quelques dauphins d'Électre nous ouvrent la route.

Contrairement à Eiao, l'île d'Hatuta'a est complètement vierge. Il n'y a eu aucune importation, aucune intervention humaine. Elle est le repaire de nombreux oiseaux, différentes espèces de fous, de frégates et des gallicolombes endémiques que l'on ne trouve que sur cette île et sur l'îlot de Fatu Uku, au nord d'Hiva Oa. On y trouve aussi des noddis, des pétrels et des pailles-en-queue à queue rouge, qui étaient très recherchés car leurs plumes servaient de parure aux chefs. Le rouge est symbole de puissance. Soudain, j'entends Gordon hurler : « Le chien est tombé à l'eau ! » À trop vouloir attraper une frégate,

Beti a littéralement plongé dans la mer déchaînée. Elle est déjà bien loin, je n'aperçois plus que sa petite tête blanche entre les grosses vagues. Le capitaine manœuvre rapidement et je repêche à l'aide d'une épuisette la pauvre chienne qui n'en mène pas large. Sacrée Beti, elle ne nous l'avait pas encore faite, celle-là ! Avec tous les requins qui rôdent, avides de chair fraîche, elle a eu de la chance. Le vent forcit encore et nos nouveaux compagnons souffrent maintenant du mal de mer. C'est curieux de voir Gordon, une véritable force de la nature, allongé sur le pont, abattu et silencieux. Nous sommes amarinés et nous avons connu de bien pires conditions. La petite famille se porte plutôt bien et Kelly, notre nouvelle équipière, a l'air de bien supporter et d'être à l'aise en mer.

Nous arrivons à Taiohae à l'aube et débarquons nos hôtes, épuisés par cette dernière nuit en mer, mais ravis d'avoir pu plonger dans ces îles reculées. Le climat des Marquises est rude, très humide. J'ai bien du mal à me débarrasser de cette sinusite qui me fait souffrir depuis le pot au noir, et les plongées n'ont évidemment rien arrangé ; quant aux enfants, ils sont grippés. Pas mal de virus traînent en ce moment et les cas de conjonctivites sont nombreux.

Cela fait plus de dix jours que nous sommes arrivés à Nuku Hiva, et si nous voulons tenir notre programme, il est temps pour nous de lever l'ancre. J'aime le rythme soutenu de nos navigations ; cela nous permet d'aller à l'essentiel et d'être toujours dans l'action, même si les enfants se plaignent de n'avoir pas le temps de se faire des amis. Ici, dans la baie de Taiohae, il y a quelques bateaux au mouillage, des tourdumondistes qui ont jeté l'ancre à Nuku Hiva il y a quelques années. Parmi eux, quelques-uns ont des enfants. C'est le cas de Véronique et Yann que nous suivons ce soir jusqu'à la baie d'Hakaui. Navigateurs et baroudeurs, ils vivent sur l'île depuis deux ans. Ils ont deux enfants, Tao et Jade, qui ont l'âge de

Loup et de Laura. Ils sont devenus copains et forment une joyeuse petite bande.

L'anse d'Hakatea, au pied de la somptueuse vallée d'Hakaui, est l'un des plus beaux mouillages de Nuku Hiva, complètement abrité, presque fermé. De part et d'autre de la rivière se dressent des murailles verticales atteignant huit cents mètres. Au fond de la vallée, il y a l'une des plus hautes cascades au monde, la cascade de Vaipo, avec ses trois cent cinquante mètres de dénivelé. Cette anse est le point de rendez-vous des voiliers de Taiohae qui viennent y passer le week-end. Pipapo s'est même construit un petit cabanon sur la plage de sable blanc bordée de palmiers qui contraste avec la rudesse du paysage. La vallée est habitée par une seule et même famille de sang royal. Ils nous ont préparé un grand barbecue dans le four traditionnel : deux cochons et des drôles de bananes rouges, dressées vers le ciel, les *huetu*. Toute la famille est là : les enfants, les oncles, les tantes, les anciens… C'est Maria et Mai, les plus jeunes, qui reçoivent. L'ambiance est à la fête, le punch coule à flots. Mai me fait remarquer que ce sont les voiliers qui lui ont fait découvrir le rhum. Je ne suis pas sûre que ce soit ce qu'ils aient fait de mieux… Mai veut faire un yacht-club dans cette baie, il y a déjà un livre d'or signé par tous les voiliers qui s'y sont arrêtés. Jusqu'en 2007, date de son décès, c'était Daniel qui régnait sur la petite anse et accueillait les voiliers de passage. La baie porte son nom : Daniel's Bay. Nous sommes reçus avec beaucoup de gentillesse et de générosité. On ne peut atteindre cette vallée qu'en voilier ou au prix d'une longue marche, c'est ce qui lui donne son caractère exceptionnel : authentique et préservé. Les anciens improvisent une danse du cochon. Elle symbolise parfaitement la force rentrée qui se dégage des Marquisiens. On sent l'âme des guerriers derrière ces chants gutturaux et aspirés. Maria, Mai et leur nombreuse famille ne s'économisent pas pour faire partager leur joie de vivre et révéler l'esprit de leur vallée aux voi-

iridium

liers qui s'arrêtent devant chez eux. J'apprends le lendemain que la fête a duré jusque tard dans la matinée. Les Polynésiens aiment faire la bringue, cela fait partie de leur culture. La fête occupe une place centrale dans leur vie et elle est toujours bien arrosée. On boit, on chante, on danse, et parfois même on se bagarre… mais dans la bonne humeur.

Les Marquises sont la rencontre de la mer et de la terre. Dans la mythologie marquisienne, on raconte qu'un couple de dieux, lassés de voler dans les cieux, décida un jour de se construire une maison (*hae*). C'est ainsi qu'ils bâtirent les Marquises en une nuit. Chaque élément de la maison représente une île de l'archipel : les deux poteaux, Ua Pou, l'île dans laquelle nous venons de jeter l'ancre. La poutre faîtière, Hiva Oa, les chevrons, Nuku Hiva, le toit en palmes de cocotier, Fatu Hiva, et le trou dans lequel on brûle les déchets, Ua Huka. Le dieu Oatra termina son œuvre juste avant le scintillement de l'aube, Tahuata. Sentant ses pouvoirs divins l'abandonner avec le lever du soleil, il eut à peine le temps de murmurer, dans un dernier soupir : « Voici Eiao ! » Les îles Marquises forment ensemble une cathédrale édénique.

Sur l'île de Ua Pou, nous sommes accueillis par le maire et le ministre de la Culture, et encore une fois couverts d'innombrables colliers de fleurs. On est immédiatement envahi par la force et la spiritualité qui se dégagent des lieux. Le paysage est violent et tourmenté. La côte au vent est aride. Le vent souffle sans faillir. Le ciel oscille entre le gris et le rouge. Les déferlantes en furie se fracassent violemment sur la digue. La montagne est calcinée, cramoisie, rebelle. Des pics de basalte se dressent fièrement vers les cieux, comme une offrande faite aux dieux. Ces douze pitons s'élancent à plus de mille deux cents mètres d'altitude. Le ministre de la Culture est là aujourd'hui, avec un responsable de l'Unesco, car il est question de les classer au patrimoine de l'humanité. Ua

Pou ressemble à un palais de conte de fées, planté dans un sol volcanique. Nous sommes totalement séduits par l'île.

C'est une femme qui est maire de la vallée de Hakahetau. Elle nous a préparé un repas à base de spécialités locales : il y a l'incontournable poisson cru, le cochon et toutes sortes de *poe*, délicieuses préparations à base de fruits cuits, de lait de coco, d'amidon, de manioc et de vanille. On mélange beaucoup le sucré et le salé. Quant au lait de coco, il est de tous les plats. Nous avons le plaisir de retrouver Toti, un intellectuel que nous avions déjà rencontré à Nuku Hiva. L'association Moturaka dont il fait partie est très engagée dans la défense de la culture marquisienne. Titouan m'avait dit de le contacter, ils avaient sympathisé lors de son passage pour son livre *Femmes du monde*.

Cette dernière semaine, je me suis sentie assez nerveuse et agitée, sans doute le contrecoup de la fatigue liée à la grande traversée ou cette sinusite qui me fait toujours souffrir. Le fait est que nous avons fait l'acquisition d'un tiki (petite statuette sculptée dans le bois) au marché de Nuku Hiva et que j'ai remarqué que son arrivée à bord coïncidait avec mon « coup de mou ». Lorsque j'avais passé un peu de temps à Moorea, il y a une dizaine d'années, j'avais rencontré Pauline, une vieille dame à qui les habitants apportaient les tikis ou même les pierres qu'ils ramassaient dans la vallée, pour savoir s'ils avaient un « bon mana », c'est-à-dire en quelque sorte une bonne énergie. Certains d'entre eux étaient supposés avoir des pouvoirs maléfiques. Cette femme m'avait marquée et les histoires qu'elle m'avait contées aussi. C'est donc sans hésiter, mais sous l'œil absolument consterné de Philou et du reste de l'équipage, que j'ai jeté mon beau tiki à la mer en quittant Nuku Hiva. Je dois dire que je m'en suis trouvée immédiatement soulagée et que depuis j'ai retrouvé mon énergie débordante et mon humeur habituelle. J'ai toujours eu ce genre de superstition. Même les quelques bijoux qu'il m'est arrivé de porter n'ont pas fait long feu, et, à force d'en retirer quand quelque chose ne se passait pas comme je le souhaitais, je n'en porte quasiment plus aujourd'hui. Le seul qui ne me quitte jamais, c'est ma médaille miraculeuse de la rue du Bac. « Il vaut mieux jeter son tiki que son mari », m'a lancé Philou à ce propos en plaisantant. En tout cas, ce n'est pas Toti qui me contredira, son esprit cartésien ne l'empêche pas de croire à ce genre d'histoires. Il m'en raconte une tout à fait inquiétante sur un tiki qui avait été malencontreusement retiré de son lieu d'origine et qui n'eut de cesse de détruire les gens chez qui il se trouvait par la suite. Pour finir, il fut rapporté chez lui, dans sa vallée, et tout rentra dans l'ordre. Mais ce tiki baladeur avait eu le temps de causer de gros dégâts.

Le déjeuner est fort sympathique. L'adjoint au maire, Ben, qui sera notre guide, ne manque pas d'humour : « En Polynésie, il n'y a rien de plus stable que l'instabilité politique », plaisante-t-il. Il faut dire que les Marquisiens sont à mille cinq cents kilomètres de Tahiti et qu'ils sont loin des préoccupations bassement politiques de la capitale. Ils sont bien plus concernés par la défense de leur patrimoine culturel et intellectuel. Les Marquisiens sont fiers de leurs racines. Il ne faut surtout pas traiter de Tahitien un Marquisien, sous peine qu'il vous réponde avec fermeté que leur seul point commun, c'est la France ! À l'école, ils se sont battus pour que ce soit le marquisien et non le tahitien qui soit enseigné. Avant la colonisation, ils étaient plus de cent mille, mais leur population fut décimée à l'arrivée des Européens. Les « survivants » furent estimés à deux mille, des forces de la nature, à l'image de ce peuple sauvage, rebelle et fier. À l'époque, les chefs de tribus des différentes vallées combattaient les uns contre les autres. « C'est peut-être parce que nous n'avons pas de lagon et que nous sommes habitués à subir les assauts de la mer que nous avons pris l'habitude de nous battre et d'être dignes », me fait remarquer Toti avec humilité lorsque je lui demande où il puise toute cette force.

Nous allons visiter la vallée des Rois avec Ben. La côte est magnifique, toujours ce mélange d'acacias brûlés (le bois lolo) et d'oasis verdoyantes où les cocotiers, les bananiers, les pamplemoussiers et les manguiers regorgent d'eau. « Il est paraît-il des terres brûlées donnant plus de blé qu'un meilleur avril. » On ne peut s'empêcher de penser aux textes de Brel lorsque l'on découvre ces îles. Un berger conduit son troupeau de chèvres, c'est rare dans ces îles où les animaux évoluent en toute liberté. Quelques mètres plus loin, un jeune homme transporte deux gros sacs de coprah sur son cheval. Il le fait sécher un peu plus bas, au bord du chemin. L'*Aranui* le chargera à son prochain passage. Ce cargo mixte de cent dix-sept mètres fait partie intégrante de la vie de l'archipel. Il est le cordon ombilical entre Tahiti et les Marquises depuis vingt ans. Il transporte à la fois des marchandises et des passagers, essentiellement des touristes.

Ben est un merveilleux orateur, c'est un ancien professeur des écoles à la retraite. Il manie la langue avec subtilité. Il me raconte que lorsqu'ils décidèrent, avec Toti, de transmettre la mémoire des anciens, ils furent accusés de paganisme. La religion avait tué leurs rites et leurs légendes, mais c'est pourtant grâce au soutien ardent d'un prêtre, le père Le Cleac'h, qu'ils réussirent à convaincre les anciens du bien-fondé de leur démarche.

Nous visitons le marae, un des mieux restaurés des Marquises et un des plus vivants. De nombreuses manifestations s'y déroulent, des danses, des chants, mais aussi des joutes oratoires. Autrefois, les guerriers combattaient aussi par le verbe. Ils s'affrontaient par le biais de légendes qui se répondaient d'île en île. La plupart s'inspiraient des colonnes de basalte, signes phalliques symbolisant la force de l'île. De ce point de vue, Ua Pou est bien servie : c'est là que trône Manahetua, l'œil du monde, le plus colossal des pics de basalte marquisiens. Il serait allé combattre les colonnes d'Hiva Oa avant de revenir fièrement se dresser vers le ciel de Ua Pou. Nous descendons ensuite par la vallée de la Reine jusqu'à la somptueuse plage de Hohoi. L'eau est translucide, les vagues se brisent furieusement sur les galets. Cette plage est réputée pour ses pierres fleuries, des phonolites (pierres sonores) qui sont l'emblème de Ua Pou. Lorsqu'on les mouille, elles apparaissent recouvertes de délicates petites fleurs.

Le phallus de Hio, un des douze pics, règne solennellement sur la baie. Il fait la fierté des habitants. La côte Sous-le-Vent est tout aussi magnifique avec ses plages de sable blanc et sa baie des requins dans laquelle les prédateurs viennent se reproduire par centaines. Ben a connu tout le monde. Il regorge d'anecdotes. Ainsi, il nous raconte que Brel venait une fois par semaine d'Hiva Oa avec *Jojo*, son petit avion, pour livrer le courrier aux habitants. Il rendait beaucoup de services aux Marquisiens. Un jour, il se posa à l'aube, son bimoteur rempli de caisses de champagne. Il invita tous les habitants à boire et à trinquer avec lui pour fêter son anniversaire. Aussi curieux que cela puisse paraître, les Marquisiens ne connaissaient pas ses chansons, mais ils appréciaient l'homme. Aujourd'hui, le maire de Ua Pou a enregistré sa propre version des *Marquises*, qui est plutôt réussie. Ben se souvient aussi du passage de Cousteau. La *Calypso* mouilla pendant près de deux mois à Ua Pou. Le commandant voulait découvrir la pêche au dauphin qui se pratiquait encore à l'époque. Les pêcheurs encerclaient la baie avec des pirogues et frappaient ensuite deux pierres l'une contre l'autre, ce qui avait pour effet de dérégler le sonar des cétacés. Déboussolés, les pauvres dauphins s'échouaient sur la plage, prêts à être capturés. Devant la violence du spectacle, Cousteau fit remonter immédiatement ses cameramen. Il refusa de filmer la scène.

Le lendemain, après avoir projeté notre film à l'école du village, nous enfilons les costumes traditionnels marquisiens pour une séance photo. Les filles ressemblent à des vahinés parées pour la danse de l'oiseau, tandis que Philou et Loup sont transformés en guerriers des temps anciens. Le capitaine se lance dans une danse du cochon très réussie. Je savais bien qu'il avait l'âme d'un guerrier. L'église du village est somptueuse, le toit est entièrement ouvert et laisse apparaître le phallus de Hio. Avant notre départ, le maire nous baptise en nous remettant très officiellement nos deux surnoms marquisiens : Philou est Teikiheetai « le prince qui va en mer », tandis que je suis Tahiaheetai, « la princesse qui va en mer ». Nous sommes très fiers.

Nous appareillons sous la pleine lune en direction de Ua Huka. La mer est déchaînée. Nous sommes encore une fois au près serré. Kelly est malade pour la première fois, mais notre équipière n'a pas froid aux yeux, c'est une battante, ce n'est pas le mal de mer qui aura raison de sa ténacité. Des milliers de sternes fuligineuses nichent sur l'île aux Oiseaux, un îlot inhabité en face de Ua Huka. La cacophonie est assourdissante. Le jour se lève et nous arrivons devant la baie de Vaitape. Le chef-lieu de l'île est situé au fond d'une échancrure très profonde et étroite qui s'étend sur un kilomètre. Elle ressemble à un fjord. Cette baie est surnommée la « baie invisible ».

Nous n'avons pas dormi de la nuit ; la mer est grosse. Nous sommes attendus par le maire et les habitants à huit heures, mais Philou hésite : le débarquement est dangereux. Il effectue une manœuvre délicate, évalue la qualité du mouillage et prend la décision de nous débarquer, mais de rester à bord pour surveiller la *Fleur*.

Partout aux Marquises, les mouillages sont très rouleurs ; nous sommes en général obligés d'embosser[1], mais celui-ci est particulièrement houleux.

---

1. C'est-à-dire de mouiller une ancre devant et une derrière.

Je ne distingue même plus les silhouettes de Laura et Marion sous les innombrables colliers de fleurs. À chaque débarquement, mes petites fées se demandent ce qui leur arrive et qui sont tous ces gens qui les embrassent. Ua Huka est l'île de la couleur. C'est aussi l'île des sculpteurs et des chevaux, on la surnomme d'ailleurs l'« île aux Chevaux ». La sécheresse a eu raison d'une partie des troupeaux qui évoluaient en semi-liberté, mais on peut encore apercevoir quelques chevaux sauvages qui galopent fièrement à travers les champs. Un déjeuner est donné en notre honneur et le maire nous remet un tiki géant en bois qu'il a lui-même sculpté. Philou, qui a profité d'une légère accalmie pour venir nous retrouver, m'observe, l'œil rieur et inquiet, tandis que je fais le tour de mon nouvel ami. Il est presque plus grand que Marion et il a des yeux gentils. Je lui accorde toute mon attention. Je ne laisse à personne le soin de le rapporter à bord. L'embarquement est épique, le capitaine est énervé, ce genre de manœuvre le stresse. Il faut faire vite, les enfants sont agités. Beti et Maya courent dans tous les sens ; Kelly les jette à bord de l'annexe. La tête de mon tiki dépasse du sac étanche. Je le protège, l'eau de mer abîmerait son bois. Au mouillage, la *Fleur* roule comme jamais. Nous réussissons à embarquer sans trop de peine. On commence à avoir l'habitude. Nous ligotons Max – c'est ainsi que je l'ai surnommé – dans l'atelier. Il faut qu'il résiste à la gîte. J'espère qu'il ne nous en voudra pas trop. Nous hissons la grand-voile et filons vers Hiva Oa, l'île de Brel et de Gauguin.

Les navigations entre les îles sont pénibles, nous remontons au près et il y a beaucoup de mer. Heureusement, elles sont assez courtes, jamais plus de vingt-quatre heures. Marion a 40° C de fièvre. Nous avions prévu de faire un arrêt sur l'île de Tahuata, mais nous décidons d'aller directement sur Hiva Oa. Nous embouquons le canal du Bordelais. La houle est très grosse, de face.

Marion vomit, elle est brûlante. Philou se souvient de son entrée dans la baie avec Tabarly. Christian Brincourt et son équipe de TF1 les filmaient. Il me raconte qu'à sa grande déception, ils avaient raté Brel. Passionné de mer, il voulait rencontrer Tabarly, mais lorsqu'il apprit qu'il y avait un journaliste à bord, il annula aussitôt la rencontre. Brel fuyait les désagréments d'une célébrité envahissante et aspirait à la tranquillité. Tabarly fut très déçu que cette entrevue n'ait pu avoir lieu, et l'équipage aussi bien sûr.

Nous mouillons dans la baie de Tahauku, dite la « baie des Traîtres », et courons à l'hôpital du village d'Atuona. Le médecin diagnostique une belle angine, ce qui nous rassure aussitôt.

Deux mille âmes vivent à Hiva Oa. C'est une île particulièrement envoûtante, dont l'histoire est à jamais liée à celle de deux illustres artistes, Brel et Gauguin. Pour la première fois, nous arrivons dans une île en toute confidentialité, comme Brel que personne ne connaissait. Lorsqu'il débarqua à Hiva Oa, le facteur lui fit épeler deux fois son nom, ce qui lui fit décréter immédiatement qu'il avait trouvé son île. C'est grâce à Marion que nous sommes arrivés avec une journée d'avance, la *Fleur* n'est attendue que le lendemain. Je suis contente de savourer cette journée dans l'anonymat : pas de rendez-vous, pas de cérémonie d'accueil ou autres déjeuners avec les notables. J'en profite pour poser ma caméra et mon appareil photo qui ne me quittent pas d'habitude et nous partons en famille à la découverte de l'île.

L'île est fertile et boisée. J'ai l'impression d'être projetée dans une toile du grand maître. Je retrouve tout, les couleurs, les scènes de vie, les visages… C'est très émouvant, très fort.

Le lendemain, nous sommes attendus au village, à l'espace culturel Paul-Gauguin, pour célébrer notre arrivée. Des danseuses ondulent au rythme des percussions d'un orchestre de tambours. Cette fois-ci, les colliers de fleurs sont agrémentés de basilic sauvage et de fleurs couleur prune aux vertus aphrodisiaques. Ce sont sans doute les plus beaux que nous ayons reçus et leur parfum est délicieusement épicé. L'espace culturel Paul-Gauguin rassemble des reproductions de ses peintures et évoque son œuvre. Le centre est établi autour de la maison du peintre, la Maison du jouir. Dans le jardin, il y a un puits dans lequel on a retrouvé quelques-uns de ses objets personnels. Nous sommes ensuite conviés à marcher jusqu'au centre Jacques-Brel, qui abrite son avion, *Jojo*, un Beechcraft qui porte le nom de son meilleur ami. Il est entouré d'affiches de ses spectacles et d'un beau buste le représentant, réalisé par un sculpteur local. En plus de s'être servi de son avion pour faciliter la vie des Marquisiens, puisqu'il livrait le courrier dans les différentes îles et transportait les malades, il a offert aux habitants leur premier *drive-in*. Les Marquisiens ont découvert le cinéma grâce à lui. Il a même réussi l'exploit de projeter *Bonnie and Clyde* le jour de sa première nationale à Paris grâce à l'aide de son manager, Charley Marouani. Symboliquement, le fait qu'il ne reste de lui que son petit avion me touche particulièrement. Brel était chanteur, compositeur, acteur, marin, amoureux de la vie et de la mer. On ne coupera jamais ses ailes. Elles planent encore sur ces îles mystérieuses, comme un hommage à l'amitié qu'il chérissait plus que tout et à Jojo, son fidèle compagnon, décédé lorsqu'il entreprit son tour du monde sur l'*Askoy*. Quelques mois après, Brel apprit qu'il était atteint d'un cancer du poumon. Il vint chercher tranquillité et spiritualité aux Marquises, où il résida entre 1975 et 1978. La pochette de son dernier album, *Les Marquises*, représente un merveilleux ciel marquisien, sa dernière escale.

C'est au tour de Loup d'avoir 40° C de fièvre. Le climat humide est propice aux angines et autres maladies respiratoires. Tous les gens que je croise toussent ou sont enrhumés. Brel n'avait pas choisi le coin idéal pour soigner un cancer du poumon, mais il cherchait sans doute à apaiser autre chose que son corps fatigué.

Le mont Temetiu nous domine de sa puissance colossale. Il pleut sur la baie des Traîtres. C'est à cheval que l'on perce le mieux le secret de ces vallées profondes et mystérieuses. Le soleil est au rendez-vous. Philou et moi embarquons Loup et Nina pour une folle randonnée avec Paco, qui possède le ranch de Hamao. Nous remontons les crêtes, longeons les baies, galopons à travers les sentiers dans la forêt, frôlons les manguiers centenaires. Les lianes de vanille et les santals vampirisent l'atmosphère. Les chevaux marquisiens, d'origine chilienne, à dominante alezane, font partie intégrante du paysage. Dans certaines vallées, ils servent encore de moyens de transport et de bêtes de somme pour transporter le coprah.

De retour au village, je fais la connaissance de Josette Garonne. Elle est à moitié tahitienne, chinoise et polonaise. Elle irradie de grâce et de douceur. Le tableau de Gauguin *Deux Tahitiennes*, dont on ignora longtemps l'origine, et qui changea deux fois de titre avant de s'intituler ainsi, représente son arrière-grand-mère et sa grand-tante. Josette nous montre d'ailleurs la photo qui a servi de modèle à Gauguin : c'est la copie conforme du tableau. Le peintre débarqua à Hiva Oa en 1901 avec sa malle, sur la plage de la baie d'Atuona. Il était déjà malade et avait même tenté de mettre fin à ses jours quelque temps auparavant. C'était son deuxième voyage en Polynésie, mais son premier arrêt aux Marquises. Il sut d'emblée s'attirer la sympathie des notables et de l'Église grâce à laquelle il réussit à se procurer un terrain de plus de trois mille mètres carrés pour y construire sa « Maison du jouir ». Sur la façade en bois, il est inscrit : « Soyez mystérieuses, soyez amoureuses et vous serez heureuses. » Les Marquisiens appréciaient l'homme au-delà de son travail, qui ne les intéressait guère. Il avait du mal à se procurer du matériel pour peindre. On pense que certains tableaux étaient réalisés avec des pigments naturels, de la terre. Il prenait pour modèles de très jeunes filles et ne se contentait pas de les peindre, ce qui lui attira les foudres de certains. Les Marquisiens, en revanche, n'y trouvaient rien à redire. Ils étaient fiers que leurs filles soient immortalisées par le génie. Ses yeux bleus exerçaient une sorte de fascination sur le peuple. Gauguin avait prévu de revenir en France lorsque la maladie le terrassa en 1903. Il y avait quatre personnes à son enterrement. Son corps était couvert de plaies, totalement dévoré par les moustiques, ce qui fit dire à certains qu'il avait contracté la syphilis. Au cimetière d'Atuona où nous sommes venus nous recueillir ce soir, la tombe de Brel est juste à côté de celle de Gauguin, sur laquelle est sculpté le buste d'Oviri, l'enfant sauvage que tentait désespérément de retrouver Gauguin au plus profond de son âme. Les deux grands hommes reposent côte à côte, à l'ombre d'un frangipanier, face à l'océan. Ils ne pouvaient rêver de plus belle demeure pour abriter leurs âmes éternelles.

C'est à Hiva Oa, dans la vallée de Puamau, que l'on trouve le plus grand tiki de Polynésie, qui mesure deux mètres soixante-sept ; de dos, on dirait une sculpture de Botero. Il porte le nom d'un chef guerrier réputé pour sa force : Takaïï. Il dégage une puissance indéniable. Philou le serre dans ses bras. J'ai peut-être réussi à le convaincre que les tikis avaient un vrai mana. Cette notion de mana, que l'on définit comme « la force surnaturelle donnant le pouvoir de vaincre ses adversaires », revient souvent en Polynésie, à diverses occasions. Il n'est pas rare d'évoquer « son mana » pour parler d'un lieu ou même d'une personne. Il s'agit en réalité de son aura, de ses ondes en quelque sorte. Si même mon cher et tendre se met à enlacer une sculpture en tuf rouge, c'est que les Marquises ont le don de transformer les êtres. Il ajoute même qu'il entend battre son cœur. Il y a pas mal de gens qui restent insensibles au charisme de ces îles violentes et sauvages, qui ne ressemblent pas aux images de « carte postale » de la Polynésie, telle qu'ils se la sont représentée, avec ses lagons turquoise et ses bungalows sur pilotis. D'autres trouvent ces îles tristes et nostalgiques. Difficile, pourtant, dc passer à côté de la poésie qui se dégage de ces lumineuses Marquises.

Nous faisons le chemin du retour dans les nuages. Il pleut et nous écoutons le grand Jacques. La piste est sinueuse, à flanc de montagne. Les falaises rugissent à l'horizon. Les arbres frémissent, quelques chèvres traversent la piste. Le temps s'immobilise aux Marquises.

Le soir même, je fais la connaissance de Serge Lecordier, un ami de Brel, un *popa'a* : c'est comme ça qu'on appelle les Blancs en Polynésie. C'est à lui que l'on doit le petit musée autour de son avion. Leurs voitures se sont percutées en 1975, du côté de l'aéroport ; Serge était également pilote. Ils se sont retrouvés à Tahiti peu de temps après et ont sympathisé. Il me raconte que lorsque Brel débarqua à Hiva Oa, en 1975, après cinquante-neuf jours de traversée sur un bateau très lourd qu'il s'était entêté à acheter, il n'en pouvait plus de la mer, des bateaux et des marins. Il n'avait qu'une idée en tête : poser ses bagages à terre. Il était accompagné de Madly, sa dernière compagne, une Antillaise rencontrée sur le tournage de *L'aventure c'est l'aventure* de Claude Lelouch. Il eut immédiatement la certitude d'avoir trouvé son île. Il se procura très vite son petit avion et vendit l'*Askoy* – son bateau, dont il ne voulait plus entendre parler – pour une bouchée de pain à de jeunes Américains de passage. Il acheta un terrain sur les sommets d'Hiva Oa, tout près du cimetière d'Atuona où il repose aujourd'hui. Lui qui détestait pourtant tout ce qui s'apparentait à la religion passait des après-midi entiers à discuter avec le prêtre du village. Un jour, il alla rendre visite aux sœurs et leur lança, taquin : « Venez, mes sœurs, on va s'envoyer en l'air ! » Il les emmena faire un tour en avion. Arrivés en altitude, il sabra le champagne et trinqua à leur santé. Les

Marquises lui ressemblent, elles sont désespérées, mais si élégantes… Violentes, tourmentées, tristes et gaies à la fois. Terriblement humaines.

Nous avons trouvé une famille d'accueil qui a fait l'unanimité pour Maya, notre dernier chiot qui a bientôt quatre mois. C'est trop compliqué à bord avec deux chiens. Même Beti semble avoir perdu sa joie de vivre. C'est d'ailleurs l'argument que j'ai utilisé pour convaincre Loup. C'est une source de conflits dont on doit se passer. Il y a déjà assez de petites tensions qui percent au bout de quatre mois en mer. La vie en groupe n'est pas simple tous les jours, et ce qui paraît fluide au départ se complique à mesure que le temps passe, surtout quand les conditions sont difficiles. Mais pour l'instant, tout va plutôt bien. Denis sait se mettre en retrait quand il le faut, il est discret, délicat et plutôt diplomate. Quant à Kelly, elle est d'humeur égale, elle a le sourire et ne rechigne pas à la tâche.

Les enfants sont tristes de se séparer de Maya, mais ils savent que cela soulagera l'atmosphère. Je crois également que Loup et Nina en ont assez de nettoyer le pont. Moi aussi je suis triste, je m'étais attachée à elle. La famille marquisienne qui l'adopte est charmante. Les deux enfants rêvent d'un petit chien et la maman est ravie, elle veut l'avoir toujours avec elle. Nous aurons désormais une bonne raison de revenir aux Marquises. Nous appareillons aussitôt et filons vers Tahuata, l'île voisine, à quelques milles, de l'autre côté du canal du Bordelais. Nous y ferons un bref arrêt pour caréner. Je n'ai jamais vu le capitaine lever l'ancre aussi rapidement. Il a sans doute peur que nous changions d'avis. Ce soir, un large sourire illumine son visage rieur.

Quarante-cinq nœuds de vent de face, de violents grains et une très grosse houle. Nous sommes encore au près serré et je commence à comprendre que mon marin a décidé de nous faire remonter ainsi les îles de Polynésie, histoire de ne pas faire comme tout le monde. C'est très vite confirmé par : « On ne va pas faire la route du tour-dumondiste lambda, quand même ! » Pour ma part, je m'en serais contentée, mais à bien réfléchir, il n'a pas tort, ça manquerait de panache. Nous arrivons d'Alaska par le passage du Nord-Ouest ; notre chemin n'a de toute façon rien de banal, alors continuons... Une vague plus grosse que les autres fait rentrer de l'eau dans le bateau par la cheminée du poêle. Les lames sont sèches et méchantes. Fatu Hiva se mérite, elle n'est d'ailleurs accessible que par bateau.

Nous relâchons dans la baie de Hanavave, sans doute le plus beau mouillage des Marquises, bien qu'ils aient tous un charme fou. Chaque île a sa propre personnalité, à l'image de ces colliers de fleurs qui ne sont jamais les mêmes. Cette baie s'appelait la « baie des Verges », à cause de ses immenses pitons de basalte aux formes phalliques. Les missionnaires s'empressèrent d'y ajouter un *i* salvateur et la rebaptisèrent « baie des Vierges ». C'est certes plus convenable, mais beaucoup moins ressemblant. Le décor n'en reste pas moins spectaculaire.

Aujourd'hui, c'est le jour du passage de l'*Aranui*. Le petit village est en ébullition. Il est niché au bord de la grève, au sein d'une vallée verdoyante et encaissée. Nous grimpons le long de la rue principale, longeons le terrain de foot derrière la jolie église et allons jusqu'à l'épicerie. Les habitants nous saluent, ils nous attendaient. Ils nous ont tous vus à la télé, l'arrivée de la *Fleur* à Nuku Hiva est passée sur toutes les chaînes locales. Une jeune femme nous invite à prendre le thé pour nous faire découvrir son artisanat. Elle m'offre une très belle couronne de fausses fleurs ; « ça tient plus longtemps », précise-t-elle. De plus en plus de Tahitiennes portent un tiaré en tissu à l'oreille ; on en trouve dans toutes les épiceries. J'essaie de leur expliquer, en vain, que ça dure peut-être plus longtemps, mais que ça n'a pas le charme de l'éphémère fleur de tiaré, qui certes se fane, mais sent tellement bon ! C'est le symbole de la modernité : on respecte les traditions, mais on les actualise pour se faciliter la vie. Comme les toits en feuilles de pandanus souvent remplacées par une imitation en plastique qui demande beaucoup moins d'entretien. Nous repartons chargés de mangues et de bananes. La baie des Vierges est nimbée d'une lumière chaude et irisée. Les hautes falaises dégringolent dans l'eau infiniment bleue. Cette île me touche particulièrement.

J'ai rendez-vous avec Sarah, au village d'Omoa. Elle va nous initier au secret du *tapa* et du *umu hei*, deux traditions ancestrales. Sarah est fascinante, c'est une sorte d'alchimiste. Elle détient le secret des plantes, les assemble, les travaille pour récolter le meilleur de leurs essences et jouir de leurs différentes vertus. Elle nous attend sur sa terrasse, au milieu de ses barils d'huile dans lesquels elle laisse infuser toutes sortes de racines et de fleurs. Elle est belle, elle doit approcher de la soixantaine. C'est très difficile de lui donner un âge, tant sa peau a gardé la souplesse de la jeunesse et ses cheveux leur brillance et leur éclat. C'est sans doute grâce à toutes ces huiles magiques, mais surtout à cette sérénité et cette grande sagesse qui émanent de son être et font scintiller ses yeux mystérieux. C'est la femme dans toute sa splendeur, et me revient cette phrase inscrite sur la façade de la Maison du jouir de Paul Gauguin. Son parc abrite toutes les espèces d'arbres et de plantes odorantes des Marquises grâce auxquels elle élabore ses divines potions magiques. Elle extrait tout d'abord l'huile de coco dans laquelle elle fait macérer du basilic, c'est la base de toutes ses préparations. Elle y ajoute ensuite du jasmin, de la vanille, du tiaré, de l'ylang-ylang, du santal, de la fleur de pandanus (le *hinano*) et toutes sortes de fragrances miraculeuses. Son jardin aux mille arômes est un régal pour les sens. Nous assistons ensuite à la préparation du tapa, qui servait autrefois à fabriquer les vêtements. Agenouillée sur une natte colorée, elle découpe l'arbre à pain pour en extraire l'écorce, qu'elle frappe ensuite à l'aide d'un morceau de bois jusqu'à ce qu'elle devienne souple et fine. De nos jours, le tapa est séché pour recevoir des motifs traditionnels peints. Sarah se lance maintenant dans la préparation du umu hei, un bouquet odorant aux fragrances suaves que l'on se noue dans les cheveux et qui confère aux vahinés ce parfum sensuel et envoûtant. On dit qu'il a de grandes vertus aphrodisiaques.

Sarah extrait l'œil de l'ananas qu'elle saupoudre de bois de santal, puis assemble autour toutes sortes de fleurs, fruits ou écorces, de la vanille, du jasmin, du frangipanier ; le tout est tenu par une fibre végétale et compose un ravissant petit paquet olfactif qui diffuse dans le sillage des vahinés des effluves inoubliables, comme une invitation à l'amour. C'est vrai que ce mélange est particulièrement subtil et délicat. Cela vaut tous les Shalimar de la terre !

Un autre bateau mouille depuis ce matin dans la baie des Vierges. Son capitaine vient à notre rencontre, et nous avons la bonne surprise de reconnaître Alain Revel, un ancien équipier du *Vendredi 13* que j'ai rencontré quelques fois sur la péniche des Fauconnier, à Paris. Le *Vendredi 13* était le trois-mâts de Jean-Yves Terlain affrété par Claude Lelouch en 1972 pour gagner l'Ostar, la transatlantique en solitaire entre Plymouth et Newport que remporta finalement Alain Colas. C'est le premier bateau sur lequel j'ai navigué par hasard à la Martinique en 1987. J'étais venue présenter un film dans un festival et Karine Desbœuf, compagne de Jean-Yves Terlain, nous invita, Jacques Penot et moi, à faire une sortie à son bord. C'est un peu grâce au *Vendredi 13* et à sa bande de copains, en particulier Dany Fauconnier, que je suis sur l'eau aujourd'hui avec ma famille. Nous passons une soirée joyeuse avec Alain. On croise toujours un ancien du *13* à l'autre bout du monde. C'est la magie de la voile et des gens de mer, on se retrouve un jour ou l'autre, au gré du vent.

Le lendemain, les enfants du village sont conviés à fêter les quatre ans de Laura. J'emballe dans du papier cadeau le joli vélo rose dont ma petite princesse rêve depuis quelque temps pour dévaler les longues vagues de l'océan Pacifique et me lance dans la préparation d'un gâteau au chocolat.

Demain, nous quitterons les Marquises. Nous n'oublierons jamais l'accueil que nous a réservé ce peuple fier, courageux et inspiré qui se bat corps et âme pour transmettre la mémoire de ses ancêtres. « Gémir n'est pas de mise aux Marquises. »

Les Tuamotu : des îles dont on fait les songes

Il fait une chaleur étouffante dans le bateau. Nous sommes encore au près, par trente nœuds de vent. À part le capitaine, l'équipage commence à ressentir une certaine lassitude. Nous naviguons contre le vent depuis le pot au noir, constamment à la gîte, louvoyant contre l'alizé. Les petites sont une fois de plus malades. Laura se plaint de maux de tête, et lorsque j'observe la mine blafarde du reste de l'équipage, je constate un évident « coup de mou ». Nous filons vers Hao, atoll des Tuamotu du Sud-Est. Normalement, en venant des Marquises, la première escale aux Tuamotu est Manihi, mais nous avons rendez-vous avec Marc Taquet de l'Ifremer qui se trouve à Hao en mission. Encore trois cent soixante milles, c'est-à-dire trois jours de mer au mieux, vu les conditions.

Nous longeons l'atoll de Fakahina. Une forte houle rend le débarquement impossible. Les déferlantes se brisent violemment sur le platier corallien en formant des nuages d'écume. Je retrouve cette lumière diaphane propre aux Tuamotu. Ce sont des anneaux coralliens à fleur d'eau, plantés de cocotiers, et qui abritent des lagons turquoise. Ce vertige liquide se décline en une harmonie de bleus allant du plus foncé au plus clair. Philou repère l'aileron pectoral d'une baleine à bosse qui longe le récif.

Il n'y a pas de passe pour entrer dans le lagon, juste de petites aérations pour que l'eau circule. La baleine nous devance, elle longe le récif. Je grimpe au nid-de-pie. Ces couronnes de sable sont d'une telle platitude que c'est d'en haut qu'on les distingue le mieux. J'aperçois le lagon étincelant comme une piscine encerclée de sable. Nous laissons Fakahina et sa baleine à bosse dans notre sillage.

C'est la tempête lorsque nous arrivons sur Hao. Nous embouquons la passe Kaki, réputée pour être l'une des plus dangereuses en raison de son fort courant. Elle est peu profonde : dix mètres. On ne peut y entrer qu'à l'étale de la marée haute ou basse, sinon il y a trop de mascaret, c'est-à-dire un très fort clapot provoqué par la rencontre entre la houle et le courant. Aux Tuamotu, les navigations dans les passes sont toujours périlleuses. C'est, entre autres, ce qui fit fuir les explorateurs d'autrefois. Le Portugais Magellan fut le premier à faire une brève escale sur ces atolls, à Puka Puka en 1521. D'autres lui emboîtèrent le pas, mais aucun n'osa s'attarder dans ces eaux inhospitalières. Les Hollandais Le Maire et Schouten parlèrent d'« îles des Chiens », d'« Îles sans fond » ou d'« îles des Mouches ». Jacob Roggeveen, le découvreur de l'île de Pâques, les qualifia d'« îles Pernicieuses » en 1722. Bougainville, en 1768, et Dupetit-Thouars, en 1838, ne furent guère plus laudatifs. La connaissance de ces atolls progressa un peu grâce au passage de Darwin dans les années 1830. La marine française n'acheva de dresser la carte de l'archipel qu'en 1950.

Philou suit les *Instructions nautiques*, tandis que Loup grimpe au nid-de-pie pour lui signaler les patates[1]. Malgré les grains, la luminosité est très forte. Le capitaine

1. Récifs à fleur d'eau.

sort le compas de relèvement pour avancer dans le chenal, balisé par deux bouées latérales et un alignement.

Il pleut de plus en plus et le vent souffle à plus de trente nœuds. Nous jetons l'ancre dans la baie. Ce n'est pas vraiment l'idée que l'on se fait des Tuamotu. En tout cas, moi qui n'ai connu que Rangiroa, je ne retrouve pas du tout l'ambiance de mes souvenirs. Il règne aujourd'hui sur Hao un parfum de désolation qui n'a rien pour remonter le moral des troupes. Hao est un peu la capitale de ces atolls du bout du monde que sont les Tuamotu du Sud-Est appelés *terra incognita*. Hors des sentiers battus, ces atolls sont épargnés par le tourisme. Les structures d'accueil y sont quasi inexistantes. Certains de ces atolls, dont Hao, doivent leur triste célébrité à la présence du CEP, Centre d'expérimentation du Pacifique. En effet, Hao était la base arrière de Mururoa. Ces îles avaient été retenues car elles étaient éloignées de toute zone habitée, puis elles ont été rétrocédées au territoire suite à l'arrêt définitif des essais nucléaires. L'atmosphère dans le village est étrange, même si Hao semble vouloir oublier son passé peu enviable et que toutes les infrastructures du CEP sont en démolition. À l'époque des essais, cinq mille personnes y vivaient, essentiellement des militaires. Aujourd'hui, l'île abrite mille deux cents âmes. C'est à Hao qu'il y a la plus grande piste d'atterrissage de Polynésie.

Marc Taquet – que nous avions déjà rencontré à Paris pour mettre en place notre partenariat – et l'équipe d'Ifremer font des mesures de courant dans la passe afin d'y placer des hydroliennes. Nous devons les suivre en plongée : je filmerai tandis qu'ils déposeront dans la passe un nouveau courantomètre, plus performant, afin d'y effectuer les mesures nécessaires à l'installation des hydroliennes sous-marines. La mission est malheureusement rendue impossible par de très mauvaises conditions météorologiques : pas d'étale, fort courant et grosse houle. C'est trop risqué, nous pourrions nous faire prendre par le mascaret.

Nous mouillons dans une petite anse sinistre, à côté des anciens bâtiments du CEP. Il pleut toujours autant. J'ai libéré mon tiki de ses attaches, puisqu'il n'a plus rien à craindre en mer, et je l'ai mis au purgatoire, sur la digue. Le pauvre est trempé, nous verrons bien s'il mérite de revenir. Les quelques enfants du village qui osent s'aventurer dehors malgré la tempête se demandent ce que fait ce grand bonhomme en bois rouge à regarder la mer sous des trombes de pluie. Eh bien ! il est comme nous : il attend des jours meilleurs.

Seuls Loup et Nina sont aux anges, ils se sont fait de « super potes » et passent leurs journées à jouer au Monopoly polynésien. Ils s'échangent du Moorea contre du Bora Bora, achètent des usines de monoï ou de jus d'ananas, essuient de gros cyclones ou des tsunamis qui dévastent leurs fermes perlières ou leurs flottilles de pêche, et dansent le tamouré pour sortir de prison.

La mer est démontée, le vent souffle de plus en plus fort. De violents grains se sont succédé sans relâche depuis ce matin. Les journées passées ainsi, sans pouvoir bouger du bateau, sont épuisantes. Les petites sont surexcitées, les grands sont très bruyants. Nous avons hâte de lever l'ancre. Heureusement, nous faisons la connaissance de François Dantzer, un Alsacien haut en couleur, marié à Amélie, une élégante Chinoise. Son épicerie n'a pas grand-chose à envier aux Hédiard et Fauchon de métropole : on y trouve de tout et surtout de la meilleure qualité possible. J'ai même réussi à me procurer un excellent mascarpone pour faire mon tiramisu. C'est pour le moins incongru de trouver une « épicerie fine » dans cet atoll du bout du monde. Ce soir, ils nous ont préparé un repas traditionnel polynésien (le *ma'a*) : du pain coco aux bananes *fei* sans oublier le porcelet grillé et le délicieux poisson cru. Voilà de quoi nous réconcilier avec Hao.

Après le retrait des militaires en 1998, on a retrouvé beaucoup de produits toxiques dans le lagon. Aujourd'hui, des gens comme Amélie et François contribuent à redonner le sourire à l'atoll. Une accalmie annoncée pour demain devrait nous permettre de reprendre la mer dans la matinée. Je récupère Max, mon gentil tiki, qui a bien mérité de rentrer au chaud, et je tombe immédiatement dans les bras de Morphée.

Philou lâche un ris à la grand-voile. Pas un rayon de soleil depuis plusieurs jours, il fait presque froid. Les enfants lisent dans la timonerie. Nous sommes dans un front localisé qui touche les Tuamotu du Sud. Vers minuit, Philou repère sur le radar une ligne de grains qui arrive par le travers. L'expérience du marin lui permet d'anticiper et d'affaler toutes les voiles. Il roule le génois, ramasse le tangon à la hâte. Heureusement, car en l'espace de quelques secondes, le vent vire de quatre-vingt-dix degrés avec de fortes rafales qui obligent la *Fleur* à empanner sous des torrents de pluie. L'ondée est si violente que ça aurait pu provoquer de gros dégâts. Le grain passé, nous retrouvons immédiatement de meilleures conditions.

L'île de Makemo est en vue. Je suis au nid-de-pie, je fais des photos. Les Tuamotu ont repris leur allure de carte postale. Quelques cumulus flottent légèrement dans le ciel éclatant. Le soleil est de retour. La température extérieure est remontée à 29 °C. Nous embouquons la passe d'Arikitamiro.

En arrivant dans le lagon, nous apercevons quatre souffles de baleine à bosse. Nous suivons leur trace pendant quelques milles. Dans l'après-midi, nous sommes au mouillage devant le petit village de Pouheva. Nina, Loup et moi nous précipitons dans l'eau. Philou nous suit en annexe, car il y a du courant. Quatre baleines viennent nous rendre visite, et nous nageons avec elles. Elles nous régalent d'un véritable ballet sous-marin pendant plus de quinze minutes. Leur queue virevolte dans les airs, leur corps ondule jusqu'à jaillir complètement hors de l'eau. Philou aussi profite du spectacle. C'est un moment de grâce absolue pour nous tous. Nous avons beaucoup de chance, c'est rare de voir des baleines d'aussi près dans un lagon à cette époque de l'année. Nous ne regrettons pas cette courte escale à Makemo, qui restera pour toujours dans nos cœurs l'« atoll aux Baleines ».

Des dizaines de requins à pointe noire tournent autour de la *Fleur*. Nous sommes à Fakarava passe Sud. Fakarava est sur le point de devenir aussi célèbre que sa voisine, Rangiroa, grâce à la richesse de ses fonds marins et à la beauté de ses îlots bordés de petites plages aux délicates nuances allant du blanc au rose. L'atoll est classé réserve de la biosphère par l'Unesco. C'est le second atoll des Tuamotu, par sa taille.

Aussi étrange que cela puisse paraître aujourd'hui, le village de Tetamanu était l'ancienne capitale de Fakarava et la capitale administrative des Tuamotu en raison de ses vastes dimensions et de ses deux immenses passes. Aujourd'hui, nous ne croisons que trois habitants dans ce village abandonné depuis 1912. Zaza en est la doyenne, elle a soixante-seize ans mais en paraît soixante. Elle est très mince avec de beaux cheveux blancs, et roule son « bison »[1] avec agilité. Seule sa vue qui baisse chaque jour lui rappelle qu'elle n'a plus vingt ans. L'essentiel de la population vit actuellement au nord de l'île, dans le village de Rotoava. Elle se souvient du cyclone de 1998 qui a dévasté l'atoll et me dit n'avoir qu'un conseil à donner à sa descendance : « N'habitez en aucun cas aux Tuamotu, c'est trop plat, trop dangereux ! » On la croit sur parole et l'on se doute à regarder ses yeux d'un noir profond que la mer n'a pas dû l'épargner. Elle me raconte ces moments d'horreur absolue où soudain la vie bascule lorsque les éléments se déchaînent et qu'il ne reste comme échappatoire que de grimper aux cocotiers pour tenter de résister, de s'accrocher à cette vie qui nous file entre les doigts. Lors du dernier tsunami, elle s'en est sortie en se

1. Tabac local.

laissant dériver sur un bateau, des jours durant, jusqu'à ce que le calme revienne. Mais Zaza déborde d'énergie, elle aime la solitude de son petit village fantôme, à peine brisée par quelques visiteurs de la petite pension d'Annabelle et Sane. Pour rien au monde elle n'en partirait. Même la perspective d'aller au village de Rotoava, au nord, pour voir son médecin ou faire des examens, ne l'emballe guère. Elle vient de faire son troisième infarctus. « De toute façon, j'ai fait mon temps », ajoute-t-elle en roulant sa quatrième cigarette.

Nous dérivons le long des jardins de corail. On se croirait dans un jardin japonais. Les coraux sont particulièrement sains et préservés. Tout est bien ordonné, des bonsaïs, des anémones…

C'est la première plongée de Philou aux Tuamotu. Il est fasciné. J'avais déjà eu cette chance, il y a quelques années, et c'est vrai que j'ai rarement vu ailleurs une telle concentration d'espèces pélagiques et récifales. Comme dans la plupart des atolls, les plongées sont dérivantes. On s'immerge côté océan et on se laisse porter par le courant rentrant dans le lagon, en faisant toutes sortes de rencontres. Arrivés à trente mètres dans le canyon, on trouve un véritable mur de requins gris, quelques bordés, des pointes blanches de lagon. C'est fascinant, tous ces prédateurs qui se reposent, bercés par le mouvement de la mer. En arrivant au mouillage, on est surpris par la présence de ces nombreux requins qui semblent guetter leur proie en tournant autour du bateau. Les premiers jours, Philou hésitait à baigner les petites. Mais à part les cas particuliers que j'ai évoqués, ces prédateurs sont inoffensifs, d'autant que, contrairement aux Marquises, l'eau est claire. Ils n'impressionnent même plus Marion. Elle crie : « Quin ! Quin ! » dès qu'elle en aperçoit un. Il y en a tellement qu'elle ne fait pas la différence : tous les poissons s'appellent « Quin ».

Demain, c'est la nouvelle lune. Pendant les quatre jours qui suivent, il y a une forte concentration de poissons.

Le club de plongée se trouve au bord du lagon. Un ponton mène au restaurant d'Annabelle et Sane, monté sur pilotis, au bord du récif. Des dizaines de requins pointes noires se baladent dans trente centimètres d'eau. Il y a aussi deux gros napoléons, ces poissons colorés aux allures de gros nounours. Laura s'amuse avec le plus dodu des deux, le caresse. Il se laisse faire. Ils sont doux. Les petites se promènent tranquillement au milieu des requins. Leurs ailerons noirs glissent à la surface de l'eau. Ça reste toujours assez impressionnant. Je pars plonger avec Philou et je recommande aux enfants de ne pas confondre napoléons et pointes noires. Je ne suis pas sûre que ces derniers soient très câlins. La visibilité est excellente, les bancs de daurades effleurent les coraux de feu qu'il faut éviter de frôler sous peine de se faire brûler. Deux raies léopards volent gracieusement sur les envoûtantes anémones. Nous entendons le chant d'une baleine. Elle est dans le lagon depuis quelques semaines et aurait du mal à trouver la sortie. Même s'il est difficile d'identifier le sexe des mégaptères en plein océan, toutes les baleines chanteuses, à ce jour, ont été reconnues comme étant des mâles. Leur chant est universel, il est le même à Tokyo qu'à Hawaï, et lorsqu'il se modifie à Tokyo, il en va curieusement de même à Hawaï. Les chants sont relativement distincts les uns des autres. Leur contenu évolue insensiblement pendant la période des accouplements. Les aubades sont le fait d'individus solitaires, elles cessent lorsque ceux-ci se joignent à d'autres animaux de la même espèce. Ces chants longs et élaborés comprennent des motifs trop mélodiques et trop complexes pour être qualifiés de simples vocalises. On les entend rarement dans les zones d'alimentation et au cours des migrations ; ils semblent réservés à la seule saison des amours. Les mâles conquièrent une compagne par la lutte ou par le chant. La femelle est féconde juste après avoir mis bas, et les mâles peuvent devenir agressifs, même envers les baleineaux qui les empêchent « d'aller en besogne ». Lorsqu'ils se rassemblent autour d'une femelle, les mégaptères luttent pour arracher la position la plus favorable à l'accouplement avec la belle. Au cours de ces combats, les adversaires se précipitent l'un sur l'autre, après avoir distendu leurs sillons gulaires pour paraître plus formidables à l'opposant, à moins qu'ils ne se frappent à coups de nageoires. La période de reproduction a lieu entre juillet et novembre dans l'hémisphère Sud. C'est pour cela qu'on en rencontre beaucoup en ce moment, en particulier du côté de Tahiti et de Moorea. Elles viennent de l'Antarctique et recherchent les baies tranquilles pour se reposer de leur long voyage, se reproduire et mettre bas. Mais aujourd'hui, nous n'aurons pas la chance de les voir.

Loup et Nina ont fait leur baptême de plongée. Loup n'a pas le droit de descendre au-dessous de douze mètres avant l'âge de douze ans. Quant aux petites, je les prends sur mon dos et on se laisse dériver dans le courant. Philou nous suit en annexe pour plus de sécurité. Laura a enfilé des palmes pour la première fois. Les poissons-chirurgiens se reproduisent en cette période de changement de lune ; ils remontent vers la surface et balancent leur semence comme un feu d'artifice. J'observe ce merveilleux monde sous-marin, je voudrais m'en imprégner jusqu'au plus profond de mon être, enregistrer dans ma mémoire ces formes inimaginables, ces couleurs subtiles qu'aucune palette de peintre ne pourrait reproduire, ces maquillages insensés sur les yeux des perroquets, ces papillons qui évoluent en bancs, ce bleu indigo dans l'iris des demoiselles et ces poissons-trompettes qui ressemblent plutôt à une flûte. Je me sens bien sous l'eau, protégée comme dans un cocon. Un monde de sensualité, de rondeur, de couleur. Il y a toujours quelque chose à découvrir. Mon esprit s'évade totalement pour se fondre avec grâce dans cet univers des profondeurs, épouser ses formes et tenter d'être le plus léger possible. Je cherche l'harmonie parfaite, ne pas palmer, respirer tranquillement, régulièrement. J'économise mon souffle, mes mouvements, et je fais le vide dans mon cerveau. Lorsque, pour une raison quelconque – le froid, la peur, le stress, la fatigue –, mon rythme s'accélère, je me raisonne et recouvre ma sérénité. Je suis maître de mon corps et de mes émotions. Sous l'eau, je suis étrangement calme, j'utilise très peu d'air et c'est souvent moi qui assiste ceux qui en manquent pendant les longs paliers de décompression qui suivent les plongées profondes. J'ai retrouvé quelques-unes de ces sensations en mer, pendant les traversées. Être au plus près de son corps et des éléments.

Nous reprenons la mer et naviguons dans le lagon de Fakarava en direction de la passe nord Garuae. Je grimpe au nid-de-pie et guide Philou avec la VHF. Il faut slalomer à travers les patates. Cela me rappelle nos navigations dans les glaces, à traquer une nappe d'eau libre dans un océan de blanc.

Le village est charmant, il y fait bon vivre. Le quotidien des Tuamotu est rythmé par la pêche, les travaux dans les cocoteraies, les offices religieux et les arrivées de cargos. Ce matin, c'est l'*Aranui* qui jette l'ancre devant la digue de Rotoava. La *Fleur* est au mouillage dans la baie. Nous avons loué des vélos pour faire le tour du village. Les habitants sont déçus car, avant, l'*Aranui* s'arrêtait à Fakarava à son retour des Marquises, chargé de fruits et de légumes. Aujourd'hui ce sont les habitants de Rangiroa, l'atoll voisin, qui ont le privilège de profiter des délices marquisiens. Le passé de l'archipel est encore nimbé de mystères. Les Tuamotu ont toujours été perçues comme un monde en marge, dangereuses pour la navigation, avec un potentiel économique limité et, surtout, à la merci des perturbations climatiques. Ces atolls de rêve sont longtemps restés dans l'ombre des îles de la Société, qui correspondaient mieux aux représentations édéniques des Européens. Aujourd'hui, la pêche et le coprah demeurent les activités traditionnelles dominantes, mais plusieurs atolls, comme Fakarava et Tikehau, s'orientent vers le « tourisme bleu ». Ils suivent l'exemple de Rangiroa qui s'est ouvert à la plongée sous-marine dans les années 1980. Depuis quelques années, l'archipel est touché de plein fouet par la crise de la perliculture. Suite à cet effondrement, de nombreuses fermes perlières ont dû cesser leur activité.

Chaque soir, nous retrouvons Joaquim dans sa charmante pension au bord du lagon. Kersauson vient souvent lui rendre visite. Il était encore là il y a quelques jours. Nous avons raté l'amiral de peu. Dommage, c'est toujours un plaisir ! C'est le premier grand marin que j'ai rencontré, non pas sur un ponton au départ d'une course, mais chez Eddie Barclay, à Saint-Tropez. Son charme, sa poésie et son humour cinglant m'avaient immédiatement séduite. J'avais seize ans. Je chantais à l'époque et avais déjà joué dans trois films. Je l'ai revu plusieurs fois, chez Castel, aux Hospices de Beaune, avec Antoine, Carlos et la « joyeuse bande à Barclay ». C'étaient toujours des moments formidables, bien arrosés, de franches rigolades autour de bonnes tables et de bons vins. J'en garde d'excellents souvenirs. Je l'ai retrouvé par la suite dans un univers différent, plus maritime, à l'occasion du Trophée Jules Verne dont Titouan était le fondateur. Olivier est en quelque sorte pour moi le lien entre ces deux mondes et il fait ainsi partie de ma vie, même si nous ne nous croisons que très rarement. Ce n'est pas une légende, il existe une famille de marins, surtout pour ceux qui ont eu le privilège de naviguer avec le maître Tabarly. Kersauson a été son second. Il a navigué avec lui pendant plus de dix ans sur *Pen Duick III*, *Pen Duick IV* et *Pen Duick VI*, juste avant Philou. Philou et lui se sont rencontrés en 1978 sur la Route du Rhum qu'avait gagnée Mike Birch. Quelques heures après le départ, il y a eu un grain violent avec une bascule de vent à 180 °C. Philou se souvient qu'il a failli percuter son trimaran au beau milieu de la Manche. Il garde intacte cette vision de l'amiral à travers la brume, prenant des ris dans la voilure pour maîtriser son cheval furieux. Philou l'a invité quelques années plus tard à convoyer *Fleury Michon VII*, son catamaran de vingt-quatre mètres, entre les Antilles et New York, d'où il devait tenter le record de l'Atlantique. Cette navigation reste un joli souvenir, malgré le froid intense des derniers jours. Les gens de mer se ressemblent. Ils ont les mêmes valeurs, le même regard profond et tranquille. La même force teintée de fragilité.

Ce matin, Joaquim a emmené la famille, avec palmes et masques, jusqu'aux bouées où sont suspendues en chapelet les nacres perlières. Son faré au bout du ponton sert à greffer les huîtres, et à l'occasion de chambre d'hôte. Les chapelets d'huîtres sont protégées des prédateurs, comme les balistes ou même les tortues, par un tube en grillage armé. Il faut tout d'abord récolter des naissains (bébés huîtres), mais ici ils se dispersent car le lagon de Fakarava est très grand. On va donc les chercher dans les atolls plus petits. Sur vingt mille huîtres, seuls dix mille sont bonnes à greffer, les autres sont mortes ou possèdent des poches trop petites ; ce sont les nacres boudeuses. On les élève ensuite pendant deux ans, puis le greffeur intervient. C'est une opération délicate et méticuleuse. Lors de l'incision pour placer le greffon, il faut faire attention à ne toucher aucun des autres organes. Une fois greffées, les huîtres sont à nouveau placées dans l'eau de mer pendant environ deux ans. Au bout de cinq semaines, on sait si la greffe a pris ou s'il y a eu rejet. Le chapelet d'huîtres que notre petite famille rapporte fièrement aujourd'hui a donc quatre ans. Chacun de nous en choisit une : c'est le loto de la perle. Qui aura la plus belle, celle au lustre et à l'orient impeccables ? Joaquim ouvre les huîtres, puis extrait délicatement la perle de la gonade (l'organe sexuel de l'huître). Les enfants l'observent, subjugués. Il fait durer le suspense. Par chance, chaque huître recèle une perle. Je n'ose imaginer le drame si l'une ou l'autre de mes petites chéries s'en étaient trouvées privées. Celle de Nina est la plus grosse, avec des reflets roses, une catégorie A, paraît-il ; celle de Loup est grise aux reflets verts ; la mienne est en poire, dite baroque ; celles des petites ont des reflets prune ; quant à celle du capitaine, elle est presque blanche, c'est rare ! Ces perles sont uniques. Ce sont les nôtres, nous sommes allés les chercher au fond de la mer. Joaquim les monte à notre convenance. Il les perce au cœur et les traverse d'un lien en cuir noir. Elles sont passées directement de la mer à nos cous. Nous regagnons le bateau, heureux, avec en prime une jolie nacre pour chacun de nous, celle qui abritait la vie de nos belles perles des Tuamotu. Petits trésors cachés au fond des océans.

Il paraît qu'il faut jeter des fleurs dans la passe en quittant une île si l'on veut y revenir un jour. C'est ce que je fais ce matin en franchissant la passe Garuae. Je les accompagne de quelques baisers. Nous filons toutes voiles dehors sous un soleil éclatant vers l'atoll de Toau, une petite couronne corallienne de quarante habitants. Le capitaine a relevé la quille. Nous mouillons à Teahuvoa par moins de deux mètres de fond. Quelques motus[1] déserts sont entourés de sable rose. L'eau est cristalline. Philou profite de ce mouillage idyllique pour caréner. Il est sous l'eau depuis au moins trois heures, il en est à sa troisième bouteille d'air comprimé. Je lis dans le carré, lorsqu'il me semble entendre des cris. Je cours sur le pont et aperçois mon petit Loup, déjà bien loin. Il nage de toutes ses forces pour tenter de rattraper son kayak rouge qui file à vive allure vers le large, emporté par le fort vent. Je saute immédiatement à l'eau et préviens Philou qu'il y a une urgence. En l'espace de quelques minutes, nous

1. Îlots de sable coralliens.

sommes dans l'annexe, au secours du pauvre Loup. Je ne distingue plus qu'une petite tache rouge sur un infini de bleu. De retour au bateau, Philou lui fait la morale. Il était parti visiter un motu sans nous avertir. Il s'est fait une belle frayeur. Nous lui rappelons qu'il est autorisé à partir se promener seul, mais sous notre surveillance. Le soir, pour nous remettre de nos émotions, nous sommes invités à dîner à quelques milles, sur l'anse Amio, dans la petite pension de Valentine et Gaston. Au menu, langoustes et crabes de cocotiers (*kaveu*). Cette étape gastronomique incontournable aux Tuamotu a vite fait de rendre le sourire à l'équipage.

Quelques maisons sont montées sur pilotis, de chaque côté de la passe. Elles ont un style plutôt colonial, sans doute d'anciennes fermes perlières. Nous affalons les voiles et accostons au quai de l'atoll d'Apataki. Philou et les enfants sortent les cannes à pêche qu'ils ont achetées à Prince Rupert ; même Laura a la sienne. C'est à Apataki que le Français François Hervé fit les premiers essais de perliculture au début du siècle dernier.

Je fais le tour du village. Je pense à ma famille en France, mon père, mes sœurs. Je suis d'humeur nostalgique ce soir, et ce n'est pas la pluie qui ne cesse de tomber depuis ce matin qui me remonte le moral. J'étouffe dans le bateau aujourd'hui. J'ai envie d'être seule, de ne croiser personne, de ne pas parler, de ne pas répondre, de ne pas sourire. Nous sommes ensemble vingt-quatre heures sur vingt-quatre, les repas, les longues navigations… Il faut composer avec l'humeur de chacun, éviter les conflits, les jugements, les ligues. S'attacher à rester juste en toutes circonstances, même quand les éléments s'en mêlent. Impossible de s'isoler, d'avoir des instants de réelle intimité avec son mari, avec ses enfants, sans être soumis au regard de l'autre. Je ne connaissais ni Denis, ni Kelly il y a encore quelques mois ; et aujourd'hui nous vivons en communauté du matin au soir, sans possibilité de s'échapper, à part de brefs moments comme celui-ci, où l'on peut s'éloigner du bateau. Les petites sont de plus en plus collées à moi. Mon pédiatre m'a dit un jour que la vie en mer recréait une sorte d'utérus, un cocon qui ressemble au ventre de la mère. C'est peut-être ce que je suis venue rechercher, finalement. Le fait est que mes filles ont pris l'habitude de dormir avec moi pendant les traversées, car il n'y a pas d'autre solution, et j'ai bien du mal à les remettre dans leurs bannettes lorsque nous sommes au mouillage. Laura ne voit pas assez d'enfants de son âge et j'ai remarqué depuis peu qu'elle se rongeait les ongles lorsqu'elle était avec des copines, sans doute par crainte de mal faire. Quant à Nina, je la sens absente, elle ne dit rien, mais je sais que ses copains et sa maman lui manquent. Seul Loup semble s'épanouir chaque jour un peu plus, malgré ses fréquentes disputes avec Laura qui ont le don de nous épuiser. Il est à l'âge où ce genre de vie le comble. Le manque de copains se fait moins ressentir pour lui. Il se passionne pour la géographie, pour la plongée, connaît le nom de tous les poissons qu'il croise. Il a acheté tous les ouvrages possibles sur les requins, il est incollable. Je rentre au bateau, trempée mais sereine. Le ciel s'éclaircit pour laisser la place à un joli coucher de soleil. Laura s'entraîne avec son papa à faire du vélo sur le quai. Marion a emprunté celui d'une copine ; elle m'explique, dans son langage que je suis la seule à comprendre, qu'elle aimerait bien en avoir un à elle. Nous apercevons la goélette *Maria Stella* à l'horizon. Il va falloir lever l'ancre et lui céder la place à quai. Nous allons mouiller devant le motu Ruahine, qui signifie « déesse ».

Le lendemain, Loup veut absolument aller déposer une couronne sur la pierre Tara Hae. Elle offre, paraît-il, aux pêcheurs qui l'honorent tout le poisson dont ils ont besoin, et nous avons une grande famille à nourrir. Loup a fort à faire ! Michel et sa femme vivent seuls sur le motu. Il nous mène jusqu'à la fameuse pierre qui a la forme d'un oiseau. Par beau temps, on distingue ses ailes dans les nuages. Il se demande comment nous en avons entendu parler. Nous avons nos sources. Michel vénère sa pierre, il a même composé une chanson en son honneur. « C'est une pierre nourricière, m'explique-t-il. Les pêcheurs viennent ici bénir leur pêche. Et lorsqu'il y a un naufrage en mer, Tara Hae indique où se trouvent les survivants et les épaves. C'est la pierre du marin. » Loup accroche une couronne de fleurs à son sommet, à côté de celles des autres pêcheurs, déjà fanées. Je n'ai qu'une fleur de tiaré que je dépose humblement à ses pieds en lui demandant de bénir nos prochaines navigations. Je regarde le ciel, il me semble apercevoir les ailes de la pierre magique qui planent sur un gros cumulus.

Loup et Philou arpentent la plage en quête de bernard-l'hermite. Le capitaine est pragmatique. La pierre miraculeuse, c'est bien, mais les conseils des anciens, c'est mieux. Il paraîtrait que c'est le meilleur des appâts. Ils sortent à la nuit tombée pour étancher leur soif. C'est aussi la meilleure heure pour la pêche.

Nous mouillons devant un ravissant motu aux proportions idéales. Philou part en repérage, mais revient vite fait. Un gardien lui en a interdit l'accès, car il s'agit d'un motu privé. À l'heure du déjeuner, sur le motu Tamaro, nous sommes accueillis par Alfred. Il a monté avec son père un chantier, il y a un an, pour mettre les bateaux au sec. L'été dernier, il a essuyé un cyclone. Ce perliculteur qui greffe lui-même ses huîtres vit en famille sur ce motu depuis dix ans. Son chariot peut accepter des bateaux jusqu'à vingt tonnes. C'est déjà beaucoup, même si la *Fleur* en pèse quarante. Deux catamarans et deux monocoques sont au sec. Philou trouve que l'endroit est idéal. Il y a deux autres chantiers en Polynésie, à Raiatea et à Tahiti ; celui-ci est assez incongru sur ce motu du bout du monde. Je ne sais quelle intuition me pousse à interroger Alfred sur le propriétaire du motu privé dont on nous a interdit l'accès. Il me répond qu'il appartient à une certaine Tokaï. J'ai immédiatement l'intuition qu'il s'agit de l'ex-femme de Jean-Claude Brouillet que j'ai bien connu, il y a quelques années, à Moorea. Jean-Claude Brouillet est un aventurier : pilote de brousse, devenu entrepreneur, propriétaire de deux compagnies aériennes internationales en Afrique, Transgabon et Air Services. Millionnaire à trente-cinq ans, ce pionnier de l'aviation décide de tout vendre pour faire le tour du monde sur son voilier l'*African Queen* avant de jeter l'ancre en Polynésie. Il devient alors propriétaire de l'atoll de Marutea au sud des Tuamotu et se lance dans l'industrie de la perle noire en fondant sa propre compagnie, Polynésie Perles, tout en supervisant la construction des hôtels Kia Ora de Moorea et de Rangiroa. Il vit actuellement dans un ranch en Californie. C'est Igor Hossein[1], le fils de Marina Vlady avec qui Brouillet a également été marié, qui m'a présenté Tokaï en 1995. J'ai gardé un merveilleux souvenir de cette femme de caractère qui vivait à Moorea dans un véritable petit paradis. Aussitôt le déjeuner terminé, nous retournons donc sur cet îlot de rêve, qui fait fantasmer mon marin pour ses proportions parfaites. J'ai l'immense plaisir de retrouver Tokaï, « princesse des Tuamotu », dont les années n'ont en rien altéré la splendeur. Ce motu lui va comme un gant. La maison qu'elle a construite dans le style Paumotu traditionnel ressemble à celle qu'elle avait à Moorea : raffinée, pleine de charme et de fantaisie. Les *tifaifai*[2] qu'elle coud elle-même rivalisent de beauté. Tokaï est heureuse de me retrouver et de faire la connaissance de Philou. C'est une belle rencontre, inattendue.

Manihi s'éveille. Après une nuit de navigation au près, nous embouquons la passe Tairapa, escortés par Philippe Dantin, le beau-père de Kelly, notre charmante équipière. Sur le quai, quelques habitants guettent l'arrivée de la

1. Fils de Robert Hossein.
2. Dessus-de-lit en patchwork coloré.

Fleur. À l'entrée de la passe, nous doublons la première ferme perlière des Tuamotu, qui date de 1968. Depuis, l'atoll s'est progressivement imposé comme le fief de la perle noire dans le Pacifique Sud. Malheureusement, l'effondrement des cours depuis 2003 a cassé cette dynamique, il ne reste que vingt-cinq des quatre-vingts sociétés d'il y a quelques années. Nous croisons le bateau qui fait le ramassage scolaire, car les motus sont dispersés. L'école se trouve dans le village principal. Philippe a une ravissante petite fille de l'âge de Loup, Nanihi. Il préfère lui faire l'école à la maison, car le passage du bateau semble assez « incertain ». Nous jetons l'ancre devant le motu de Philippe et Vaiana, son épouse tahitienne. L'année dernière, une tornade a dévasté le splendide motu où ils vivent. L'îlot était totalement submergé. Chaque fois, il faut tout reconstruire ; c'est le prix à payer pour habiter au paradis. Nous retrouvons Alain Revel, qui est venu se reposer quelques jours. Son convoyage est terminé, il a rendu le bateau à son propriétaire, à Tahiti. C'est l'anniversaire de Philou, nous allons pouvoir le fêter en bonne compagnie. Nanihi fait les yeux doux à mon petit Loup qui pour l'instant « préfère les poissons », pour reprendre ses termes. Vu la beauté de Nanihi, je ne suis pas sûre qu'il dira la même chose dans quelques années. Il n'en demeure pas moins qu'ils s'amusent comme des petits fous et profitent des joies de la terre, puisque Nina et lui sont invités à dormir sur le motu. Ça fait du bien de se poser sur la terre ferme une fois de temps en temps, en dépit des moustiques. Nous faisons une plongée dans le lagon. On y croise d'imposantes raies mantas. Ces divines créatures viennent tous les matins se faire déparasiter par les labres sur cette station de nettoyage.

Nous sommes attendus à l'école du village. Les enfants ont sorti le ukulélé. Ils chantent pour nous et nous offrent des colliers de fleurs. Celles-ci ont l'extraordinaire parfum de la rareté car, contrairement aux Marquises où tout pousse à profusion, il y a peu de terre aux Tuamotu. La directrice a découvert sur Internet que c'était l'anniversaire de Philou et les enfants entonnent en chœur un « Happy Birthday cap'tain » qui arrache une larme à mon marin au cœur tendre. Moi aussi, je suis émue.

Le vent souffle fort sur le lagon de Manihi. Nous croisons un catamaran en partance pour les Marquises. Les voiliers qui naviguent dans le coin mettent le cap vers ces îles pour s'abriter d'éventuels ouragans. L'archipel marquisien est hors trajectoire cyclonique. Nous allons bientôt rentrer en période critique (mi-décembre). C'est en février qu'il y a la plus forte activité. Dantin, sur son motu, s'est construit un abri anticyclonique, un refuge façon bunker, avec porte étanche, frigo, téléphone et de quoi survivre en cas de tempête. Lorsque la houle de l'océan est forte, elle pénètre par les *hoas*[1] qui sont légèrement en dévers. Elle se trouve ainsi emprisonnée dans le lagon dont le niveau monte considérablement, car l'eau met du temps à s'évacuer par l'étroite passe. C'est le phénomène d'ensachage. Certains maires des Tuamotu ont lancé un appel aux Marquisiens pour les recueillir dans leurs vallées, en cas d'inondation, mais cela poserait de sérieux problèmes d'adaptation, car les Paumotu vivent des ressources de la mer et non de la terre. Ce soir, Philou souffle ses bougies, entouré de ses filles et de son petit Loup. Le lendemain, nous levons l'ancre. Les enfants sont tristes de se séparer. Comme eux, Nanihi ne voit pas beaucoup de copains de son âge. Ils se font la promesse de se retrouver bientôt.

« Ni tout à fait la terre, ni tout à fait la mer, mais l'union des deux, comme offerte aux marins, dans un écrin d'azur, entouré d'immensité », c'est ainsi que Moitessier définit les Tuamotu dans son dernier livre[2]. C'est ici, à Ahe, que le grand homme avait jeté l'ancre, sur le motu Poro-Poro,

1. Chenaux entre les motus.
2. *Tamata et l'Alliance*, Arthaud, 1993.

devant lequel nous relâchons ce soir. Le reflet de la lune fait scintiller le hoa qui sépare le motu du village. J'aperçois deux pêcheurs sur le quai, en ombres chinoises, à moins que cela ne soit des tupapau, des fantômes – en réalité, l'esprit d'une personne décédée qui continue à hanter le monde des vivants. Il y en a deux qui habiteraient Poro-Poro. Philou a rencontré Moitessier, à Papeete, lors de son tour du monde avec Tabarly en 1977, mais il avait malheureusement contracté la dengue associée à une très forte fièvre. Lorsque le marin est monté à bord, Philou était cloué au lit, malade comme un chien. Moitessier l'avait gentiment rassuré et réconforté. Les Paumotu l'avaient surnommé Tamata – « pourquoi pas », en tahitien –, car il était curieux de tout et ne perdait jamais espoir. Il avait une foi absolue en son libre arbitre qui consistait à penser qu'à nous seuls appartient le choix de guider notre destin et non de le subir. Il n'avait pas peur de s'attaquer à des objectifs fous. Il s'est battu toute sa vie pour tenter d'éveiller les consciences. Faire évoluer les mentalités dans le village fut aussi son combat aux Tuamotu, sa « grande œuvre », comme il le disait. Il débarqua à Ahe avec son épouse Iléana et Stéphan, leur fils de quatre ans. *Joshua*, son bateau chéri avec lequel il fit sa « longue route », débordait de terre de Tahiti grâce à laquelle il réussit à cultiver son potager et même à faire croître des arbres fruitiers, alors qu'on lui assurait que rien ne pousserait sur l'atoll. Mais il manquait de temps pour écrire ce livre qui lui tenait tant à cœur et qu'il portait en lui depuis l'Indochine, « comme une graine qui attend la pluie ». C'était impossible de trouver l'inspiration à Ahe, où l'existence quotidienne exigeait des prouesses, ne serait-ce que pour qu'un peu de verdure équilibre le menu « poisson-riz ». La vie est rude aux Tuamotu. La sueur et la foi sont les deux mamelles qui les ont nourris sur l'atoll de Poro Poro alors qu'ils luttaient chaque jour contre cette nature hostile, les moustiques, les nonos, les mouches qui accourent à l'odeur du poisson, les rats qui viennent fouiller partout, les requins parfois dangereux sillonnant le platier dans trente centimètres d'eau, le terrible poisson-pierre caché comme un morceau de corail, les bêtes qui piquent et celles qui mordent, les cocos qui manquent de vous tomber sur la tête sans jamais prévenir. Sans parler du soleil vertical qui rebondit en flammes sur les reflets de l'eau tranquille pour cogner encore par en bas. Un atoll, on aime jusqu'au fond des tripes ou bien on n'aime pas. Si on aime un peu, cela devient très vite pas du tout. Il l'adora pendant dix-huit mois de toutes ses forces. Son ingéniosité lui permit très vite de contourner tout obstacle à un bonheur rêvé. Il vivait en parfaite autarcie, recyclant tout, son urine, ses excréments et tout autre déchet organique lui servant à faire son compost. Il importa des chats sur l'atoll pour lutter contre les rats, mais ils dévorèrent les oiseaux et les œufs. À Ahe, on se souvient encore aujourd'hui des « chats volants » de Moitessier. Ils bondissaient, paraît-il, comme des oiseaux à force de manger les volatiles. Une fois qu'il eut déjoué tous les pièges et résolu tous les problèmes, jusqu'à faire venir des filaos par la goélette pour planter une barrière anti-vent, des bagues en plastique pour que les rats ne grimpent plus aux cocotiers, et une fois que son compost eut atteint sa plénitude, Moitessier n'avait plus qu'une idée en tête : quitter son enfer paradisiaque. Il avait en quelque sorte dompté la nature, mais il lui restait d'autres inaccessibles étoiles à aller conquérir, d'autres rêves à caresser. Il commençait à s'ennuyer : « Le paradis de Poro-Poro ne me suffisait plus, c'était devenu la routine. » Il alla chercher l'inspiration sur Moorea, l'île sœur de Tahiti, où il coula des jours paisibles avant de comprendre que pour entreprendre quoi que ce fût, il lui fallait remettre en état son partenaire de toujours, son bateau, *Joshua*, pour le mener jusqu'en Californie. *Joshua* fut terrassé par un cyclone quelques années plus tard, tandis qu'il était au mouillage, à Cabo San Lucas, au

Mexique, laissant un Moitessier désespéré, devenu, selon ses propres dires, le « fantôme de son bateau ».

Nous avons jeté l'ancre devant la pension de Raïta. Nous avons la bonne surprise d'y retrouver l'équipe d'Ifremer qui travaille en collaboration avec l'IRD[1] et l'université de Tahiti, sur le fonctionnement des lagons exploités par la perliculture, et plus particulièrement sur les flux de matières entre les compartiments et l'écosystème. Ils ont investi la petite pension et ont même fait leur laboratoire sur le bout du ponton. Cela leur permet d'effectuer un premier travail sur les échantillons prélevés. L'ambiance est sympathique et détendue, malgré le sérieux de la mission. Dans l'après-midi, nous les accompagnons déposer un piège à sédiments dans le lagon, à trente mètres de profondeur. Je les filme pendant l'opération. Il semble, à l'issue des études menées depuis quelques années à Ahe, que la perliculture n'ait pas un effet néfaste sur l'environnement.

Je découvre depuis quelque temps le travail de ces scientifiques qui œuvrent souvent dans l'ombre. Leurs recherches sont tout à fait passionnantes. Mais surtout, j'ai constaté que la plupart du temps ce sont des personnes accessibles, fort sympathiques, pleines d'humour, qui savent parler simplement de leur travail, contrairement à l'idée poussiéreuse que l'on peut se faire du scientifique au langage codé et aux formules compliquées, qui n'est finalement compris que de ses collègues. Nous sommes ravis de pouvoir contribuer modestement à mettre leur travail en lumière en nous servant, dès que possible, de notre notoriété et de nos moyens de communication, pour raconter leurs travaux au plus grand nombre.

Il est temps pour nous de filer vers Rangiroa. C'est une île où j'ai de jolis souvenirs. À peine arrivée à Moorea,

1. L'Institut de recherche pour le développement.

lors de mon deuxième séjour en Polynésie, j'avais fait la connaissance d'Igor. Il vivait là depuis quelque temps. Le courant était immédiatement passé entre nous et les quatre semaines initialement prévues s'étaient transformées bien vite en quatre mois, que nous avions passés en partie à Rangiroa, chez Serge Arnoux. Nous vivions d'amour, d'Hinano fraîche et de poissons crus que nous chassions chaque jour dans le lagon azuré. Dès mon retour à Paris, j'allais bien vite renouer avec la cruauté de l'existence, comme si elle me punissait d'avoir coulé des jours si doux. C'est à cette période que je découvris que ma mère était gravement malade et qu'il lui restait peu de temps à vivre. Quelque temps après, alors que j'étais totalement absorbée par l'agonie de ma mère, j'appris qu'Igor s'était fait renverser par un chauffard à Papeete et qu'il était dans le coma. Il devait venir me retrouver, je ne l'ai plus jamais revu. Je sais que cela a pris du temps, mais qu'il va bien aujourd'hui. Le souvenir de notre aventure est resté intact. J'y repense comme à une parenthèse enchantée, sensuelle et envoûtante. De celles dont on finit par se demander si elles ont vraiment existé. De celles dont on ne sait plus trop s'il faut rire ou pleurer, mais qui laissent dans le cœur des morceaux d'infini. C'est toujours émouvant de revenir dans des endroits où l'on a vécu des moments forts, je trouve qu'il y a là quelque chose de rassurant ; aller à la recherche de ses souvenirs comme d'un trésor enfoui au fin fond de la mémoire, se rappeler un parfum, une émotion fugace, depuis longtemps endormie, une main qui effleure les cheveux lentement. Contempler le chemin parcouru, évaluer le changement, me dire que je suis encore celle qui riait aux éclats sans se soucier de rien, mais aussi cette autre qui a grandi sans rien perdre de sa fantaisie et de sa formidable rage de vivre, en veillant désormais sur ses petites têtes blondes qui ont immensément besoin d'amour et de sécurité. Comme le dit Confucius : « L'expérience est une lanterne accrochée dans le dos qui n'éclaire que le chemin déjà parcouru. » Qu'il est doux de revenir à certains carrefours de ce chemin et d'aller à la rencontre de ceux qu'on a croisés dans cette autre vie qui est pourtant la même.

Nous rentrons dans la célèbre passe de Tiputa à l'aube. La lune joue les prolongations, elle a du mal à trouver le sommeil. Le jour se lève et dévoile un ciel flamboyant. Les dauphins nous ouvrent le chemin. Le courant est rentrant. Je passe devant la maison de Serge Arnoux où j'habitais, dans un petit faré, juste à côté de l'hôtel Kia Ora, sur la seule plage de l'île. L'hôtel est fermé, il est en rénovation. Le tourisme est en baisse en Polynésie. Beaucoup d'hôtels et les deux Club Med de Bora Bora et de Moorea sont fermés. Certains profitent de la loi sur la défiscalisation et ferment après amortissement, au bout de cinq ans. J'ai hâte de faire découvrir à Philou et aux enfants les merveilles sous-marines de la passe de Tiputa. Rangiroa a un peu changé depuis toutes ces années. Six Passengers, le petit club de plongée situé juste devant la maison de Serge, s'est déplacé. Il s'est considérablement agrandi. Rangiroa, c'est l'Éden du plongeur. Le mois de novembre est la période de reproduction pour certains poissons, dont les diodons qui participent à l'ensablement du lagon car, avec les perroquets, ils ingèrent le corail et le rejettent sous forme de sable. On dirait que toutes les perches pagaies se sont donné rendez-vous dans la passe. Les femelles lâchent leurs ovules et les mâles les fécondent. Toute cette faune génère évidemment beaucoup de prédateurs : les énormes carangues à grosse tête, les requins gris (*rairas*) et les pointes blanches (*mamarus*). Les bancs se meuvent en fonction du mouvement des prédateurs et du courant. Il y a aussi de nombreux bancs d'aturés (chinchards). Ces rivières de poissons forment un somptueux ballet sous-marin, orchestré par les prédateurs qui rôdent au-dessus, à l'affût de leur prochaine proie. À chaque plongée, les dauphins sont au rendez-vous. On les entend chanter, puis ils viennent se faire câliner. Le plus gros d'entre eux, Trésor, est particulièrement tendre. Ce matin, il est venu se faire dorloter à cinquante-cinq mètres. Il ne me lâchait pas; avec l'ivresse des profondeurs, Trésor a eu vite fait de me faire tourner la tête. Si Rangiroa s'est construit sans perdre pour autant son charme indéfinissable, les plongées dans la passe sont toujours aussi impressionnantes. C'est exceptionnel!

Dans l'après-midi, j'ai le plaisir de retrouver Iria, le fils de Serge Arnoux, à bord de son catamaran jaune qui trône comme un soleil dans la baie de Hohutu. Il est aujourd'hui marié. Sa belle-mère, Denise, est propriétaire du bucolique Relais de Joséphine au bord de la tumultueuse passe, juste en face du ravissant village de Tiputa. Elle y a construit sa maison et quelques bungalows à la décoration raffinée et élégante où elle reçoit ses hôtes comme à la maison, avec discrétion et simplicité. Le Relais de Joséphine fait partie de ces endroits magiques que j'ai eu la chance de visiter dans le monde. Comme sa propriétaire, il possède ce petit supplément d'âme qui lui confère un charme fou. Chaque soir, au coucher du soleil, les dauphins viennent cabrioler devant la terrasse, sautent dans le mascaret et se frottent à l'étrave des goélettes de passage. C'est un moment de grâce absolue.

Les passes sont le poumon des atolls, pour rien au monde Denise n'aurait voulu vivre sur le lagon, trop terne et pas assez vivant pour cette femme de caractère qui veille sur sa maman de bientôt cent ans. La vieille dame regarde la mer des heures entières, en pensant bien souvent se trouver encore dans sa Bretagne natale. Les jours de *maramu* (vent du sud), le vent souffle fort sur la terrasse. Denise est aux premières loges. Comme les Paumotu, elle s'est faite à l'idée de la « non-permanence ». Elle est devenue fataliste par la force des choses. « On pleure lorsque l'on voit son premier vase en porcelaine brisé en mille morceaux, puis on se détend et on profite du spectacle. C'est tellement beau quand la nature se déchaîne», me confie-t-elle, avant d'ajouter : «De toute façon, on ne lutte pas contre les éléments.»

Je suis heureuse de revoir Iria et de constater qu'il est entre de bonnes mains. Grâce à lui, j'ai découvert un endroit magnifique et rencontré une belle personne. Le Relais n'existait pas à l'époque. Une fois de plus, la chaîne des rencontres à travers le monde fonctionne. Tout est connecté. C'est ainsi que nous retrouvons Joan de Kat, premier vainqueur du *Figaro*, qui vit en solitaire sur un motu à six milles de la passe de Tiputa. Le marin est sculpteur, peintre – et surtout grand séducteur devant l'Éternel. Les tempes grisonnantes, les yeux bleus, le torse bronzé et un paréo comme unique apparat, Joan nous reçoit sur ce qui est devenu son îlot depuis quelques mois. Après avoir fait le tour du monde sur sa goélette, *Miséricorde*, et essuyé un terrible typhon en mer de Chine, il décide de revenir naviguer en Polynésie. Il s'installe d'abord sur un motu à Bora Bora, non loin de son ami Paul-Émile Victor, puis aux Marquises, avant d'opter pour le calme des Tuamotu. Le mois dernier, lorsque sa dernière compagne lui signifie qu'elle est «few[1]» et qu'elle souhaite mettre un terme à leur liaison, Joan reprend ses sculptures, ses nacres et ses toiles et se réfugie sur ce petit motu de paradis, Tao Mao, le «motu aux requins». Ses deux bateaux, l'ancien et le nouveau – on est seigneur ou on ne l'est pas –, mouillent dans le hoa bien abrité du vent. Il cherche un acquéreur pour son précédent bateau, qui devient difficile à manier et à entretenir. L'endroit est idyllique. Du cockpit, il peut admirer le lever ou le coucher du soleil. D'un côté, le récif où la houle se brise, de l'autre, le paisible lagon. Un rêve ! Sur son motu édénique, il s'est construit une petite cabane avec une moustiquaire pour faire la sieste ou sculpter ses plus grosses pièces. Il s'est aménagé aussi une petite «salle de sport», une planche en bois pour faire son yoga, face

1. Expression polynésienne signifiant fatigué, las.

au récif. Il y a des hamacs, suspendus à des arbres un peu partout, où cet amoureux de la sieste peut se reposer en fonction des jours, du vent, de son humeur et sans doute de la personne qui l'accompagne si j'en crois l'insistance avec laquelle il regarde notre équipière et les quelques allusions coquines qu'il dispense dans son sillage. Joan, le solitaire, voit débarquer sur son motu une horde d'enfants en folie. Marion et Laura se chamaillent pour savoir qui va faire de la balançoire, Loup essaie tous les hamacs, grimpe aux arbres. Denis fait craquer un hamac en tentant de s'asseoir, et Beti court après les poules en aboyant. Joan offre un chapeau tressé à Nina et un boomerang qu'il a sculpté à Loup. Si tant est que le marin ait des velléités de fonder une famille, il va sans dire que cette journée lui aura peut-être fait prendre conscience de la douceur de sa solitude, troublée seulement par le hasard de quelques rencontres. En tout cas, nos petits se sont amusés comme des fous. Ils ont appris à faire marcher le pendule, car Joan a un autre talent caché : celui de sourcier. C'est ainsi qu'il a construit son propre puits d'où il tire de l'eau douce. Il se place au centre du motu et fait tourner le pendule. Les enfants sont stupéfaits : ça marche, il y a de l'eau à un mètre cinquante. Il a plus d'un tour dans son sac. Joan ou le « dandy robinson » des Tuamotu…

Nous levons l'ancre au coucher du soleil, avant de réaliser que nous avons oublié Beti. La coquine doit être encore en train de courir derrière une poule… Pas facile d'être un chien de marin : passer de longues heures à regarder la mer avec concupiscence, saliver devant les poissons volants. Impossible de courir à sa guise ou de chasser quelques gibiers. Quelle vie de chien !

La vie à Rangiroa est bien agréable. Laura est de plus en plus à l'aise dans l'eau. Avec son masque, elle regarde les poissons. Même s'il ne peut descendre plus bas que douze mètres, Loup a quand même pu profiter du spectacle et Nina a passé son niveau 1. Au coucher du soleil, nous allons chez Joséphine admirer les dauphins qui cabriolent dans la houle.

Ces journées bien rythmées me laissent tout de même le temps de faire de belles rencontres. J'ai le bonheur de faire la connaissance de Francis Gazeau. Il vit à l'entrée du village d'Avatoru, dans un joli faré construit par ses soins. Francis est arrivé en Polynésie en 1967 comme boulanger pâtissier. Il a eu le coup de foudre pour le pays du tiaré et des vahinés et ne l'a plus quitté. En 1983, ce sportif d'à peine quarante ans, qui ne boit pas une goutte d'alcool et n'a jamais fumé une cigarette, fait son premier infarctus, suivi d'un deuxième sept ans plus tard. En 2002, on lui annonce que son cœur ne fonctionne plus qu'à 14 %. C'est là que débute son long combat pour la vie. Deux longues années à attendre un cœur compatible, jusqu'à ce qu'en 2004 le service du professeur Cabrol l'appelle de toute urgence pour lui apprendre qu'il peut enfin être greffé. Sa deuxième vie peut alors commencer. Avec son nouveau cœur, il s'offre une seconde jeunesse et n'a plus qu'une idée en tête : sensibiliser les gens au don d'organes. Il se lance alors un défi : passer un an seul, en quasi-autarcie, sur l'atoll de Tahanea, dans les Tuamotu. Même si la vie dans ces îles n'a aucun secret pour lui, il lui faut convaincre ses médecins et obtenir la dose de médicaments nécessaire pour tenir un an (on ne les délivre que pour trois mois). Il leur ment en prétendant avoir le téléphone satellite et une balise Argos. Les thérapeutes s'inclinent devant tant d'obstination. Sur son atoll, Francis a planté trente-cinq cocotiers, en hommage à son donneur anonyme décédé à l'âge de trente-cinq ans. Il a également rapporté trois cent soixante-cinq coquillages, un par jour. Il a réussi son défi fou. De retour sur Rangiroa, il crée l'association qui porte son nom, arpente l'atoll de long en large sur son vélo sans jamais se fatiguer et affiche un faciès de jeune homme avec sa fleur de tiaré à l'oreille gauche et son sourire serein. Il vibre de passion et de sensibilité et ne songe qu'à une chose : le jour où son nouveau cœur sera de nouveau amoureux. « Mon donneur avait trente-cinq ans, je suis transplanté depuis sept ans, j'ai donc quarante-deux ans ! » Ce genre d'échange vous remplit d'énergie et de joie de vivre. Je voudrais vivre ma vie comme si chaque jour était le dernier et jouir intensément de chaque instant, comme Francis. Il faut peut-être échapper à la mort pour apprécier la vie à sa juste valeur, sans se laisser polluer par les futilités du quotidien. Le passé n'existe plus, le futur est incertain, seul compte le moment présent ! C'est « gonflée à bloc » que je rejoins le bateau, et qu'on ne vienne pas me parler des petits soucis des uns et des autres. C'est une belle leçon de courage et d'acharnement que nous a donnée cet homme délicieux qui respire la bonté et la sagesse. Je me sens plus que jamais amoureuse de la vie et de l'amour. C'est dans cet état d'esprit que je souffle justement mes quarante-deux bougies en compagnie des miens, au Relais de Joséphine. Le mouvement de l'eau dans la passe est sensuel, rond. Cela respire la vie, ça grouille de l'intérieur. On sent qu'il y a du monde sous l'eau.

C'est au bord des passes que l'on ressent le mieux l'âme des Tuamotu, leur vigueur et leur essence. Elles font respirer le lagon, lui insufflent la vie, le soupir de l'océan, son esprit.

Le lendemain, nous assistons à la cérémonie des morts dans le village de Tiputa, de l'autre côté de la passe. Il fait nuit noire. Un petit autel est dressé directement dans le cimetière, au bord de la mer. Tout le village est là pour célébrer ses morts. Les bougies passent de main en main pour éclairer les tombes avant la bénédiction du prêtre. On aperçoit des centaines de flammes qui brillent comme des étoiles dans l'obscurité. Les chants me donnent la chair de poule. Je suis née le 1er novembre, le jour de la Toussaint, c'est un jour joyeux qui, pour moi, symbolise la vie. Mais, dès le lendemain, on pleure les défunts. Je me suis faite à ce paradoxe qui a bercé mon enfance.

Ce matin, treize dauphins sont là, dans le grand bleu, pour chasser les requins. On aperçoit même des bébés. Autour d'un appât placé dans un tube, une trentaine de requins tournent en rond. On a organisé cette plongée pour Loup, qui est passionné par ces prédateurs. Il est incollable, connaît toutes les espèces, leur nom, leur particularité. Je filme, discrète, au milieu du cercle de prédateurs. Je sens qu'ils sont attirés par le champ magnétique de ma caméra, ou par sa brillance car elle est argentée. Ils m'encerclent et me frôlent de plus en plus près jusqu'au moment où un soyeux me fait sursauter. Je sens le contact de sa peau rugueuse. Il ouvre sa mâchoire et me regarde. Je range ma caméra immédiatement et m'éloigne rapidement du cercle. Je me suis fait une belle frayeur ! Les requins et les raies sont en danger d'extinction à cause d'une surpêche dont les États européens sont les principaux responsables, car grands pourvoyeurs des pays asiatiques. Entre l'homme et le requin, le plus grand prédateur n'est pas celui qu'on pense. C'est bien l'homme qui, sous différents prétextes, satisfait sa soif de domination et de sang en massacrant les requins, notamment pour la préparation d'un potage insipide aux prétendues vertus aphrodisiaques. Les requins jouent un rôle majeur en tant que régulateurs des écosystèmes, comme prédateurs supérieurs de la chaîne alimentaire. La plupart des espèces ont une croissance lente et un taux de reproduction faible, ce qui limite la reconstitution des populations pêchées. Le *finning*, qui consiste à prélever leurs ailerons à bord d'un navire et à rejeter les requins à la mer vivants, mutilés, de sorte qu'ils meurent noyés, est une pratique épouvantable. Certains pays, malgré l'interdiction, accordent des dérogations à leurs bateaux afin de continuer cette pêche. Il y a trop de lacunes dans la législation, d'absence de contrôles et surtout une demande grandissante d'ailerons à la mesure du développement économique des pays asiatiques. L'Europe alimente un tiers du marché asiatique de Hong Kong ! La Polynésie française a interdit totalement le finning en 2004.

Après un petit tour au collège pour présenter le film aux classes de sixième et de cinquième, nous levons l'ancre et appareillons pour Makatea. Je parcours le livre qui a été fait à notre attention par les élèves du collège de Rangiroa. Toutes les classes ont dessiné et écrit des petits messages. Les textes sont très poétiques. Les esquisses représentant la famille Poupon au grand complet nous font bien rigoler. Il n'y a que les enfants pour faire preuve de tant de fraîcheur et de spontanéité. Je jette les colliers de fleurs qu'ils nous ont offerts dans la passe de Tiputa. Jamais deux sans trois !

Une frégate survole la *Fleur*. Nous arrivons à Makatea au lever du jour. C'est un atoll soulevé, le seul des Tuamotu qui ait cette configuration géomorphologique. Il se présente comme un plateau, limité par des falaises abruptes. Ces falaises sont en fait l'ancien récif-barrière et le plateau correspond à la cuvette comblée du lagon d'autrefois où se sont accumulées d'importantes quantités de phosphate. Lorsque le volcan de Tahiti est entré en éruption, cela a appuyé sur la microplaque où reposait l'atoll. L'effet de basculement a poussé l'atoll vers le haut. C'est fascinant d'observer les différentes strates qui correspondent aux nombreuses poussées ; c'est l'empreinte du temps. Le destin de Makatea, l'île au phosphate, bascula lorsque les Européens mirent en évidence ses gisements, au XIXe siècle. Le phosphate de l'atoll devint alors rapidement le fleuron de l'économie polynésienne : quatre cent mille tonnes furent extraites en 1960. Le commerce du phosphate passa au premier poste des exploitations, devant le coprah et la vanille. Tous les Polynésiens avaient un membre de leur famille qui travaillait sur Makatea. L'île se transforma très vite, devenant la plus peuplée des Tuamotu, avec plus de trois mille habitants en 1962. Son seul point faible était l'impossibilité de s'ancrer à l'extérieur et l'absence de lagon qui contraignaient les navires minéraliers à croiser au large. Les transbordements se firent par chalands jusqu'en 1954, date à laquelle une jetée fut construite.

Aujourd'hui encore, le mouillage est impossible à Makatea. Philou reste à bord avec Nina et Denis. Le débarquement est dangereux en raison de la grosse houle. Nous sommes attendus par Pierrot, le représentant d'EDT. Nous empruntons la route à même le récif qui n'existait pas autrefois. Makatea est devenue une île fantôme, vestige d'un passé révolu. C'est très étrange de visiter ses anciennes centrales électriques. L'île ne compte plus que soixante habitants et il y a seulement quatre enfants dans la petite école. Tout autour des installations désaffectées, la nature a repris ses droits et laisse peu de place au passé. Onze millions de tonnes de phosphate ont été arrachées aux entrailles de Makatea. En quelques semaines, le personnel a plié bagage et la cité minière s'est transformée en ville fantôme. Le paysage est sidérant, angoissant, « chargé », mais grandiose. Nous marchons entre les *féos*, ces formations coralliennes déchiquetées par les vagues qui ressemblent à d'étranges silhouettes pétrifiées. Les ouvriers creusaient entre ces murs de dentelle noire pour récolter le phosphate. Nous sommes en réalité au milieu du corail, dans les ruines de l'ancien village. Notre Jeep a du mal à se frayer un passage à travers cette végétation luxuriante. On retrouve un peu le relief des Marquises et, contrairement au reste des Tuamotu, ici, ils ont la chance d'avoir des fruits à profusion : papayes, mangues, citrons et même des pistaches.

Nous marchons jusqu'au sommet de la falaise ; le panorama sur l'immense plage bordée de cocotiers est sans doute ce que j'ai vu de plus beau jusqu'ici. Les cercueils des défunts étaient ancrés dans les cavités de la falaise, bien souvent avec leurs pirogues. Dans l'après-midi, nous descendons dans les grottes de Vaimaru par un escalier pentu, avant de plonger dans l'eau froide et douce pour entreprendre l'exploration de ces cavernes des ténèbres. Nous avançons sur trois cents mètres dans le noir, éclairés seulement par la lampe torche du jeune Tahitien qui nous guide. Nous slalomons entre les stalactites de corail qui ressemblent à des cervelles géantes. Nous passons d'une grotte à l'autre en nous infiltrant, totalement immergés par endroits, dans des couloirs lugubres où les formations coralliennes nous barrent le passage. Il faut plonger pour ne pas se cogner. Une énorme patte d'éléphant trône en plein milieu de la grotte la plus lointaine qui est aussi la plus grande. Cette stalactite géante porte chance à ceux qui la touchent de la main gauche. Il faut faire un vœu, m'assure mon guide. Comme toujours, je demande à ce pachyderme de veiller sur ma famille et de bénir nos navigations.

Nous retrouvons la *Fleur*. C'était une journée riche en émotion que je n'ai malheureusement pas pu partager avec Philou. L'île est l'une des plus belles que j'aie jamais vues. Plus elles sont difficiles d'accès, plus elles sont intéressantes. Makatea ne déroge pas à la règle.

Le soleil se couche doucement. Sur les falaises, nous découvrons des trous dans lesquels on distingue clairement des cercueils. C'est définitivement une île étrange et envoûtante. *Fleur Australe* en fait le tour. À la pointe, la falaise prend soudain la forme d'un visage. Le soleil s'assoupit tendrement sur la mer. Loup me dit avoir aperçu le rayon vert. Ici, plus rien ne m'étonne.

Nous jetons l'ancre devant le village de Tuherahera, sur l'île de Tikehau. C'est notre dernière escale aux Tuamotu. Nous avons tous hâte de rejoindre la capitale. Kelly est malade depuis ce matin, on l'a conduite à l'hôpital. Elle souffrait de violents maux de ventre. Il semble que ce soit sans gravité ; la fatigue et le stress sans doute. Il pleut beaucoup depuis deux jours. Toute la Polynésie est devant son poste de télévision pour suivre l'événement sportif de l'année : l'Hawaiki Nui Va'a, une course de pirogues qui dure trois jours et se déroule sur quatre îles. Elle couvre ainsi cent seize kilomètres. Une soixantaine de pirogues de six places y participent, provenant de toutes les îles. On compte même des équipes venues d'Hawaï ou encore d'Allemagne. Cette course commence sur l'île de Huahine, traverse le lagon puis l'océan jusqu'à Raiatea, à quarante-cinq kilomètres, en passant par Tahaa, sa jumelle, pour s'achever le troisième jour dans le lagon de Bora Bora où des milliers de personnes attendent pour faire la « bringue » du siècle. Le spectacle est magnifique. Tatoués, musclés, les rameurs sont superbes. Ils pagaient par groupes de trois de chaque côté de la pirogue, donnent dix coups de pagaie puis changent de côté dans un mouvement aussi rapide que synchronisé. Tout au long de l'année, on peut croiser dans les différents archipels de Polynésie des *va'a* qui s'entraînent durement dans les lagons.

Tikehau, située à 190 milles au Nord de Tahiti, n'a rien à envier aux autres îles des Tuamotu. Une vingtaine de petits motus parsèment le lagon, et certains servent de lieu de nidification à plusieurs espèces d'oiseaux. Mais l'équipage a envie de ville après avoir dévoré toutes ces îles. Kelly va mieux. Nous appareillons et naviguons entre les motus. Le lagon est complètement blanc, déchaîné. Cela fait bientôt sept mois que nous avons quitté l'Alaska. La *Fleur* vole sur la grosse houle du Pacifique, comme si elle aussi était pressée de rejoindre la capitale. Il fait très chaud dans le bateau, environ 35 °C. *Fleur Australe* a été pensée pour naviguer dans les régions polaires. La timonerie est un endroit de vie exceptionnel lorsqu'il fait froid ; on peut barrer bien au chaud tout en profitant du paysage. Lorsqu'il fait très chaud, comme en ce moment, c'est plus difficile, il faut mettre des protections solaires sur les vitres. Le capitaine peut bien dire ce qu'il veut, il n'est pas conçu pour les navigations sous les tropiques. Philou supporte mal le moindre commentaire sur son navire chéri. C'est son bébé, et je le comprends. Il existe entre un marin et son bateau une relation presque amoureuse, un respect mutuel, étroitement lié à l'attention qu'ils se portent. Ils se font confiance, ils se doivent le meilleur, et tout manquement à leur sollicitude pourrait être fatal. Le fait est que la *Fleur* est un bateau solide et bien né, comme on dit dans le milieu de la voile. Il suffit de la voir voler fièrement sur la grosse houle du Pacifique. Elle en a parcouru, des milles, depuis que nous avons quitté La Rochelle ! Plus de vingt-huit mille ! Je la revois braver fièrement la banquise, batailler dur contre cette glace pour tenter de se frayer un passage. On s'est fait emprisonner, mais au bout de vingt-quatre heures, le désert de glace nous a relâchés et nous avons retrouvé une nappe d'eau libre, puis une autre ; de fissure en fissure, de polynie en polynie, la *Fleur* a sillonné cette immensité blanche. Elle nous a menés bravement jusqu'en Alaska pour dévaler enfin les vagues du Pacifique. Aujourd'hui, il me semble entendre son étrave ronronner de plaisir. Elle chante la mélopée du vent qui s'engouffre dans les voiles. Quant à nous, installés sur le pont, saoulés d'embruns, nous tentons d'échapper à la fournaise. Le capitaine a mis en place un taud à l'arrière et nous profitons des douceurs de l'alizé sur notre peau salée. Je ne me serais pas imaginée, il y a quelques années, au beau milieu du Pacifique avec quatre enfants autour de moi… Mais ma vie a sa cohérence profonde et sa logique secrète que je suis la seule à connaître. Je sais donc, au plus profond de mon cœur, que j'ai suivi un itinéraire précis, qui dans sa soif d'absolu ne pouvait que me conduire jusqu'ici aujourd'hui. J'ai rencontré par hasard un ami acteur l'autre jour à Rangiroa, il m'a dit m'avoir imaginée dans toutes sortes d'aventures extraordinaires, mais certainement pas dans celle-ci. C'est sans doute qu'il ne me connaissait pas bien. Mes quelques vrais amis et ma famille ne sont pas surpris de me voir courir la mer jusqu'à plus soif. Ils savent mon goût pour l'extrême, mon besoin d'adrénaline permanent, mon appétit de toujours pour l'aventure, pour le mouvement, et mon hyperactivité, qui me fit surnommer Speedy Gonzales par ma mère dès mon plus jeune âge. Je crois, pour être tout à fait sincère, que la seule chose qui étonne mon père c'est que je supporte le manque de confort. J'ai toujours été attirée par un certain luxe, j'aime les beaux hôtels, les grands espaces, les bons restaurants, j'apprécie tout ce qui est raffiné, élégant et qui peut éveiller mes sens : les belles matières, les fragrances subtiles, l'art sous toutes ses formes. Pour autant, je ne me sens pas tributaire de quoi que ce soit. J'ai toujours essayé de me détacher du matériel, ainsi je ne manque de rien en mer. Pourtant, dès que j'arriverai sur Tahiti, j'irai me taper la cloche dans un bon restaurant, comme je m'offrirai toutes ces petites douceurs propres à la gent féminine : le coiffeur, la manucure, un soin du visage et un bon massage. Après sept mois de mer, cela ne me semble même pas être du luxe, mais plutôt de l'entretien. La *Fleur* se fait caréner régulièrement, j'ai bien le droit moi aussi à une petite « remise en forme » en arrivant au port ! D'un point de vue pratique, j'attends cette escale en ville pour pas mal d'autres raisons. Les petites doivent faire une visite de contrôle chez le pédiatre, Loup doit aller chez le dentiste pour régler son appareil, et des tas d'autres petites choses que l'on ne peut faire qu'en ville.

Le ciel est gris, l'horizon presque noir. Les Tuamotu restent des escales inoubliables. On y vit en véritable communion avec le milieu marin, comme sur un bateau. La culture des Paumotu est née d'une longue négociation de survie avec les éléments. C'est un peuple à part, dans un monde en marge, éloigné de tout. Des anneaux de corail qui émergent au cœur de l'océan. Des lagons dont le bleu chatoyant oscille entre le turquoise et le lapis-lazuli. « Des îles de la matière dont on fait les songes », écrivait Stevenson à leur propos. Chaque atoll matérialise le mythe paradisiaque. Une dentelle fragile et délicate posée sur des nuances de bleu qui se déclinent à l'infini. Et même si l'homme a appris à vivre dans des conditions extrêmes, dans l'âme et le cœur des Paumotu règnent sans partage la gaieté et la nonchalance. Je me remémore toutes ces plongées magnifiques. J'ai l'impression d'avoir eu une vie sous-marine plus intense encore que mon existence terrestre. J'emporte, comme un petit trésor enfoui au fond de mon cœur, ces forêts de corail balayées par les vagues, ces envoûtantes anémones dont la chevelure ondule avec sensualité, ces bancs de poissons multicolores, nuages incandescents dans lesquels je m'engouffre, aspirée par le courant, en apesanteur tel un albatros qui plane au-dessus d'un monde de féerie, ces vols de raies mantas inondées par les rayons de soleil qui filtrent à travers les gorgones, comme la lumière traverse le vitrail d'une cathédrale. Je frôle les patates, me cogne contre les diodons aux yeux en forme de cœur, je fouille les grottes où les requins dormeurs font la sieste, puis remonte lentement à la surface pour découvrir cette terre qui n'est que le prolongement de ces lagons étincelants. Les Tuamotu, l'Éden du plongeur, perles de la Polynésie.

Tahiti et Moorea : les îles du vent

Il pleut, le ciel est chargé de gros cumulus. Le capitaine a promis une glace à celui qui apercevrait la terre en premier. Loup s'écrie « Terre ! » avant d'être aussitôt imité par Laura. S'ensuit une nouvelle dispute, pour savoir qui a été le plus rapide et qui aura le droit à la récompense. L'île de Tahiti se profile effectivement à l'horizon, forteresse majestueuse avec ses aiguilles de plus de deux mille mètres, ses massifs volcaniques et ses crêtes effilées. Nous embouquons bientôt la passe de Papeete. Des bateaux à moteur transportant photographes et cameramen nous ouvrent le passage, les pirogues va'a d'EDT nous escortent. Moi aussi, je filme le spectacle, avec ma caméra qui nous suit en permanence. Sur le quai, devant la foule qui attend *Fleur Australe*, de magnifiques vahinés ondulent sensuellement. Nous accostons au quai d'honneur, en plein centre-ville. Nous n'espérions pas un tel accueil, même s'il est vrai que les Marquisiens nous ont gâtés dans chaque île et que l'arrivée à Nuku Hiva restera notre plus beau souvenir. Le président de la Polynésie, Gaston Tang Sang, est là en personne accompagné du haut-commissaire et des ministres du Tourisme et de la Culture, ainsi que de tout un tas de gens venus fêter l'arrivée de la *Fleur*. Les discours se succèdent. Ils nous remercient de passer par la Polynésie. Le capitaine explique que nous prenons le pouls de la planète et que nous ne pouvions manquer de nous arrêter dans ces îles enchantées, puis il improvise quelques pas de danse avec la plus jolie des vahinés. Les enfants sont un peu impressionnés, mais commencent à avoir l'habitude, même s'il est vrai qu'ici, à Tahiti, l'ambiance est moins détendue qu'aux Marquises, plus sérieuse, plus officielle : il y a les gradins, les micros, les tribunes… Un cocktail est donné en notre honneur, sous la paillote de ce nouveau quai de Papeete. J'ai le plaisir de retrouver Teura Colas, la femme du navigateur disparu en mer en 1978. Je l'avais rencontrée lors de mon séjour à Moorea. Elle n'a rien perdu de sa beauté ni de son grand chagrin. Elle ne s'est jamais remise de la tragique disparition de son époux dans l'océan Atlantique entre Saint-Malo et Pointe-à-Pitre, lors de la première Route du Rhum. Il n'y a rien de pire que de ne pas retrouver le corps de son aimé après un naufrage. Impossible de se résoudre à la mort : on est sans cesse dans l'attente d'un retour, d'un miracle. Je n'ai pas la vertu des femmes de marin, comme le clame Barbara. Je navigue avec mon mari, car je sais que je n'ai pas l'âme de celle qui attend au port le retour de son époux, parti de longs mois braver la mer. À dire vrai, je me sens plus marin que femme de marin.

Les vagues se brisent sur le récif et forment une ligne blanche qui sépare Tahiti de sa petite sœur, la très belle Moorea. C'est l'une des plus belles vues que j'ai eu loisir d'admirer. Il y a là toute la Polynésie, son charme, son mystère, ses lagons, sa grâce infinie, formant un opalescent nuage diaphane au milieu de ces deux îles de rêve. Un camaïeu de bleu explose violemment dans un lit d'écume, au milieu de deux terres émergées. Dès le lendemain, nous quittons le quai d'honneur, trop bruyant, même pour nous qui avons des envies de ville. Direction la marina Taina. Nous réceptionnons un colis qui nous attend depuis plus de trois mois ; nous l'avions fait partir de La Rochelle par cargo. C'est Noël dans quelques jours, ça tombe bien ! Les enfants ont la joie de découvrir deux kayaks doubles en toile avec une petite voile d'appoint qui plaît beaucoup à Loup et une annexe pliable bien pratique et particulièrement charmante avec ses rames en bois. Le capitaine récupère un nouveau gennaker – le nôtre est fatigué, Philou l'avait sur ses *Fleury Michon* de course –, deux tangons en carbone, ainsi que tout un tas de pièces dont il a grand besoin (des surpresseurs d'eau douce, d'eau de mer, des charnières pour le frigo, etc.). Quant à moi, je retrouve mes livres, mes disques et quelques films. C'est à se demander comment nous avons fait pour vivre sans tout cela. Nous sommes très vite repus de bruit, de voitures, de pollution, de monde… Les rendez-vous s'enchaînent. Nous allons à la rencontre des associations qui œuvrent pour protéger l'environnement : je les filme et raconte leur combat sur notre site. Nous projetons notre film dans les écoles et échangeons sur le réchauffement climatique et la protection des océans. Nous faisons des conférences autour de notre voyage dans le Grand Nord. Nous évoquons la banquise qui a perdu 40 % de sa surface en quarante ans, le vêlage des icebergs à cause de la fonte de la calotte glaciaire au Groenland, la montée des eaux qui menace les atolls, notre collaboration avec les scientifiques et le travail des associations que nous rencontrons. Nous parlons aussi de la sécurité à bord d'un bateau avec des enfants, des bons comportements à adopter pour éviter les brûlures et les blessures lors des manœuvres sur le pont, ou encore des règles de vigilance à respecter pour ne pas tomber à l'eau. Philou met l'accent sur la conception du bateau, tout doit être pensé et prévu dans les moindres détails. Il insiste aussi sur la préparation du matériel avant le départ d'une expédition, pour prendre le moins de risques possible (combinaisons et canots de survie, balise de détresse, pharmacie). Nous abordons également la question du sommeil, en course pour Philou ou pendant le passage du Nord-Ouest où nous dormions peu, ainsi que la gestion du stress. Nous enchaînons avec les dédicaces de livres et les projections de films et profitons des clairs de lune dès que nous retrouvons la marina.

Lorsque l'on s'éloigne du centre, Tahiti recouvre aussitôt sa force et sa spectaculaire beauté. Les vallées sont profondes et luxuriantes. Pascal, notre guide, est marquisien, et vient de Ua Pou. Il est d'une grande finesse, cultivé et passionnant. Il nous conduit dans la vallée de Hamuta, où nous devons assister à une cérémonie rituelle sur un site privé. Une trentaine de personnes sont là, en costume traditionnel composé de lianes, pour célébrer le retour de l'abondance qui correspond à la réapparition des Pléiades dans le ciel polynésien. Cet événement marque la fin de la période de restriction durant laquelle il y a peu de poissons et peu de fruits. Ce temps est donc consacré au travail intellectuel et à la méditation. Lorsque les Pléiades reviennent, il faut travailler dur et faire des provisions pour affronter les jours moins prospères. Soni, le maître des lieux, m'explique que c'est la cérémonie la plus importante de l'année. Il me laisse entendre que nous avons beaucoup de chance de pouvoir y assister. Il semble « habité ». De son être émane une lumière intense, une force. Un visage fin aux traits racés, orné d'une longue barbe blanche, domine un corps grand et sec. Le site abrite un magistral banian, l'arbre sacré, dans lequel Soni a découvert de nombreux crânes. Il a restauré le lieu où vivaient ses ancêtres pour se rapprocher d'eux. Il est difficile de décrire ce genre de cérémonie, il faut la vivre. Outre les chants superbes, les danses macabres et les multiples incantations, c'est l'incroyable puissance qui se dégage de ces rituels qui frappe d'emblée. J'écoute ces femmes chanter, je vois leur visage se transformer peu à peu, leur corps vibrer, leurs yeux se fermer doucement. J'observe ces hommes, leur lance de guerrier à la main, qui implorent leurs dieux, tantôt avec une infinie douceur, chuchotant, presque inaudibles, puis l'instant d'après extrêmement violemment, hurlant, s'adressant au ciel avec rage, en transe, martelant le sol de leur lance, entre ciel et terre, à demi conscients, à demi vivants. De folles rafales de vent viennent ponctuer ces incantations. Comme par magie, ces tourbillons répondent précisément à leurs prières. Le dieu du vent est sans doute là, ce matin, pour fêter les navigateurs. Car le but est bel et bien d'honorer la nature, de nous rappeler que nous formons un tout avec elle et que de cette harmonie et de ce respect naîtront la grâce et la plénitude. Tous ceux qui sont présents – nous sommes une trentaine à avoir la chance de partager ce moment – en ont eu une parfaite démonstration. Je ne rencontre que de belles personnes dont le combat est d'éveiller les consciences, afin que tous s'élèvent vers une forme de spiritualité, devenant ainsi des hommes responsables et sereins, des hommes libres ! La culture et la nature sont étroitement liées dans le cœur des Polynésiens. Plusieurs associations se sont regroupées pour créer un mouvement : *Faafaite i te ao ma'ohi*. Parmi ses objectifs, il y en a un qui nous tient particulièrement à cœur : la sensibilisation de la jeunesse du Pacifique à la navigation ancestrale et à la fragilité des océans. Ainsi, sept pirogues doubles et cent vingt membres d'équipage doivent partir de Fakarava pour rejoindre Hawaï. Leur mission sera de naviguer aux étoiles, comme le faisaient leurs ancêtres. L'événement vise aussi à faire le pont entre les différentes cultures de la région. « Nous descendons tous d'une pirogue », conclut Pascal à la fin de cette belle journée. En effet, la pirogue est au cœur des navigations polynésiennes, elle figure d'ailleurs au centre de leur drapeau, avec cinq personnages à son bord, représentant chacun un archipel.

Mon Caddie déborde de cadeaux emballés par mes soins. Je fais mes achats de Noël dans une grande surface à côté de la marina. Je retrouve pour quelques heures cette société de consommation que nous avons fuie depuis de nombreux mois. Mes petites filles croient encore qu'un Père Noël, venu tout droit du pôle Nord et tiré par des rennes, va les couvrir de présents d'ici à quelques jours. D'ailleurs, à ce sujet, Laura ne comprend pas du tout pourquoi nous ne sommes pas restés là-bas pour l'attendre. Il aurait fait moins de trajet, il aurait pu emporter plus de cadeaux et surtout elle aurait peut-être pu le croiser. Elle a très peur qu'il ait le mal de mer et qu'il ne vienne pas sur le bateau. J'ai beau lui répéter que nous avons une cheminée et que le chemin lui importe peu, rien n'y fait. Pour elle, Noël c'est un paysage enneigé, des grosses bottes sous un sapin décoré de boules, et non pas un lagon turquoise et des tongs au pied d'un cocotier. Qu'à cela ne tienne, on lui fera un arbre de Noël, et je porterai la barbe blanche s'il le faut. Pour le moment, après avoir fait une heure de queue à la caisse et patienté deux heures pour emballer les cadeaux, je ne me souviens plus de mon numéro de carte bleue. Je l'ai oublié depuis longtemps, ce petit bout de plastique. Je ne parviens pas à me remémorer les quatre chiffres. Tout me revient : le code de mon dernier appartement, celui de mon téléphone, de ma valise, tout sauf ça. Après trois codes erronés, ma carte finit par se bloquer. Impossible de joindre Philou. Le supermarché ferme dans une heure, il ne me reste plus qu'à abandonner mes cadeaux empaquetés au prix d'un si dur labeur. Je suis furieuse contre moi, contre la ville, les cartes bleues et contre toutes ces futiles obligations que nous impose la société. Même le Père Noël n'échappe pas à mes jurons. Nina, qui m'accompagne, n'en peut plus, bien qu'elle commence à avoir l'habitude. Elle doit se dire que je ne suis décidément pas adaptée à la vie en ville, qu'heureusement que son papa est là et que, par chance, nous évoluons dans un univers décalé, loin de tout, sans aucun code, sans aucune clef, et avec tout à portée de main, sur notre bateau. C'est tout à fait vrai, je suis rêveuse et étourdie. Lorsque j'habitais en ville, il m'arrivait de passer mes journées à refaire mon itinéraire de la veille pour récupérer ce que j'avais oublié, sans compter le nombre de fois où je me suis retrouvée à la porte de chez moi avec les clefs à l'intérieur, ou encore à ne plus savoir où j'avais garé ma voiture, quand elle n'était pas à la fourrière. Le pire étant lorsque j'étais avec le père de Loup, Titouan, qui est je crois pire que moi. À nous deux, nous faisions la paire. Dieu merci, je suis sauvée, Philou veille désormais sur moi, et en bateau je parviens à m'y retrouver. Mais je me vois mal à Paris ou ailleurs à gérer les emplois du temps de mes trois petits bouts de chou, entre les cours de danse, de piano, l'école et la piscine. Ici au moins, lorsque nous oublions Beti sur une plage déserte, nous sommes à peu près sûrs de la récupérer. Je ne suis pas certaine qu'il en serait de même au bois de Boulogne, bien que nous l'ayons retrouvée l'année dernière, lors de notre précédente expédition, à la fourrière de Spanish Harlem, à New York : la bougre de coquine avait fugué durant la nuit. Tout cela pour dire que la vie à bord me facilite considérablement l'existence, même s'il y a des moments où je jure que c'en est fini pour toujours, comme après une traversée au près par une mer déchaînée. De toute évidence, en ressortant bredouille de cette épouvantable grande surface avec ma carte bleue qui a rendu l'âme, je suis certaine d'avoir fait le bon choix.

Parmi les belles rencontres faites en Polynésie, il y a Paulo, pêcheur et président de l'association Tamari'i qui veille à préserver et à réensemencer le lagon. Nous avons accepté d'en être les parrains. Paulo est issu d'une famille de pêcheurs depuis plusieurs générations. Il me raconte avoir participé à la détérioration du lagon, cassant le corail avec des cailloux pour dénicher les poissons. Il n'avait pas conscience du danger que cela représentait. Il « péchait » par ignorance : « Avant l'arrivée des braconniers, on pêchait pour nourrir sa famille, pas pour vendre. C'est le commerce et la surchasse qui ont détruit l'harmonie entre l'homme et la nature», me confie-t-il. Mais Paulo voit son lagon s'appauvrir d'année en année et sa pêche diminuer. Les poissons meurent avant d'avoir atteint l'âge adulte, et les algues envahissent le lagon. Les bénitiers sont ramassés alors qu'ils sont essentiels à l'équilibre du lagon, ils jouent le rôle de filtreurs, et cette «maudite étoile des mers», la *taramea* (*Acanthaster planci*), qui se nourrit de corail, prolifère à vue d'œil». Paulo décide donc de prendre les choses en main et crée son association pour «sauver cette mer» qu'il vénère plus que tout. Il décide alors de repeupler son lagon adoré. Nous accompagnons Paulo en pirogue près du parc à poissons qu'il a mis en place. Une bande de jeunes bénévoles ressortent des paquets d'algues ; elles sont de plus en plus nombreuses à cause de la pollution qui fait souffrir le lagon. Toutes les initiatives vont dans le bon sens, qu'elles passent par des associations ou qu'elles émanent des volontés individuelles. Le parcours de ce pêcheur montre qu'il n'est jamais trop tard pour prendre sa vie en main et même pour agir.

Je filme toutes ces rencontres. J'ai parfois l'impression que ma caméra me coupe un peu des gens, mais je suis heureuse de rapporter chaque instant de notre expédition. Nous partageons ces films avec le public, mais je sais aussi que les enfants seront heureux un jour de revivre nos aventures à travers ces images. Cependant, lorsque nous parvenons dans une île ou embouquons une passe, il m'arrive de regretter de ne pas être entièrement spectatrice, de ne pas pouvoir simplement contempler le paysage, le dévorer des yeux et le savourer. Il en va de même avec certaines des personnes dont nous faisons la connaissance. J'essaie de rendre ma caméra le plus discrète possible pour qu'on finisse par l'oublier, mais je ressens parfois une gêne, même si Philou fait tout pour m'aider en détendant l'atmosphère. Nous avons fait le choix de rapporter le plus de matériel possible pour offrir

Barilla
SPAGHETTI

GDF SUEZ
Fleury Michon

Fleur Australe

1. Annexe gonflable
2. Accès soute arrière
3. Accès soute avant
4. Mat d'artimon en carbonne non haubané servant de mat de charge pour monter l'annexe
5. Timonerie en composite
6. Mat principal, 21 m en aluminium
7. Delphinière
8. Quille relevable *(5 tonnes)*
9. Ailerons
10. Hélice
11. Safran
12. Safran principal
13. Coffre à essence
14. Sanitaire
15. Douche
16. Machine à laver
17. Bac à eau grise
18. Cale moteur *(moteur propulsion 165 ch Nanni, groupe électrogène 6 kw, dessalinisateur 90 l/h)*
19. Bannettes superposées
20. Rangements frigo
21. Evier
22. Plaque électrique induction
23. Poêle au fuel servant de cuisinière
24. Sanitaire
25. Cabinet de toilette avec douche
26. Penderie
27. Petit bureau
28. Soute avant avec congélateur et compresseur de plongée
29. Rangement vêtements
30. Cabine avant lit double
31. Bureau avec ordinateurs, téléphone Iridium
32. Carré pour 8 personnes
33. Bibliothèque / bureau de travail enfants
34. Soute arrière / atelier
35. Rangements
36. Système de barre avec 2 vérins de pilote hydraulique
37. Rangement vêtements
38. Descente
39. Puit de la quille
40. Tableau électrique

une deuxième vie à notre voyage. J'avais fait la même chose lors de notre passage du Nord-Ouest et, bien que sur l'instant cela n'ait pas toujours été facile, ce fut ensuite un tel plaisir de pouvoir échanger autour de nos images, comme c'est encore le cas actuellement dans les écoles, que je me suis promis de continuer. D'ailleurs, je pense que, pendant le passage, ma caméra m'a permis de vivre sereinement certaines situations difficiles ; il y avait ainsi un filtre entre moi et la réalité, parfois effrayante. La caméra me dissociait de l'action et me permettait de l'apprécier en toute sérénité. Ainsi, je filmais lorsque nous avons failli rester échoués en plein océan Arctique, au milieu des plaques de glace dérivantes (*floes*), tout comme lors de chacun des instants où nous étions emprisonnés dans la banquise, sans m'inquiéter du danger que nous encourions ni du fait que nous étions peut-être bloqués pour un long hiver. Nous étions de toute façon préparés à cette éventualité. J'ai discuté depuis avec des cameramen ou des photographes de guerre qui m'ont dit avoir vécu le même dédoublement. On filme, on photographie et on perd du même coup toute notion de danger. Ce qui peut d'ailleurs s'avérer fatal. Philou m'a souvent empêchée de m'attarder près des monstres d'icebergs que nous avons croisés ou de trop m'en approcher. Un jour, j'ai bien manqué m'en prendre un sur le bout du nez. J'étais partie en annexe pour le filmer de près. Le capitaine avait beau m'ordonner par radio VHF de rentrer immédiatement, impossible de m'en détacher. J'eus finalement à peine le temps de poser un pied à bord qu'il s'écroulait en partie. Ça m'avait refroidie, si j'ose dire.

Si l'on veut retrouver le Tahiti d'il y a trente ans, il suffit de filer sur la presqu'île de Tahiti Iti, à soixante kilomètres de Papeete. On est très loin du tumulte de la ville. Le long de la route, les marchands ambulants vendent des bananes, des ananas, du taro, des mangues ; d'autres ont suspendu leurs bonites en chapelets. Au district – c'est ainsi que les Tahitiens surnomment la presqu'île –, la nature est souveraine, les hameaux paisibles et verdoyants, les vallées profondes et majestueuses. Le Fenua Aihere est la partie de l'île qui n'est desservie par aucune route. Elle ressemble encore à la Polynésie de leurs ancêtres. Il pleut beaucoup depuis deux jours que nous sommes là ; des nuages épais et sombres planent sur les sommets.

Le lagon est bordé de sable noir. Les surfeurs du monde entier viennent ici pour la célèbre vague de Teahupoo, qui peut atteindre douze mètres. C'est un des « spots » les plus réputés du Pacifique.

Ces deux jours en famille dans la presqu'île nous ont été bénéfiques. Nous avons dormi à terre, dans un « écolodge » perché dans la montagne. Les enfants en ont profité pour envoyer des e-mails. Je pense que ça a dû faire du bien à nos équipiers aussi de se retrouver un peu seuls. Avec Denis, nous parlons de moins en moins, Il fait l'école aux enfants, donne un coup de main à Philou quand il le faut, mais ça s'arrête là. Je pense que c'est mieux ainsi. Ça fait de longs mois que nous vivons en communauté, dans un espace réduit. Sa mission s'achève dans quelques jours : il rentre en France pour les fêtes, c'était prévu ainsi depuis le départ. Il a mené son engagement à terme avec sérieux et discrétion. Ça n'a pas toujours été facile pour lui, ni sur le plan de la navigation, ni du point de vue humain. Le départ de Kate a marqué une rupture dans nos rapports et, pour être tout à fait sincère, je suis tombée par hasard sur une page de son journal suffisamment sévère à notre égard pour que je le referme aussitôt. Mon tempérament passionné, pas diplomate pour un sou, a dû lutter pour ne pas y faire allusion. J'ai pensé à mes enfants, à l'enseignement qu'il leur donnait avec ce qu'il faut d'autorité, à sa compétence et à son implication ; ainsi j'ai réussi à me taire. C'est pour moi un exploit. Philou, qui me connaît par cœur, pensait que je ne tiendrais pas. J'ai pour habitude, souvent à mes dépens, de dire tout ce que je ressens et de ne pas laisser de « malaise » s'installer entre les gens. Je préfère crever l'abcès avant qu'il ne s'infecte. Il n'en reste pas moins que je n'aurais pas dû tomber sur ces lignes et que le journal de Denis lui appartient, ainsi que ses appréciations nous concernant. Ce n'est certes pas facile de partager le quotidien d'un couple et encore moins d'une famille avec quatre enfants, dont deux bébés, et de surcroît sur un bateau. Il a assuré sa mission avec beaucoup de courage et de pudeur. Nous lui en savons gré et c'est dans cet état d'esprit que nous vivons les derniers jours qu'il lui reste à passer à bord.

Nous consacrons notre ultime journée à Tahiti à faire des interviews pour la radio et la télé locale, avant de prendre enfin la mer pour Raiatea où nous ferons une courte escale, avant de revenir vers Moorea où nous avons prévu de passer les fêtes de fin d'année. Il fait de plus en plus chaud. À bord, l'équipage s'active pour ranger tout ce qui dépasse : après quinze jours au port, on prend de mauvaises habitudes. Le bateau va gîter, rien ne doit traîner. Philou hisse la trinquette pour sortir du goulet entre Tahiti et Moorea. Comme toujours, le vent forcit entre les îles. Un *poti-marara*[1] rouge nous croise ; à son bord, l'amiral Olivier de Kersauson fait route entre Moorea, où il demeure, et Tahiti. Nous avons juste le temps de nous saluer. La Polynésie a toujours été le refuge du marin : Cook, Gerbault, Colas, Bisschop, Kaiwen, Moitessier… On comprend aisément pourquoi, aujourd'hui encore, Kersauson et Bourgnon y ont jeté l'ancre. Ce sont des escales qui ont un goût de bout du monde, le parfum extrême des mers du Sud, subtil mélange de douceur et d'amertume. Chaque archipel est différent, d'une absolue beauté, d'une grande force. On peut se balader facilement entre les îles, le divin alizé s'engouffre dans les voiles, les nuits étoilées sont sans

1. Bateau de pêche polynésien, littéralement « poisson volant » en tahitien.

pareille. Les Polynésiens sont particulièrement accueillants et chaleureux. Leur histoire, leur culture, leurs coutumes enchantent les visiteurs. Enfin, les envoûtantes vahinés y sont certainement pour quelque chose… Ce sont des îles à leur image, sensuelles, fortes, violentes, ensorcelantes, enivrantes et dangereuses.

Nous embouquons la passe sacrée de Raiatea. Il n'y a pas une ride sur le lagon aujourd'hui. Sur le rivage, on distingue l'immense marae de Taputapuatea. C'est le site archéologique le plus important des îles Sous-le-Vent. Raiatea est surnommée l'« Île sacrée ». Elle a joué un rôle capital dans la mythologie polynésienne. L'île se trouve au cœur de l'archipel de la Société : elle est encerclée par Huahine et Tahaa, sa petite sœur, qui partage le même lagon. J'aperçois même l'imposante silhouette de Bora Bora, à tribord. C'est d'ici que les grands navigateurs polynésiens auraient essaimé pour aller peupler les autres îles du Pacifique. Les légendes racontent que Raiatea et Tahaa furent les premières îles colonisées, probablement par des populations venant des Samoa. Le premier roi, le dieu Hiro, aurait fabriqué les grandes pirogues qui effectuaient les traversées vers Rarotonga et la Nouvelle-Zélande.

Nous avons rendez-vous avec Laurent Bourgnon pour déjeuner. Il a jeté l'ancre à Raiatea il y a un an et demi. Il nous fait visiter son superbe catamaran à moteur de vingt-cinq mètres. Il l'a fait construire en Pologne, selon ses plans. Il connaît bien la Polynésie pour y avoir navigué avec ses parents dans sa jeunesse. Philou l'avait croisé en 1986, à l'arrivée de la Route du Rhum qu'il venait de gagner. Bourgnon avait tout juste vingt ans. Il effectuait une transat entre les Canaries et Pointe-à-Pitre sur un Hobby Cat. Ils étaient deux à bord. La traversée avait été difficile, ils avaient les pieds brûlés par le sel et le soleil. Laurent me raconte qu'il était très impressionné de rencontrer Philou qui avait déjà gagné beaucoup de courses, deux fois le Figaro et l'Ostar entre autres. Il se souvient très bien de cette rencontre. Philou les avait vivement encouragés. Ça lui a sans doute porté chance, car huit ans après, il remportait à son tour cette mythique Route du Rhum.

Il y a de très belles randonnées à faire à Raiatea. Le mont Tapioi culmine à 1 294 mètres et domine le village d'Uturoa. Nous partons à la conquête du plateau de Temehani, à sept cent cinquante mètres. Il regorge de plantes endémiques. La végétation est luxuriante : on trouve des bambous géants, des ylangs-ylangs, des fougères, du basilic sauvage, des goyaviers et du gingembre qui parfument délicieusement l'atmosphère. Mais l'emblème de Raiatea, c'est le tiaré apetahi, une des fleurs les plus rares au monde, qui ne pousse que dans le massif du mont Temehani. C'est une fleur blanche, qui ne présente qu'une demi-corolle. Elle s'ouvre à l'aube, en craquant légèrement. Loup s'est mis en tête d'en trouver une. L'attrait de la rareté. Lorsque j'étais petite, ma mère, pour se débarrasser de moi ou pour m'occuper, m'envoyait souvent chercher un trèfle à quatre feuilles. Je restais de longues heures dans les parcs, assise en tailleur, à scruter la pelouse en traquant mon petit trésor. Je n'en ai jamais trouvé et, aujourd'hui encore, je me surprends à chercher ce « graal » qui m'a tant fait rêver. Il est devenu le symbole de ma quête, il la matérialise. C'est mon « rosebud »[1] à moi, mon inaccessible étoile, celle qui m'incite à me dépasser, qui me protège de l'enlisement et surtout qui me pousse à nourrir des rêves et à en réaliser quelques-uns.

Nous ne grimperons pas jusqu'au mont Temehani. De toute façon, il est de plus en plus rare d'observer cette fleur si précieuse. Les quelques plants qui subsistent sont hors d'atteinte, mais je suis sûre que, toute sa vie, mon petit Loup n'aura de cesse de chercher cette « princesse

---

1. Littéralement « bouton de rose ». C'est le mot énigmatique prononcé dans son dernier souffle par Kane, le héros de *Citizen Kane*.

des sommets » qui l'aura fait rêver enfant, à Raiatea, dans le Pacifique Sud.

Avant de quitter l'île, nous tenons à faire deux plongées. L'une s'effectue de nuit, dans l'épave d'un bateau hollandais construit en 1873, sister-ship du *Belem*. Il s'est échoué en heurtant un haut-fond dans le lagon. C'est une plongée agréable, vers les trente mètres. On rencontre des mérous énormes, des poissons-scorpions, des poissons-branches… Il faut faire bien attention de ne pas poser ses mains n'importe où.

L'autre se fait dans une grotte très étroite surnommée le « Trou de la pieuvre ». On descend jusqu'à soixante mètres, et cela ressemble davantage à de la spéléologie qu'à de la plongée. Nicolas Buray, du club de plongée, nous sert de guide. Les légendes racontent que c'est par ce trou qu'émergèrent les premiers Polynésiens. La pieuvre a huit tentacules, une pour chacune des îles de la Société. Je m'infiltre doucement dans la cavité et descends lentement. C'est vraiment très exigu. Arrivée à trente mètres, je fais l'erreur de réfléchir et je ressens aussitôt une certaine claustrophobie. Il fait complètement noir, nous ne sommes éclairés que par le faisceau de nos lampes torches. Je signale à Nicolas que je ne me sens pas très bien et que je souhaite remonter. Il faut qu'il amarre son fil d'Ariane qui lui sert à retrouver la sortie. Ma respiration s'accélère, les stalactites frôlent ma tête. Je me contrôle, tente de me calmer. Je suis à trente mètres au-dessous de l'eau, dans une grotte étriquée et lugubre. Je commence à remonter, passe d'une cavité à une autre, mon pouls s'emballe, mais je ne dois pas aller trop vite sous peine de risquer un accident de décompression. La montée me paraît interminable. Je prie pour fixer mes pensées sur autre chose et pour m'apaiser. J'aperçois bientôt le jour qui s'infiltre dans la grotte. Un rayon de soleil vient me sortir des ténèbres. J'ai la sensation étrange de venir au monde. Quel bonheur de quitter enfin ce terrible monde des abysses ! J'ai échappé à cette effroyable pieuvre qui a voulu m'aspirer, me ligoter de ses gluants tentacules, comme un alien surgi des abîmes. Je savoure la caresse du soleil sur mon visage, je sens le souffle léger de l'alizé sur ma peau. Je suis entre Raiatea et Tahaa, en plein milieu du lagon. J'ai plus que jamais conscience de ce monde merveilleux qui m'entoure.

C'est Noël dans quelques jours, il est temps de reprendre la mer en direction de Moorea. Il faut louvoyer contre l'alizé. Plus de trente nœuds de vent est-sud-est. Un long bord vers le sud nous amène jusqu'à Maiao. L'équipage en a assez. La mer est grosse, le bateau est à la gîte. Il fait très chaud et les enfants sont pressés d'arriver à Moorea. Nos escales sont courtes, jamais plus de quatre ou cinq jours, grand maximum. Ils sont ravis de se poser un peu pour les fêtes. Nous avons prévu une escale d'au moins quinze jours. À part à Tahiti, où le rythme était plus que soutenu, nous ne nous sommes pas arrêtés depuis sept mois, et ce repos bien mérité tombe à pic. Denis nous quitte demain. Loup et Nina vont pouvoir ranger leurs affaires de classe jusqu'au 10 janvier, date à laquelle leur nouveau professeur arrive. Ils sont surexcités et n'ont qu'une envie, plonger dans le lagon et laisser flotter leur corps fatigué par toutes ces navigations contre le vent. Les petites attendent le Père Noël avec impatience et beaucoup d'agitation. L'ambiance à bord est électrique, malgré la fatigue.

Dans la superbe baie de Vaiare, je peux enfin mettre en place mon arbre de Noël, agrémenté de quelques boules rouges. Mieux vaut tard que jamais ! Je ne suis pas sûre qu'il aurait résisté à la gîte de ces derniers jours. Nous déposons très solennellement nos tongs à ses pieds.

Je suis venue pour la première fois à Moorea en 1989. J'avais vingt ans. C'est Jacques Penot, mon fiancé, qui m'avait fait découvrir l'île. Il venait d'y tourner un film sur la vie de Cook. Il était tombé éperdument amoureux de ces îles envoûtantes, au point de n'avoir plus qu'une seule idée en tête : y revenir dès qu'il en avait l'occasion. Nous habitions chez les Kerebel, à la pointe, derrière la ravissante plage publique de Temae devant laquelle la *Fleur* mouille aujourd'hui. Mon séjour s'avéra trop court pour que je puisse m'imprégner réellement de l'âme polynésienne. La relation passionnelle et pour le moins tendue que j'entretenais avec Jacques y était sans doute pour quelque chose. Mais j'eus quand même le loisir d'effleurer la magie de l'endroit, suffisamment en tout cas pour me faire la promesse d'y revenir un jour. C'est ce que j'allais faire quelques années plus tard, seule cette fois-ci. À cette occasion, j'allais faire la connaissance d'Igor. Il connaissait la Polynésie comme sa poche, plus tahitien que les Polynésiens eux-mêmes. Je ne l'ai jamais vu habillé autrement que comme le jour où je l'ai rencontré sur la plage de Haapiti, torse nu, en maillot de bain du soir au matin. Nous avions passé quelques mois à Moorea avant de nous envoler pour Rangiroa. Je m'étais fait un petit cercle de connaissances avec lesquelles nous passions de joyeux moments à refaire le monde autour de quelques verres. Parmi eux, il y avait Ravello, un des peintres les plus talentueux de Polynésie, le grand navigateur Francis Kaiwen et sa femme Chantal, Doumé, un Corse au grand cœur, bourlingueur et cuisinier de métier, Michelle Dahlé, célèbre peintre et épouse de l'écrivain Jean-Marie Dahlé, et quelques autres. Je sais, pour avoir tenté de les retrouver, que la plupart d'entre eux ne sont plus de ce monde, ou alors qu'ils ont quitté Moorea. Seule Michelle Dahlé est toujours là, mais je n'aurai pas le plaisir de la revoir cette fois-ci. Elle n'habite plus la même maison sur la plage, non loin de la baie de Cook. À présent, je n'ose même plus demander si telle ou telle personne est toujours sur l'île, de peur d'apprendre la mauvaise nouvelle, tranchante comme un couperet : « Mais non, tu ne savais pas ? Il est mort l'année dernière. » Philou a pris le parti d'en rire et se moque gentiment de moi et de mes amis

« fantômes ». C'est vrai que le temps passe, seuls les souvenirs demeurent et ils tiennent chaud au cœur lorsque la mélancolie s'immisce. C'est donc avec une certaine nostalgie que je marche aujourd'hui sur cette plage de Temae, qui elle aussi a bien changé, bien qu'elle n'ait rien perdu de son charme. Il n'y a rien de pire que les gens qui se plaignent sans cesse et répètent à longueur de journée que « tout a changé », que « rien n'est plus comme avant » ! Eh oui, tout change, tout passe, tout casse, tout lasse ! « Le corail croît, le palmier pousse, mais l'homme s'en va », dit un vieux dicton haïtien. Ainsi va la nature. Ce sont bien souvent les gens qui déplorent le changement qui ne sont plus les mêmes qu'autrefois. Alors, ils se consolent en pleurant un passé qui n'est plus, au lieu de jouir d'un présent qui a le mérite d'exister. Je marche jusqu'à la pointe où se trouvait l'ancienne maison de Brouillet. Une superbe Tahitienne au sourire ravageur se baigne juste devant. Je lui demande si elle sait à qui appartient la maison aujourd'hui. Elle me répond, amusée : « Oui, je sais, puisque c'est chez moi. » Je découvre bien vite qu'il s'agit de Tehura, la sœur de Tokaï, que j'ai retrouvée sur son motu à Apataki. Il y a en effet un air de famille évident. Lala, c'est ainsi qu'on la surnomme, et son époux Christophe ont racheté le terrain il y a quelques années. Je suis enchantée par cette rencontre qui me met immédiatement du baume au cœur. La vie n'a pas fini de nous étonner. Je n'ai donc pas totalement perdu mes repères à Moorea. Je cours annoncer fièrement cette bonne nouvelle à Philou. Lala nous invite à dîner le soir même. Son mari est charmant, la maison est ravissante. Comme sa sœur, elle a un goût exquis. Les femmes en Polynésie sont impressionnantes : elles sont d'une force incroyable, tout en restant très féminines et d'une grande douceur. Lala est une ancienne danseuse devenue chorégraphe ; c'est elle qui conçoit entièrement les spectacles de danse du Kia Ora, l'hôtel de Jean-Claude Brouillet sur cette même plage de Temae, devenu le Sofitel Ia Ora. Chaque tableau décrit une scène de la vie passée. Elle dessine elle-même les superbes costumes et couve ses quinze danseuses à qui elle se fait une joie de transmettre son savoir. Elle les a emmenées jusqu'à Las Vegas pour leur montrer ce qu'est un vrai show et surtout l'engagement que cela représente. C'est une femme de caractère, comme sa sœur, qui conjugue à merveille charme, rigueur et sensualité.

Les femmes ont une place déterminante dans la société en Polynésie et, même si le culte de la beauté reste important, comme le rappelle souvent Lala à ses danseuses, nous sommes très loin de la vahiné perçue comme un simple objet de convoitise. Nous l'avons vu aux Marquises et ailleurs : les femmes sont les actrices majeures de l'évolution de la société polynésienne. Les vahinés jouent un rôle éminent et visible. D'ailleurs, les Polynésiens étaient attachés à l'égalité des sexes bien avant le XXe siècle. Aux temps anciens, le pouvoir revenait autant aux femmes qu'aux hommes. Seule la pêche était réservée aux hommes. Aujourd'hui certaines femmes passent des journées entières à traquer le poisson au bout d'un ponton. Elles sont chefs d'entreprise, maires, ministres, universitaires; elles sont plus diplômées que les hommes. Dans leur vie privée, elles gèrent tout : la scolarisation des enfants, les travaux domestiques, les tâches administratives, et trouvent encore le temps pour des responsabilités culturelles et associatives. Malheureusement la violence conjugale reste encore très présente.

Nous avons réveillonné comme il se doit. Au menu, foie gras, saumon fumé, tarama, daurade grillée et bûche glacée. Dans la nuit, le Père Noël est passé. Philou avait récupéré tous mes petits cadeaux abandonnés à la caisse : un livre sur les requins pour Loup, des disques, des jeux de société, et un joli vélo rose pour Marion. Laura ne doute plus une seule seconde de l'amour du Père Noël pour la mer et les petits moussaillons. Le capitaine se demande où l'on va ranger tout ça. Il profite de cette escale pour trier et jeter ce qui n'est pas indispensable. Je m'interroge sur ce qui l'est vraiment. À ses yeux, pas grand-chose… et c'est bien ce qui me fait peur. Je le connais et je crains qu'il ne se débarrasse de tout. Il faut dire que je stocke pas mal. Entre les vêtements de froid qui prennent beaucoup de place et ceux qui ne vont plus à Laura mais qui iront bientôt à Marion, il me faut plusieurs sacs étanches.

Ce matin, Philou s'est ouvert le pied sur les coraux en débarquant avec l'annexe chez Christophe et Lala. On lui a recousu la plante du pied. Il doit être prudent et surtout ne pas mouiller son pied jusqu'à ce que la plaie soit cicatrisée. Pas de chance, pour une fois qu'on se pose. Son pied a beaucoup saigné, le capitaine doit se reposer, mais ce n'est pas un mot qui fait partie de son vocabulaire. Il n'arrête jamais, ni le jour ni la nuit. Dès le lendemain, il chausse ses bottes en caoutchouc pour se déplacer en annexe et profite de ce repos forcé pour nettoyer, bricoler, ranger, chouchouter son bateau adoré.

Nous mouillons en zone protégée. La chasse au fusil est interdite. Je prends mon masque et mes palmes et je passe des heures dans l'eau à tourner autour des patates. Pas besoin de bouteille, c'est un véritable aquarium, on voit même des dauphins qui jouent à l'entrée de la baie. Moorea, depuis 2004, a mis en place un plan de gestion de l'espace maritime. Le *shark feeding* est désormais interdit et on a réduit la construction des bungalows sur pilotis. Trois mille cinq cents poissons viennent d'être relâchés dans le lagon après plusieurs mois d'élevage en bassin, des demoiselles, des balistes, des papillons… Heureusement, les choses commencent à évoluer en Polynésie, car les lagons sont sous pression. La réglementation qui s'applique aux prestations touristiques a longtemps été trop laxiste et s'est avérée néfaste pour l'environnement. Les séances de nourrissage des requins et des raies devenus quasi apprivoisés perturbent l'écosystème et transforment souvent les lagons des îles de la Société en vastes cirques qui n'ont plus rien de naturels. Moorea est la première île à s'être dotée de ces aires, et chaque activité a maintenant un site identifié et réservé. Tout cela est très organisé, au détriment de l'aspect sauvage que j'ai connu autrefois, mais c'est *a priori* la seule solution pour préserver cette nature exceptionnelle. L'activité humaine n'est pas le seul facteur de troubles dans le lagon : des phénomènes climatiques naturels, comme El Niño, sont aussi responsables de la température anormalement élevée de l'eau (plus de 30 °C !) qui engendre le blanchiment des coraux. Pour les spécialistes, ce phénomène est cyclique et donc réversible. Les coraux peuvent retrouver leur éclat d'origine, ils ont une grande résilience. Cette année, nous sommes soumis à La Niña, qui empêche normalement la température de trop monter et protège des cyclones, côté Polynésie. J'ignore si c'est parce que nous sommes en période de ponte ou à cause du repeuplement, mais les balistes sont particulièrement agressifs. Il y en a un qui m'a mordu le doigt jusqu'au sang. C'est très violent, lorsque l'on nage tranquillement en profitant de la caresse de l'eau sur sa peau, sans masque, sans palmes pour se sentir plus libre, de se faire soudain sortir de ses rêveries par la morsure d'un petit poisson hargneux. Ça surprend ! Ça m'est arrivé deux fois aujourd'hui. Ce soir, nous irons mouiller dans la magique baie de Cook. J'ai hâte de la faire découvrir aux enfants.

Nous déposons Denis devant l'*Aremity*, le cargo qui fait la navette entre Moorea et Tahiti. Un collier de coquillages en guise d'au revoir et nous regardons le paquebot s'éloigner, emportant à son bord huit mois de vie commune et des milliers de souvenirs. Pour les enfants, la joie d'être en vacances l'emporte sur la mélancolie des départs. Quant à moi, je masque mon émotion derrière ma caméra et filme le navire jusqu'à ce qu'il soit devenu un petit point rouge à l'horizon.

Un cumulus ourlé de violet flotte, solitaire, dans un ciel parfaitement bleu. La somptueuse baie de Cook est couronnée de pitons sculptés par l'érosion. Les pentes verdoyantes du volcan plongent avec volupté dans l'océan. Des milliers d'arbres précieux se blottissent à l'intérieur de la vallée. La lumière est pure, délicatement rosée. Les moindres détails se détachent.

Moorea était le refuge des guerriers fugitifs. Son nom signifie « lézard jaune », c'est celui du fils d'un grand guerrier. Philou aussi a quelques souvenirs par ici ; il y est venu à deux reprises, lors de son tour du monde avec Tabarly et bien plus tard, en 1990, avec son frère Luc, à l'occasion d'un raid en catamaran de sport, des Hobby Cat 21. En 1977, *Pen Duick* mouillait précisément au même endroit que la *Fleur* aujourd'hui, dans cette baie mythique. Il se souvient que, pour s'amuser, Titouan et Fish, Daniel Poisson, les deux militaires du bord [1], avaient enfilé leurs uniformes. Un des équipiers, photographe, avait pris une photo qu'il avait envoyée à *La Dépêche de Tahiti*, le quotidien de Polynésie. Les deux bidasses s'étaient ainsi retrouvés dans le journal, en costume militaire, avec les cheveux jusqu'aux épaules. Ils furent immédiatement convoqués par le commandement des forces armées qui leur fit couper les cheveux sur-le-champ. De retour au bateau, le traître passa un sale quart d'heure et eut le droit à la boule à zéro en guise de punition.

Les enfants profitent du calme de la baie et de leur premier jour de vacances pour sortir leurs kayaks. La baie de Cook forme une échancrure profonde dans le littoral. Elle est dominée par le magistral mont Rotui. Elle porte le nom du navigateur, mais c'est pourtant dans la baie voisine, la somptueuse baie d'Opunohu, que Cook relâcha pour la première fois. Elle est encore plus sauvage et mystérieuse. Le capitaine n'a pas le droit de se baigner.

1. Titouan Lamazou et Daniel Poisson faisaient leur service militaire à bord de *Pen Duick VI*.

Il faut changer son pansement chaque jour ; la blessure cicatrise doucement. Ici, la moindre égratignure s'infecte, nous passons du citron sur les « bobos » causés par le corail, c'est ce qu'il y a de plus efficace. Philou passe ses journées à bricoler. Il a modifié les systèmes d'eau douce et d'eau de mer, réparé les toilettes, installé une nouvelle pompe. Pendant ce temps, je fais visiter l'île aux enfants. Nous avons grimpé jusqu'au belvédère. La lune était pleine. La vue sur les deux baies, séparées par le mont Rotui, est magique. Une des danseuses de Lala nous a emmenés dans le domaine de sa famille, au cœur d'une vallée, au pied de la « montagne percée » que le dieu Hiro aurait atteinte de sa flèche. Loup a appris à découper l'ananas avec une machette. Nous avons fait une superbe balade à cheval, galopé entre les champs d'ananas, au pied de la montagne. C'est une merveilleuse façon de découvrir l'intérieur des terres. Durant l'époque pré-européenne, l'intérieur de l'île était densément peuplé, ce qui explique la présence de nombreux vestiges archéologiques dans ces vallées. Les plus anciens datent du XVIIIe siècle. Les sites de la vallée d'Opunohu comptent parmi les mieux restaurés de Polynésie.

Nous avons quelques personnes à rencontrer avant de filer vers les Australes. Nous retournons mouiller à Temae, où se trouve le club de plongée. Philou va mieux, il peut de nouveau se baigner. Nous en profitons pour faire quelques plongées profondes dans la passe ; la faune est moins importante qu'aux Tuamotu, mais c'est le coin des requins-citrons. Il y en aurait quarante autour de Moorea. Ils mesurent entre 2 mètres et 3,80 mètres et évoluent entre la surface et 90 mètres de profondeur. Leurs deux nageoires dorsales sont de taille quasi identique. On les appelle « citrons » car ils sont plus jaunes que les autres. Ces requins ont mauvaise réputation auprès des pêcheurs sous-marins. Tenaces, ils peuvent être agressifs s'ils sont repoussés. Nicolas Buray, avec qui nous plongeons, les a recensés. Seuls douze d'entre eux sont résidents. Des marqueurs acoustiques posés sur leur dos ont montré qu'ils tournaient autour de l'île. Nicolas a réalisé un mémoire de trois cent cinquante pages sur les requins-citrons. Il a notamment étudié leur reproduction. Les mâles résidents partent et d'autres « non résidents » arrivent pour s'accoupler avec les femelles et optimiser le brassage génétique. Des femelles non résidentes viennent mettre bas à Moorea. L'hypothèse la plus probable est qu'elles reviennent pour cela à l'endroit où elles sont nées. Il s'est aussi intéressé à l'impact du feeding sur les prédateurs dans différents endroits du monde. Cette pratique conditionne les requins, mais ne les rend pas dépendants.

À chaque plongée, nous avons la chance d'en rencontrer ; nous avons même appris à en reconnaître certains. Loup me presse chaque jour pour aller à leur rencontre, mais ils évoluent plutôt autour de vingt mètres de profondeur. Il en a croisé un, une fois, à douze mètres. Je crois que je l'ai rarement vu aussi heureux. Il s'est acheté un carnet de plongée et se fait tamponner chacune de ses insolites rencontres. C'est la sixième espèce de requins qu'il a pu observer sous l'eau : des pointes noires, des gris, des pointes blanches de lagon, des pointes blanches de récifs, des soyeux et maintenant des citrons. Pas mal pour un jeune garçon de dix ans. Son rêve est de voir un requin-tigre. Mais c'est dans la montagne, à Haapiti, que mon petit plongeur va passer les prochains jours, dans un camp appelé la Maison de la nature. Je pense que cela lui fera du bien de prendre l'air frais, de s'éloigner du bateau et de voir des enfants de son âge.

Nous poursuivons nos rencontres sur l'île et faisons la connaissance de Michael Poole, biologiste spécialisé en mammifères marins. Il vit à Moorea depuis vingt-quatre ans et fait partie de la mission sur le recensement qui vient de commencer en Polynésie. La campagne REMMOA a pour mission de collecter des données sur la répartition et l'abondance des mammifères marins en Polynésie. Olivier

Van Canneyt, biologiste et ingénieur d'études à l'université de La Rochelle avec qui nous collaborons, est le coordinateur de la campagne. Le recensement se fait par observation aérienne. Trois avions ont été affrétés pour l'occasion. Michael fait partie des observateurs. Mondialement connu, il est la référence en matière de baleines et de dauphins. On nous avait parlé de son travail en Colombie-Britannique ; sa grande expérience devrait permettre d'identifier les cétacés qui peuplent les eaux polynésiennes. Il a découvert sa vocation à l'âge de neuf ans, après avoir vu sa première baleine à bosse : ce fut pour lui une véritable révélation. Il est arrivé à Moorea à l'âge de dix-sept ans pour étudier dans une petite antenne de l'université de Berkeley qui se trouve dans la baie de Cook. « Je savais que je resterais en Polynésie toute ma vie, tout était programmé », m'explique-t-il posément. Il retourne en Floride passer ses examens, puis rentre à Moorea bardé de diplômes. Il y obtient son doctorat sur les dauphins à long bec et crée son association pour la sauvegarde des baleines : le South Pacific Whale Research Consortium. Michael travaille sur le terrain et se refuse à étudier les animaux en captivité. « Les baleines viennent d'Antarctique pour se reproduire ici. Le réchauffement climatique pourrait engendrer un changement de nourriture et donc une éventuelle migration », poursuit-il. Grâce à lui, on a pu définir clairement que les baleines se reproduisent en Polynésie, dans certaines baies. Sa plus grande fierté est d'avoir réussi à faire du territoire de la Polynésie française un sanctuaire où les mammifères marins peuvent évoluer en toute sérénité. Philou est enchanté par cette rencontre. Il écoute Michael avec passion. Nous lui remettons les photos des baleines à bosse que nous avons croisées sur notre parcours.

Il pleut beaucoup depuis une semaine et le vent souffle fort. Le capitaine a consulté la météo. Les risques cycloniques semblent moins importants que l'année dernière, mais ils demeurent sur la zone des Australes et des Gambier. Il faut être vigilant sur ces secteurs. C'est justement là que nous allons.

Loup est revenu enchanté de son camp, il s'est amusé comme un fou. Ils ont fait du foot, de la randonnée, du bivouac, des feux de camp sur lesquels ils ont fait griller des Chamallows. L'espace d'une semaine, mon petit marin s'est transformé en vrai montagnard. Il s'est fait plein de « potes ». Nina et lui reprennent l'école demain. Ils travaillent chaque jour de huit heures à midi, sauf le dimanche. Ils n'ont pas de vacances, à part celles de Noël et celles d'été car, la plupart du temps, en traversée, les conditions ne leur permettent pas d'étudier. Il faut donc rattraper le temps perdu. Leur nouveau maître, Olivier, est arrivé de France hier. Cette escale, plus longue, nous a permis de souffler un peu, mais nous avons tous hâte de reprendre la mer.

Le vent s'est calmé sur Moorea. La plupart des bateaux sont partis se réfugier aux Marquises, par crainte des cyclones. Nous sommes seuls au mouillage. Le moment est venu de filer vers de nouveaux horizons. Le capitaine lève l'ancre, la *Fleur* frissonne de plaisir, les dauphins nous ouvrent le passage.

Les Australes : l'archipel oublié

Trois jours que nous naviguons. *Fleur Australe* vole dans l'alizé du Pacifique. Nous sommes vent de travers, par trente nœuds avec des rafales à plus de quarante nœuds. Une grosse houle fait rouler la *Fleur*. Le tonnerre gronde, des éclairs lacèrent le ciel, illuminant sa noirceur. Soudain, la voûte céleste hurle un peu plus fort, la fureur des dieux se rapproche. La foudre s'abat sur la pauvre *Fleur*, qui encaisse le coup bravement. Philou a eu le temps de débrancher la VHF, mais pas la girouette anémomètre. Elle est cassée, nous n'avons plus d'indicateur de vent ni de sondeur ; c'est ennuyeux pour naviguer dans les lagons. Il nous reste trente milles pour atteindre Rurutu, notre première escale aux Australes. La mer est déchaînée. Nous enfilons nos pantalons de ciré et nos vestes de quart. Philou prend un ris dans la grand-voile. Une rafale plus forte que les autres fait gîter la *Fleur* qui part au lof.

Nous sommes à moins d'un mille de la côte, dans le grain. Je ne distingue même pas Rurutu. La plus septentrionale des îles Australes est noyée dans la brume. Il faut se méfier des récifs. Les enfants ne semblent pas conscients du danger. Ils se chamaillent dans la timonerie. Loup griffe Laura qui se jette aussitôt sur lui en hurlant. Nous n'avons pas dormi de la nuit, la tension est palpable. Philou garde son calme, il est très concentré. Je tente de raisonner les enfants, en leur expliquant que le capitaine a besoin de toute son attention, que la situation est délicate. J'avais déjà remarqué, pendant le passage du Nord-Ouest, qu'ils ne semblent pas avoir peur dans les situations critiques. Ils ressentent en revanche notre stress et nos inquiétudes, ce qui a pour effet de les exciter et de rendre l'ambiance plus électrique encore. C'est au tour de Marion, qui a le mal de mer, de se mettre à pleurer. L'accès au petit port de Moerai est rendu impossible par la grosse mer et le fort vent d'est. Le tonnerre gronde de plus belle. Le ciel est brûlé, le décor fantomatique.

Nous jetons finalement l'ancre dans la baie d'Avera. Rurutu est une île particulière sur le plan géologique : c'est ce qu'on appelle un « makatea », comme l'île du même nom. Suite à un soulèvement de la croûte terrestre, il y a des millions d'années, l'île s'est élevée au-dessus de la mer, transformant l'ancien récif frangeant en falaises côtières. Elle est aujourd'hui cernée par des parois abruptes truffées de grottes de calcaire, souvenirs de ce soulèvement cataclysmique qui projeta ces grottes sous-marines sur la terre. Elle fait partie des rares îles sans lagon. Des montagnes d'eau se fracassent furieusement sur le récif. Une petite passe devrait nous permettre de débarquer en annexe dès que le vent mollira.

Bertrand, le propriétaire du Rurutu Lodge, nous guide à travers l'île. Il n'y a pas de touristes, et encore moins de bateaux. Les mouillages sont trop dangereux. Lorsque Cook en 1769 aperçut l'île, il ne mit pas le pied à terre et jugea le mouillage périlleux. Bertrand n'a pas vu de bateau depuis plus de deux ans. « Ça fait du bien de voir un navire courageux », dit-il au capitaine, qui s'empresse de lui répondre qu'il s'appelle *Fleur Australe* et qu'avec un nom pareil il se devait de passer par ici. Les quelques touristes qui atteignent l'île par avion font le déplacement pour voir les baleines à bosse. De juillet à novembre, elles arrivent en grand nombre pour se reproduire et mettre bas à Rurutu, avant de filer vers les eaux glacées de l'Antarctique. Comme il n'y a pas de lagon, elles s'approchent très près du rivage. Et surtout, l'eau de Rurutu est réputée pour sa limpidité, ce qui facilite l'observation et les prises de vue. De nombreux films sur ces mammifères ont été tournés par ici, à cette période de l'année. Les Australes, à cheval sur le tropique du Capricorne, sont le grenier à blé de la Polynésie. Tout pousse à profusion. Lorsqu'on se balade, on a vraiment le sentiment que l'île est très fertile. Bertrand nous fait visiter les grottes. Celle d'Ana A'eo est surnommée la « grotte Mitterrand » depuis que le président s'y est arrêté en 1990. Il y avait environ cent cinquante maraes qui bordaient le rivage, autour de la superbe « plage des Popaas », mais il n'en reste pratiquement aucun. Contrairement aux autres archipels de Polynésie, depuis l'avènement du christianisme, on ne vénère plus les dieux du passé et on ignore les maraes. Tous les tikis ont même été jetés à la mer, à Moerai, sur la « plage des tikis qui pleurent ». Je ne suis donc pas la seule à jeter les tikis à la mer. Nous poursuivons notre tour par le chemin de crête. Je filme la *Fleur* vue d'en haut : elle a fière allure au mouillage, solitaire dans cette baie azurée des Australes. La nature éblouit par sa luxuriance. Nous longeons les champs de taro et les nombreux pandanus, dont les feuilles sont tressées pour l'artisanat local, les chapeaux, les nattes, les éventails. Les enfants adorent se faire arroser par les gerbes d'eau au « trou du souffleur », formé par des cavités du platier desquelles l'eau jaillit furieusement. Je ne les aperçois même plus dans ce souffle d'eau. J'entends leur rire qui se mélange au tumulte incessant de la mer et du vent. Beti aussi est captivée par ces geysers qui fusent des entrailles de la terre. Derrière le récif, quelques hommes s'entraînent bravement, guidant leurs pirogues dans un nuage d'écume. Le ciel et la mer se marient dans une envolée d'eau, un joyeux feu d'embruns.

À Rurutu, la nature est austère, radicale, et pourtant fertile et luxuriante. Il n'y a pas d'hôtel, juste quelques pensions. On croise au détour d'un chemin des chevaux sauvages, des vaches, des cochons noirs. Une ou deux femmes se promènent, un panier posé sur leur tête qui dodeline nonchalamment. L'air est délicatement parfumé, sucré. Les montagnes se détachent en masses sombres sur l'horizon. Les nuages d'ébène sont menaçants. La côte est sauvagement battue par la houle. On est loin de l'Éden terrestre associé à la Polynésie et à ses lagons turquoise. C'est plus mystérieux, plus rebelle, plus rare.

Le radar aussi a été endommagé par la foudre. Philou passe sa matinée à le bricoler tandis que je vais voir la tombe de l'illustre navigateur Éric de Bisschop, qui a passé sa vie à faire de dangereuses traversées entre l'Amérique du Sud et la Polynésie, à bord d'embarcations de fortune. Il a cadastré les Australes, ce qui fait de lui le plus célèbre résident de l'île. Son souhait était d'être enterré ici, à Rurutu.

Les fêtes de janvier, « Le Tere », viennent de s'achever. Toute la population (deux mille habitants) effectue le tour de l'île à pied, à cheval ou même en voiture. En tête du cortège, un *orero* (orateur) déclame des légendes. Des orchestres de percussions accompagnent le cortège. Les jeunes hommes mesurent leur force au lever de pierre. Ils soulèvent des blocs de basalte qui peuvent atteindre cent cinquante kilos. Cette année, c'est un garçon de dix-huit ans qui a gagné. Cela représente le rite de passage vers l'âge adulte. Les trois villages de l'île possèdent de ravissantes maisons colorées en pierre de corail qui sont chaulées deux fois par an à l'occasion des fêtes de janvier et des fêtes de Me (au mois de mai). Toute la population s'engage en procession afin de visiter les maisons. Pour la nouvelle année, les habitants ouvrent leur porte aux villageois et les aspergent de talc et d'eau de Cologne.

Aux Australes, les coutumes perdurent malgré le temps qui passe.

Nous poursuivons notre remontée vers l'île de Tubuai au près serré. La tempête fait rage. Il y a toujours de violents grains, de fortes rafales, du tonnerre et des éclairs. Le bateau est à la gîte. Les petits sont cloîtrés dans leur bannette ; moi aussi. Je n'ai plus le courage de lire, ni de filmer, ni d'écrire. Je regarde depuis ce matin *L'Abécédaire de Gilles Deleuze.* Huit heures de film à l'écouter philosopher en suivant les lettres de l'alphabet. C'est passionnant. J'en oublie presque que je suis prostrée dans une petite bannette, comme emprisonnée dans une boîte avec mes petites chéries au-dessus de moi, que je dois tenir mon ordinateur d'un pied pour qu'il ne cogne pas contre la coque, que je stabilise mon corps fatigué avec ma jambe accrochée au radiateur, et qu'il fait si chaud qu'à peine enfilé, mon tee-shirt est trempé. Au moins, je m'instruis tout en allant vers notre prochaine destination. Je bois les paroles de Deleuze. Cet *Abécédaire* est un petit bijou d'intelligence et de sensibilité. Sa conférence sur la création aussi. Il n'y a pas beaucoup d'endroits au monde où je pourrais visionner huit heures de film d'affilée dans ma petite bulle, c'est un luxe que l'on peut s'offrir en mer, même si les conditions météo du moment sont difficiles. Évidemment, il est impossible pour Loup et Nina de travailler. Ils prennent leur mal en patience, regardent des films dans leur bannette ou dorment. Quant à Olivier, il n'échappe pas au mal de mer et vomit le plus discrètement possible ou reste allongé. Lorsque je me hasarde sur le pont, je n'ai d'autre horizon qu'un chaos de lames déferlantes à l'infini. Le capitaine bataille contre l'alizé.

Le lagon de Tubuai est en colère. Nous franchissons la passe d'Otera et mouillons devant le quai. Ça roule beaucoup. Nous faisons la connaissance de Wilson, qui nous fait visiter son île. Il est l'« élu », celui que les anciens ont choisi pour transmettre leur mémoire. Il est aussi maître de cérémonie et gardien des lieux de culte. Wilson s'exprime par métaphores. Il nous fait visiter le Fort George, l'endroit où l'équipage de la *Bounty* s'est établi pendant quelques mois. En 1787, le capitaine Bligh, ancien premier maître de Cook, est chargé par le Royaume-Uni d'aller chercher des arbres à pain (*uru*[1]) à Tahiti pour les rapporter aux Antilles, où ils serviront à nourrir les esclaves à bas prix. Après un très long voyage particulièrement éprouvant, la *Bounty* arrive enfin à Tahiti, où elle passe cinq mois. Mais Bligh a bien du mal à arracher ses hommes à ces îles de rêve et aux douces vahinés. Pendant le voyage du retour, l'équipage se mutine et s'empare du navire, sous la direction du second, Christian Fletcher. Bligh est jeté dans une chaloupe en plein milieu de l'océan avec dix-huit de ses hommes qui lui sont restés fidèles. Il réussit à atteindre Timor après une longue dérive de quarante-huit jours. Quant aux révoltés, ils prennent la route des Australes où ils comptent s'installer. Ils ne peuvent retourner en Angleterre, où ils seraient condamnés. Ils font deux séjours à Tubuai, avant de commettre quelques « incidents diplomatiques » qui leur valent d'être chassés par les indigènes. « Fletcher avait un ego surdimensionné », m'explique Wilson. Il ne reste aucun vestige du Fort George, la petite enceinte fortifiée dans laquelle les mutinés s'étaient barricadés. Ils y sont restés de juillet à septembre 1789, avant que Christian Fletcher ne donne enfin l'ordre d'appareiller. Plus de soixante insulaires ont péri lors de ces affrontements à Tubuai. Les mutinés de la *Bounty* ont finalement trouvé refuge à Pitcairn (entre la Polynésie et l'île de Pâques). À bord, il y avait neuf marins britanniques, six Tahitiens et douze vahinés. Des années plus tard, on rencontrait sur la petite île une drôle de colonie

1. *Uru* en tahitien et *mei* en marquisien désignent l'arbre à pain.

anglo-tahitienne dont la moitié portait le prénom de Christian. C'est l'une des dernières parcelles du vaste Empire britannique. La centaine d'habitants qui y résident aujourd'hui sont des descendants de la *Bounty.* Depuis trois ans, Wilson suit l'enseignement de son maître, qui l'initie aux rites ancestraux et lui apprend l'histoire de son peuple afin qu'il puisse la transmettre aux générations futures. C'est un homme lumineux et inspiré, ses récits sont passionnants. Il nous emmène sur le marae de la naissance : c'est là que l'élite venait accoucher. Les princesses mettaient leurs enfants au monde dans la rivière, à l'ombre du somptueux manguier. L'endroit est infesté de moustiques. Toute la famille est là. Nous remplissons une carte avec nos identités détaillées. Wilson a revêtu son costume traditionnel et est muni de sa lance de guerrier. Chacun de nous a le droit à son intronisation sur le marae. Les petites et même Loup sont très impressionnés. Nous déposons en guise d'offrandes, au pied d'une des roches sacrées, des bouquets de fleurs que nous avons composés. C'est sur cette pierre que les princesses étaient installées après avoir accouché. On récupérait leur placenta, que l'on vénère en Polynésie : dans la tradition, il représente la terre, le lieu et les origines du nouveau-né, son *fenua.* Aujourd'hui encore, on enterre le placenta dans la propriété familiale. Le nouveau-né était ensuite posé un peu plus loin, sur une pierre plate où sa maman veillait sur lui. Un prêtre les gardait jusqu'à ce que l'ombilic tombe. On pouvait alors donner un nom à l'enfant en accord avec ce que l'on avait observé de sa personnalité. Lorsque le roi mourait, ce n'était pas forcément son fils qui lui succédait, mais l'homme le plus courageux. Il était désigné après avoir surmonté un certain nombre d'épreuves et subi les rituels, comme la circoncision, l'ultime souffrance étant le tatouage du sexe, aussi bien pour les filles que pour les garçons.

Tubuai a beaucoup de charme, elle est très belle, bordée de jolies plages de sable. Elle ressemble à sa montagne alanguie, que l'on a surnommée « l'homme couché ». C'est une île poétique et reposante où l'on se sent bien.

Le ciel austral est magnifique ce soir. Nous faisons voile vers Raivavae. Les nuits étoilées sont merveilleuses dans l'hémisphère Sud, il n'y a plus la Grande Ourse ni Cassiopée, mais on découvre bien d'autres étoiles qui scintillent dans la voûte céleste. Philou m'apprend à les reconnaître. Je m'améliore chaque jour : Sirius, l'étoile la plus brillante, Orion et son baudrier, les Pléiades, le Taureau avec Aldébaran. Celles-ci sont toujours alignées. Le Lion se lève un peu plus tard, puis suivent les autres constellations, le Navire Argo, les Voiles... C'est fou comme tout ce qui me paraissait si confus et fouillis peut m'apparaître clair et limpide. J'entends de mieux en mieux le murmure des étoiles, j'arrive à décoder leur message et à percer leur secret. La nuit est douce, presque fraîche. Nous allons vers le sud, c'est normal. Une demi-lune se détache à l'horizon ; elle flotte, légère et dorée, au-dessus des vagues. La mer est plus clémente. Nous avons encore le vent dans le nez, ce qui nous oblige à louvoyer, mais le capitaine nous jure qu'après les Gambier nous serons au portant. Il me semble avoir déjà entendu ces promesses aux Marquises. La route entre ces îles nous paraît interminable. Loup dort sur le pont, à la belle étoile, bien calé entre le gennaker et le kayak, enfoui dans son duvet, avec Beti, son chien adoré. Nous franchissons le tropique du Capricorne, qui nous ouvre les portes du Grand Sud.

Le lagon de Raivavae est un des plus beaux que nous ayons vus. On dit qu'il n'a rien à envier à celui de Bora. L'eau est claire, turquoise. Le ciel est chargé de gros cumulus. Quelques ravissants motus parsèment le lagon. Nous sommes accueillis par l'équipe d'EDT. Ils nous offrent des colliers de pupu, minuscules coquillages pareils à de la dentelle que les femmes ramassent à cinquante centimètres de profondeur dans le sable ; elles les trient en fonction de leur taille, les rincent à l'eau de Javel puis les vendent par paquets.

Il pleut sans discontinuer depuis deux jours. Le paysage est bouleversé, dramatique, à vif. La plage est jonchée de racines qui serpentent comme des veines à travers le sable. Des troncs noirs comme l'ébène gisent tels des moignons, mutilés, désespérés, sur le bord du chemin, derniers vestiges du cyclone Oli. La forte houle a érodé la plage et décharné les puissants arbres. La mer est démontée, elle est devenue grise. C'est la tempête. Il y a deux bateaux au mouillage dans la baie. Ça faisait longtemps que nous n'en avions pas croisé. Ils sont là depuis trois mois et attendent de bonnes conditions pour filer vers les Gambier, c'est-à-dire un vent portant, qui ne s'est pas présenté depuis le mois de novembre. En ce qui nous concerne, nous avançons coûte que coûte. Le capitaine se soucie peu de savoir si nous aurons le vent avec ou contre nous, comme c'est le cas depuis plusieurs mois. Il ne consulte jamais la météo. Il considère que nous sommes dans une zone tropicale où il n'y a pas de gros risque. L'inconfort que représentent ces navigations pour l'équipage lui importe peu. Nous avons un programme et nous le respectons. Seul un cyclone pourrait nous arrêter, mais nous serions informés à temps. Nous profitons de la compagnie de nos charmants voisins, deux couples de tourdumondistes qui naviguent entre Tahiti et les Australes depuis quelques années. Un petit dîner à bord de *Fleur Australe* nous permet de faire plus ample connaissance.

Il est temps de filer vers Rapa, la plus australe de toutes ces îles, la plus isolée aussi, car totalement excentrée sur la carte. Peu de bateaux s'y aventurent, puisqu'elle n'est sur aucune route et qu'il n'y a pas d'aéroport. L'île la plus proche, Raivavae, est située à trois cents milles. En attendant, nous profitons encore un peu de ce lagon de rêve. Nous doublons le « caillou des femmes ». La légende raconte qu'il y avait un duel entre les hommes et les femmes pour savoir qui, le premier, déposerait son motu dans l'eau. La fin du combat devait être marquée par le chant du coq. Les hommes s'emparèrent du caillou qu'ils voulaient placer dans la passe pour la fermer. Avant de se mettre au travail, ils décidèrent de faire une petite sieste. Pendant leur sommeil, les femmes s'empressèrent de déposer leur caillou dans l'eau et imitèrent le chant du coq pour marquer la fin du duel. C'est ainsi que le « caillou des femmes » flotte fièrement dans le lagon alors que celui des hommes repose paresseusement sur le bord de la route. Voilà pourquoi Raivavae est devenue l'île des femmes. Elles sont rieuses, belles, fières et sereines. Leurs charmantes maisons, pleines de couleurs, respirent le charme et la joie de vivre.

Nous mouillons devant le motu Vaiamanu, le plus bel îlot de Raivavae. Le paysage de carte postale dans toute sa splendeur – on le surnomme d'ailleurs le « motu piscine », avec son eau cristalline. Les habitants viennent y passer le week-end et ramassent des langoustes sur le platier. La longue plage est ombragée d'aitos[1]. D'imperceptibles vaguelettes font frissonner un sable si blanc et si fin qu'on dirait de la farine. Si le paradis existe, il est probable que cela ressemble à cela. Des camaïeux de bleu à perte de vue, quelques motus verdoyants, reliés par des hoas à l'eau infiniment claire et tiède : on y tremperait des heures.

Le soleil se couche. Philou décide de mouiller pour dîner vite fait dans le lagon, le plus près possible de la passe, car il veut sortir de jour et aller manger au calme avant d'affronter la grosse mer. Je me lance dans la préparation des crêpes. Il jette l'ancre. Le mouillage est très rouleur à cet endroit, mais c'est toujours mieux que dehors. L'ancre s'est accrochée à un caillou ; impossible

1. Les aitos ou filaos, « arbres de fer », sont des arbres à l'écorce grise et aux feuilles en forme d'aiguille qui sont très répandus en Polynésie française.

de se dégager. Philou fait vrombir le moteur, tente d'aller à droite, à gauche, ordonne à Kelly de sauter avec un masque pour voir ce qu'il en est. Elle confirme : l'ancre est prise entre des cailloux. En moins d'une minute, Philou enfile sa stab et sa bouteille de plongée, prend son parachute et saute à l'eau. Il accroche le parachute à la tête de l'ancre, à dix mètres de profondeur puis le remplit d'air avec son détendeur. L'impulsion la libère aussitôt de l'emprise des cailloux. La nuit va tomber, nous partons immédiatement. Raivavae a voulu nous garder, c'est une île étrange, ensorcelante : c'est l'île aux femmes…

Nous faisons cap sur la Croix du Sud. Elle déploie son grand éventail tout au long de la nuit dans le ciel austral. Chaque soir, je m'entraîne avec Loup à reconnaître un peu mieux les étoiles. Il découvre une nouvelle constellation par nuit, sauf quand le mal de mer lui interdit tout mouvement et qu'il gît dans le cockpit, accroché à son seau, complètement prostré.

Nous sommes partis pour quatre jours de traversée, à louvoyer contre cet alizé que nous aimerions tant avoir avec nous. Nous bataillons contre le vent, encore et encore, le jour, la nuit, afin de gagner des milles. Les enfants n'ont jamais été si découragés. Kelly aussi est fatiguée par toutes ces navigations au près. Philou fait tout pour nous remonter le moral et nous assure que c'est bientôt fini, qu'après les Gambier nous retrouverons l'harmonie du vent portant, l'eau qui glisse sur la carène, le divin alizé redevenu l'allié qui nous fait voler sur l'eau, la *Fleur* rattrapant les poissons volants. Nous avons bien du mal à y croire. Pour l'instant, nous n'avons pas d'autre horizon qu'un chaos de crêtes blanches. Le vent refuse de plus en plus, nous tirons des bords. Deux longues houles se croisent, l'une vient du sud, l'autre de l'est. Nina ne fait plus que de brèves apparitions dans la timonerie, pour prendre ses repas ; le reste du temps, comme Olivier, elle reste dans sa bannette. Elle est en mal de copains et sa mère lui manque de plus en plus. Mais comme toujours, de même que son père, elle prend sur elle et ne se plaint jamais. Il me suffit pourtant de l'observer pour voir qu'elle est épuisée.

Nous relâchons d'abord dans la baie d'Anama, à l'ouest. Je peux vérifier encore une fois que plus les îles sont difficiles d'accès, plus elles sont rares, secrètes, extrêmes. Curieusement, ça nous rappelle certains paysages du Grand Nord, absolument sauvages. Ces îles sont dépourvues de récifs coralliens. On est loin des cocotiers des Tuamotu. La Polynésie a plus d'un visage.

L'île est un ancien volcan. Ses sommets s'élèvent à plus de six cents mètres. La côte est bordée de falaises sur lesquelles la mer vient se fracasser. Rapa est austère, pelée, aride, mais lorsque l'on pénètre en son cœur, on découvre une douceur infinie, une oasis verdoyante bordée de plages de sable noir.

Beti traque un requin dans une petite rivière qui vient se jeter dans la somptueuse baie. Il n'y a pas la moindre trace de vie, à part quelques bouses de vache sur le sol. Le soleil se couche. Sous ces latitudes australes, la lumière est plus crue, très pure. La mer aussi est différente, fraîche, singulièrement verte, laiteuse et légèrement trouble. À cette période de l'année, des centaines de poissons volants se rassemblent pour pondre dans les eaux des baies de Rapa. C'est un phénomène unique et insolite, surnommé *mate anga* (« mort certaine »). D'abord ils tournent en rond puis, fatigués par la ponte, ils deviennent la proie des autres poissons. C'est ce mélange du lait et des œufs qui donne cette couleur presque beige à la surface de l'eau. À la fin de la ponte, ceux qui ont survécu aux prédateurs prennent leur envol. Ils font des bonds gigantesques et disparaissent au large.

Rapa n'est desservie par le cargo que deux fois par trimestre. Les habitants ont longtemps souffert de cet isolement et du manque de communication. On raconte qu'en 1920, ils reçurent simultanément deux nouvelles : la déclaration de guerre de 1914 et l'armistice de 1918.

Je pars avec Nina et Loup explorer les fonds. Ils sont totalement intacts, recouverts de superbes roses de corail que les poissons multicolores butinent avec délicatesse. Nous pénétrons dans des petites grottes sous-marines. Loup s'amuse avec l'écho, Nina n'en mène pas large. On s'attend à voir détaler un monstre marin, d'autant que nous n'avons pas pris nos lampes torches. Mais les enfants aiment bien se faire peur, et moi aussi.

Le vent a molli, nous levons l'ancre en direction du village. Quelques pailles-en-queue nous devancent ; il y a aussi des pétrels à cul blanc que nous n'avions pas rencontrés jusqu'ici. Ils nous ouvrent le chemin. Le baromètre grimpe, nous gagnons vers le sud en nous rapprochant de l'anticyclone.

La côte est bordée de falaises volcaniques qui tombent à pic dans la mer. Les arêtes sont acérées, ornées de pics de basalte qui forment des cathédrales mystérieuses. Les pentes verticales sont recouvertes de végétation, tel un tapis chamarré entre le rose et le safran, parsemé de fougères arborescentes. Il fait encore très chaud, 31 °C, bien qu'à Rapa le climat soit plus tempéré, plus humide aussi. L'hiver, la température peut descendre jusqu'à 5 °C et il y a souvent du brouillard.

Nous relâchons dans la baie de Temoturi. C'est le cratère de l'ancien volcan dont une face s'est effondrée pour laisser pénétrer l'eau. La végétation est dense. On se croirait en Colombie-Britannique. De nombreux pins ont été importés en Polynésie. Or, en raison du manque d'entretien, ils prolifèrent en masse au détriment de certaines espèces endémiques. L'eau est, quant à elle, constellée de grosses méduses peu urticantes.

Les enfants du village nous attendent sur le quai. Ils n'ont pas vu de bateaux depuis bien longtemps, à part la goélette qui passe de temps en temps pour les ravitailler.

Ils sont enchantés, car ils nous ont vus à la télé : RFO a diffusé un sujet sur nous à Raivavae, la veille. Ils savent qu'il y a des enfants à bord et nous guident jusqu'à la petite épicerie.

Nous faisons des concours de cuisine, et ce soir c'est au tour de Loup et Nina de faire leurs preuves. Ils sont restés sur le bateau pour préparer leur entrée, une soupe de potiron, mais ils ont besoin d'œufs pour leur gâteau. Le seul à en vendre au village, c'est Paul : il a un poulailler. Nous croisons l'adjoint au maire qui nous reconnaît immédiatement et nous couvre de fruits. Tout pousse à Rapa, même les pêches. Les arbres sont pleins de succulentes mini-goyaves. Le lendemain, nous en remplissons trois sacs. Après nous en être « gavés », je congèle celles qui me restent. Elles me serviront de glaçons.

Nous sommes envahis par les mouches. Le gendarme, qui vient gentiment nous apporter de grosses pastèques et des avocats, m'explique que c'est dû à la présence des nombreuses vaches. Il est accompagné de Roti, dont le nom signifie « rose » en tahitien. Encore une de ces femmes remarquables que j'ai pu rencontrer en Polynésie. Elle est artiste peintre, native des Australes, de père français et de mère rapa. Elle nous convie dans sa ravissante maison au bord de la baie, un peu plus loin que le quai où nous sommes désormais amarrés. Elle nous a préparé à manger. Elle emballe son pain dans des feuilles d'auti[1], puis le glisse dans le four. À la suite d'un rêve prémonitoire, Roti décide, après avoir sillonné le monde dans les années 1990, de revenir s'installer à Rapa et de se battre pour faire de son île une « île à part », responsable et autonome. Elle engage une pétition, réunit deux mille cinq cents signatures, et fait voter, en 2000, une loi qui fait de Rapa la propriété de ses habitants, interdisant au gouvernement de s'octroyer de ses terres. Rapa est aujourd'hui

1. Plante aux nombreuses vertus dont la racine, une fois pressée, donne un délicieux miel.

la seule île non cadastrée de Polynésie. Il y a plusieurs villages fortifiés car, dans le temps, les douze clans se battaient entre eux. Cela a cessé avec l'arrivée du christianisme, mais le système des clans a perduré jusqu'à ce que cette mesure qui les protège fasse des Rapa une véritable tribu unie autour de sa belle terre. C'est le père de Roti qui a créé la station météo que Philou et les enfants ont visitée ce matin. Roti me raconte l'histoire de son île, qu'elle aime passionnément. Elle est belle avec ses cheveux blancs, ses yeux bleu délavé traversés d'éclairs dorés. Ils semblent exercés à voir l'invisible. Entre 1600 et 1700, les Péruviens débarquèrent à Rapa, passage obligatoire entre la Nouvelle-Zélande et Panamá. À cette époque, beaucoup de bateaux faisaient escale sur l'île. Aujourd'hui, à bien regarder la population, on retrouve une physionomie métissée de type péruvien. Roti retire ses fines baguettes du four, elles sont délicieuses. Elle nous sert un bon café local. C'est l'une des principales ressources de l'île, même si les habitants vivent essentiellement de l'agriculture et de la pêche.

Loup et Nina jouent au foot avec les enfants du village. Depuis notre arrivée, ceux-ci stationnent devant la *Fleur*. Ils veulent tous monter à bord, et « saluer le champion », comme ils disent en parlant de Philou.

Les habitants défilent en permanence pour nous apporter des fruits, du café, du pain, du poisson. La ciguatera, la forme la plus répandue d'empoisonnement par la chair de poisson en milieu tropical, touche aussi les poissons de Rapa. Les pêcheurs les laissent reposer pendant une heure ; s'ils restent fermes, c'est qu'ils sont comestibles. Sur l'île, les habitants s'étonnent de la chaleur qui règne cette année. Les manguiers ne donnaient pas de fruits autrefois, ni les quelques cocotiers importés ; aujourd'hui, les mangues et les cocos sont superbes.

Nous partons faire le tour de l'île. Le gendarme nous a prêté sa voiture. Le paysage est magnifique, les lauriers-roses sont en fleur ; les femmes font cuire leur pain dans les quelques fours du village ; les chevaux galopent en toute liberté sur les plateaux verdoyants.

Nous rentrons au coucher du soleil pour remplir nos cuves avec l'eau potable du village. Il y a des robinets d'eau de source le long de la route. Nous rangeons le bateau et hissons les voiles.

Les Gambier : perles du bout du monde

La mer est en colère, blanche, chaotique, désordonnée. Cela fait trois jours que nous avons quitté les Australes. L'océan est vide, seuls quelques oiseaux solitaires errent dans ce désert en quête de nourriture. Nous bataillons rudement contre l'alizé qui nous oblige, encore, à tirer des bords. Le bateau est complètement à la gîte. Préparer des pâtes relève de l'exploit. Ça tape, ça roule, ça tangue ! On dirait que les vagues et le vent se sont ligués contre nous. Le capitaine nous assure que « c'est le dernier assaut avant le sommet ». Il ajoute : « Nous sommes comme le montagnard qui sait qu'il faut gravir la montagne avant d'atteindre l'aiguille. » Je ne sais pas de quel pic il veut parler. Pour l'instant, je ne vois que des crêtes blanches qui se succèdent et nous malmènent en se fracassant violemment sur l'étrave de la *Fleur*. C'est vrai : nous remontons au près depuis un bon bout de temps, mais après les Gambier, nous redescendrons enfin au portant. C'est ce qui sauve le moral des troupes. Nous sommes en mission, nous avons opté pour un parcours peu commun. Nous devrions atteindre les Gambier d'ici à quatre jours. Les deux bateaux que nous avons croisés à Raivavae attendent depuis deux mois de bonnes conditions pour prendre la mer, ils sont encore aux Australes. Je comprends désormais pourquoi. Marion est malade malgré le Vogalène. Il faut la laver dans l'évier, elle hurle. Je manque de tomber avec elle dans les bras en tentant d'attraper la serviette pendant que Philou nettoie sa bannette. Je m'en veux de faire subir ça à mes enfants. Ils n'ont pas choisi cette vie de marin, et pourtant je suis fière de leur faire découvrir le monde, de leur permettre de vivre des expériences uniques et de les partager en famille. Je ne pense pas que je serais partie courir le globe si je n'avais pas eu d'enfants. C'est un choix, une décision que j'ai prise en mon âme et conscience, intimement liée à l'idée de la famille telle que je la rêvais : ensemble dans un univers clos à la découverte de l'immensité de la planète. Au-delà de ces quelques moments de doute essentiellement dus au mal de mer ou parfois au manque de copains, je suis sûre que je ne peux offrir de meilleures bases à mes enfants pour affronter la vie que ce que nous leur apportons, Philou et moi, aujourd'hui. Je me suis évidemment interrogée aussi sur les risques que je leur faisais courir, d'autant plus que nos parcours nous mènent dans des régions hostiles et dans des situations parfois périlleuses. Il vaut parfois mieux être préparé au danger et mettre toutes les chances de son côté que de se croire en sécurité et négliger quelques détails qui peuvent s'avérer fatals. Je suis heureuse de vivre au quotidien avec ma famille et de partager des moments aussi forts que ceux que nous avons pu vivre ces deux dernières années, même s'il est vrai que cela fait presque dix mois que nous avons quitté la France et que mes sœurs, mes quelques amis, et surtout mon père me manquent par moments. Je recouche Marion, qui s'endort aussitôt, et monte sur le pont. Je m'accroche au hauban et contemple la mer en furie qui n'en finit pas de déferler. La nuit est tombée, des milliers d'étoiles font scintiller le ciel et illuminent la mer de leurs reflets dorés. La Croix du Sud me regarde. C'est tellement beau ! J'oublie tout, je me cramponne, je ressens la force des éléments. Ça vibre et je remercie le ciel, la mer, la terre, la lune et tous les astres de nous offrir un si beau spectacle. Je ne doute plus, je sais que j'ai fait le bon choix et que je ne peux rien donner de mieux à mes enfants. Une fois de plus, la mer a chassé mes interrogations; les voilà submergées, englouties par une vague plus grosse que les autres, évanouies dans les abîmes, exterminées au plus profond de l'océan, par cinq mille mètres de profondeur. Je suis trempée, ivre de mer, grisée d'infini. Des cataractes d'eau se déversent sur le pont.

Sur la carte de Polynésie, l'archipel des Gambier ressemble à une tête d'épingle, très loin de Tahiti. Le capitaine se demande comment faisaient les goélettes à voile des temps anciens pour aller ravitailler ces îles perdues aux confins de la Polynésie. Les populations étaient approvisionnées deux ou trois fois par an, et vu la difficulté du trajet depuis Tahiti, cela ne devait pas toujours être simple. L'équipage a retrouvé le moral, nous apercevons enfin la terre à l'horizon, après une dernière nuit, la pire peut-être, passée à virer à la refusante[1]. Il est cinq heures du matin, le jour se lève doucement sur le mont Duff et laisse apparaître Mangareva. Le plus haut sommet des Gambier est auréolé de rose. À nous la douceur de vivre. Loup est à l'étrave, il a les yeux bien cernés, les traits tirés. Il est beau malgré les marques de la fatigue, serein, heureux d'arriver. Loup fait de la voile sur des dériveurs depuis qu'il a trois ans. Je décèle facilement ses gènes de marin : il ne se plaint jamais. Même lorsqu'il est malade pendant plusieurs jours d'affilée et que je sais qu'il est épuisé, il grimpe au hauban comme un vrai petit singe. Il est passionné de géographie et sait lire une carte avec précision. Il connaît toutes les capitales du monde depuis son plus jeune âge. Et surtout, comme les vrais

1. Au près, quand le vent change de direction, on est obligé d'écarter le bateau de l'axe du vent en s'éloignant de la route.

marins, mon petit garçon est peu loquace, très secret, particulièrement pudique et ne s'embarrasse pas du superflu.

Nous mouillons devant le village principal, Rikitea, sur l'île de Mangareva. Quelques petits voiliers baroudeurs et tourdumondistes sont déjà là. Ça fait longtemps que nous n'avons pas été en si bonne compagnie. Les bateaux qui s'arrêtent là arrivent en général du canal de Panamá et optent pour les Marquises ou pour les Gambier. Nous apprenons que les deux bateaux que nous avons croisés à Raivavae n'ont toujours pas levé l'ancre, faute de conditions favorables.

Ce matin, le *Taporo VIII* est là ; il ne reste que quelques heures. C'est la ruée vers l'or dans les petites épiceries. Il faut faire vite. Les légumes disparaissent avant même d'atteindre les étals. Nous réussissons, par chance, à nous procurer des oranges, des carottes et du chou. Les Gambier souffrent de sécheresse depuis quelques mois. Le village est particulièrement coloré, enjoué. Les habitants sont très chaleureux et souriants. On sent qu'ils ne manquent de rien. La perliculture est l'activité principale de l'archipel, et cela semble subvenir à leurs besoins. Je m'empresse d'aller réserver une table – il n'y en a qu'une – à la petite pizzeria du village. Philou a réussi à motiver les enfants pendant la traversée en leur promettant pizza et Sprite à l'arrivée. Ils en rêvent. À chacun ses désirs : pour certains, c'est une plage de sable blanc à l'autre bout de la terre avec un bon poisson grillé, pour eux, c'est devenu, ces derniers temps, une pizza bien grasse et un verre de boisson gazeuse sur la terre ferme. L'individu est ainsi fait qu'il veut toujours ce qu'il n'a pas. Malheureusement, la petite case de bois qui fait office de pizzeria n'ouvre que le week-end. L'équipage est très déçu. Elle s'appelle Pizzatomique parce qu'elle se trouve à côté de l'ancien abri atomique, un des rares vestiges de cette triste période, qui a été démantelé par l'armée française en 2008. Il ne subsiste aucune trace des essais nucléaires atmosphériques qui ont eu lieu à Mururoa, à quatre cents kilomètres, entre 1966 et 1974. La population se rassemblait dans l'abri lorsque les vents soufflaient dans la direction des Gambier. Les anciens me racontent qu'ils restaient parfois trois jours enfermés dans ce terrier sinistre, sans vitres. Je sympathise avec les habitants qui sont décidément avenants. Je cherche un vélo à louer, lorsqu'un jeune homme qui passe par là me propose le sien avec pour simple recommandation de le laisser sur le quai quand je n'en aurai plus besoin. C'est la Polynésie d'autrefois. Je comprends pourquoi les quelques bateaux de la baie y ont jeté l'ancre depuis un bout de temps.

L'île a retrouvé son calme depuis le passage de la goélette. Ce minuscule archipel des Gambier abrite mille habitants. C'est un grand lagon dans lequel sont regroupés les quatre îles principales et une dizaine d'îlots et de motus. La quasi-totalité des habitants vit sur l'île de Mangareva. Le lagon est parsemé de fermes perlières. On dit que c'est ici que l'on trouve les plus belles perles. Je ne manquerai pas de le rappeler à Philou car, dans deux jours, c'est la Saint-Valentin, et l'anniversaire de mon petit Loup par la même occasion.

En me promenant dans le village, je passe devant l'impressionnante cathédrale, dont le toit s'effondre. Dans la plupart des îles de Polynésie, une moitié de la population est protestante, tandis que l'autre se partage entre mormons, sanitos, adventistes, témoins de Jéhovah et catholiques. Aux Gambier, la population est essentiellement catholique, comme le montrent cette superbe cathédrale Saint-Michel et le nombre incroyable de chapelles et d'autels que l'on trouve sur l'île. En 1834, la première mission catholique de Polynésie fut fondée. Elle convertit rapidement l'ensemble de la population. Le père Honoré Laval et le père François Caret devinrent les nouveaux maîtres de l'archipel et imposèrent une quasi-théocratie aux Gambier. Les Mangaréviens étaient réduits en esclavage. Ils durent construire des routes, cette cathédrale surdimensionnée, neuf églises, des quais, une prison, avec de gros blocs de pierre qu'il fallait aller chercher près de la barrière de corail, sur les motus. C'est à cette époque que la population connut un dépeuplement rapide : de six mille habitants répartis sur les quatre îles principales, elle déclina à l'arrivée de Laval pour finir à quatre cent soixante-trois âmes en 1887. En proie à une hostilité grandissante, Laval s'exila à Tahiti en 1871. Il est en partie responsable de ce désastre démographique, même si les maladies européennes apportées par les baleiniers et les navires marchands ont certainement contribué à décimer les Mangaréviens. Il s'est non seulement comporté comme un esclavagiste en imposant à ses sujets un travail surhumain, mais il a aussi fait table rase de la culture insulaire. Je suis allée filmer les ruines du couvent qu'il avait fait construire. Soixante religieuses y vivaient cloîtrées au bord d'une falaise. Il y enfermait aussi toutes les femmes de l'île chaque fois qu'un baleinier faisait escale, pour les soustraire à la convoitise des marins de passage.

Les enfants sont contents. Philou leur a sorti la petite « flotte » de *Fleur Australe*, l'annexe à rame, les kayaks. Ils sont tous hâlés, beaux, musclés. Mes petits Robinsons ont la forme. Loup fête ses onze ans. Tous les garçons du village sont conviés. *Fleur Australe* se transforme en terrain de foot pour l'occasion. Les autres membres de l'équipage sont partis se réfugier à l'autre bout de l'île. Seule Nina me soutient dans cette épreuve. À la fin de la journée, même Loup est épuisé, ses camarades tahitiens ont eu raison de son habituelle suractivité. C'est son deuxième anniversaire à bord. Il avait soufflé neuf bougies dans le golfe de Gascogne, mais était tellement malade qu'il n'avait pas touché à son gâteau. C'était notre première traversée, Loup s'en souvient encore comme de la pire. Depuis, nous sommes amarinés, nous avons parcouru des milles et des milles à travers l'Atlantique, l'Arctique, la mer de Béring, et maintenant le Pacifique. Mon petit mousse de onze ans a vu défiler bien du paysage devant ses yeux bridés.

Nous avons repris la mer en direction de l'aéroport, qui se trouve sur un autre motu. Anne-Sophie Avé, grâce à qui nous avions habité ce petit îlot privé à côté de Vancouver, tandis que la *Fleur* se refaisait une beauté, vient nous rendre visite pour la semaine. Ça va nous faire du bien d'avoir de la compagnie, même si nous appréhendons toujours un peu. C'est la première fois que quelqu'un vient nous retrouver sur le bateau. D'habitude, nos escales sont trop courtes et les navigations entre les îles trop musclées. Philou a choisi les Gambier, parce que les îles sont très rapprochées et que nous naviguons dans un lagon, ce qui est très confortable. J'espère qu'elle ne sera pas trop importunée par le bruit et l'agitation des enfants. Cela me fera du bien de discuter avec quelqu'un qui vient de la « civilisation », moi qui rêve parfois de voir une bonne exposition, d'aller au théâtre ou au cinéma. D'autant que notre amie est arrivée avec tout un tas de réjouissances pour les petits et les grands. Toutes les pièces du bateau qui avaient été endommagées par la foudre ont tenu dans sa valise. Le capitaine est soulagé. Elle nous a rapporté du bon saucisson et toute la presse. De quoi contenter celle qui a quitté la société de consommation depuis presque un an.

Nous cabotons dans les îles Gambier. Ces navigations « pépères » font du bien à tout le monde. Chacune des quatre îles principales possède sa grande église pour une poignée d'habitants. Il fait légèrement plus frais, c'est très agréable. La température de l'eau aussi a un peu baissé. Malheureusement, il y a beaucoup de méduses. Lorsque je pars explorer les fonds, il me faut slalomer entre ces ventouses transparentes. Elles sont peu urticantes, mais s'accrochent à mes cheveux.

Les mouillages sont enchanteurs. Nous sommes cernés par les îles hautes. La perspective est splendide.

Anne-Sophie semble résister aux assauts de la petite meute. Laura ne la lâche pas. Mais Anne-Sophie est une femme intelligente, elle ne se laisse pas envahir. Elle passe de longues heures à lire, allongée sur le roof, en admirant le paysage.

Nous poursuivons notre concours de cuisine. Hier, c'était mon tour. J'ai préparé un punch dans lequel j'ai ajouté mes « petits glaçons de goyaves » de Rapa, qui ont fait leur effet. Au menu, carpaccio de thon à l'huile de truffe, magret de canard et gâteau au chocolat. Je crois que de toute façon, après le punch que je réussis plutôt bien, j'aurais pu leur faire avaler n'importe quoi, ils auraient apprécié. J'avais concocté aussi tout un tas d'animations (peinture, cadavre exquis et pouilleux avec gages). Ainsi, Olivier a dû faire le tour du bateau, la nuit, en bravant les requins qui l'effraient tant ; Philou a dansé le tamouré ; Anne-Sophie a fait le singe ; Kelly et Loup ont chanté ; Nina a dû éclater de rire pendant trois minutes sans s'arrêter ; quant à moi, le punch aidant, tout le monde a oublié de me demander de faire la danse de l'oiseau, ce qui m'arrangeait bien. C'est moi qui tenais les rênes de la soirée, après tout, il est normal que je sois dispensée de gage. Nous avons passé une soirée bien rigolote et j'ai récolté la meilleure note.

La lune gironde se lève sur l'île aux Oiseaux, tandis que le soleil tarde à s'endormir. Le ciel est dans tous ses états, il oscille entre le rose, le blanc et le mauve. La mer est violine, comme envoûtée par le faisceau doré de son amie la lune.

Le motu Tauna, surnommé l'« île aux Oiseaux », est un îlot corallien de deux cents mètres de long. Un vrai petit bijou. Plusieurs espèces d'oiseaux y nichent. Les oiseaux des Gambier sont en grand danger, à cause des rats, des chèvres et des « longues oreilles »[1].

Il y a au moins cinq espèces d'oiseaux terrestres qui ont disparu de l'archipel, essentiellement à cause de la dégradation de leur milieu de vie et de l'introduction de prédateurs comme les rats, passagers clandestins des bateaux, et des chats destinés à lutter contre les rats. Les oiseaux locaux n'avaient aucun moyen de défense contre eux, ils n'étaient pas habitués. Sur le motu Tauna, il reste plein d'oiseaux, principalement des limicoles[2], ou des espèces communes aux zones intertropicales comme les noddis et les sternes paradis, qui résistent aux prédateurs. Certains sites des Gambier abritent encore des espèces rares comme les océanites à gorge blanche ou le pétrel de Tahiti. Ces espèces sont protégées, car leur population diminue rapidement, et quatre îlots des Gambier sont déjà classés en zone protégée.

Nous laissons Anne-Sophie à l'aéroport, qu'on ne peut atteindre qu'en bateau. Elle est ravie de son court séjour. Cela nous a fait du bien à tous. J'ai moi aussi l'impression d'avoir passé une semaine de vacances.

Sur le chemin du retour, nous recevons un appel VHF nous demandant de nous arrêter sur l'île d'Aukena, juste en face de Mangareva. Quatre familles y vivent, dont Robert Van, l'empereur de la perliculture, que nous avions rencontré à Val-d'Isère avec Florence Arthaud. Il n'est pas sur l'île en ce moment. Nous sommes accueillis avec beaucoup de gentillesse par Bernard, sa femme et sa fille. Il nous raconte sa vie autour d'une délicieuse citronnade. C'est un descendant de la famille royale. Il cultive des citrons depuis une dizaine d'années. Je le filme au

1. Sur les vieux bateaux, cet animal qui n'a pas le droit de cité mangeait les cordages. La superstition est restée. Mais il est facile de deviner ce que c'est…

2. Petits échassiers appartenant à la famille des Charadriiformes.

milieu de ses huit cents citronniers. L'île est bordée par une magnifique plage de sable blanc. Cette escale imprévue ne pouvait pas mieux tomber. Encore un joli coup du hasard, car nous filons ce soir vers les Tuamotu où l'on manque cruellement de fruits et en particulier de citrons. Nous regagnons le bord avec cinq sacs pleins de mangues, de papayes et plusieurs bocaux remplis de citrons confits. Nous allons faire des heureux dans les atolls.

Vers l'archipel de la Société : les îles enchantées

Quel bonheur de revoir notre « bon vieux » gennaker flotter comme un soleil dans le bleu du ciel. *Fleur Australe* porte ses voiles en ciseaux comme un grand papillon qui a déployé ses ailes. Le vent est redevenu notre ami, grâce à lui nous volons sur la grosse houle de l'océan Pacifique. L'eau glisse sur la carène, l'étrave ronronne de plaisir. Oubliées les rudes navigations contre l'alizé, envolées avec la fraîcheur des Gambier. Il fait 33 °C dans le bateau, mais qu'importe, nous sommes au portant. Nous avons opté pour le taud à l'arrière, au détriment de l'artimon. Nous passons nos journées sur le pont, à l'abri du soleil, à écouter la douce chanson des éléments, rythmée par le clapotis de la mer.

Le capitaine a ressorti la baignoire rose et Marion patauge dans le cockpit. Nous avons installé les lignes. Beti veille au grain avec constance, c'est elle qui sonne l'alarme lorsqu'un poisson mord à l'hameçon, une daurade des mers du Sud, par exemple, ces superbes coryphènes qui peuvent mesurer près d'un mètre cinquante, de forme plate, avec une large tête. Leurs couleurs sont merveilleuses dans l'eau : ce sont de véritables caméléons ;

elles ressemblent à des torpilles bleues ou vertes, parfois cuivrées, avec des nageoires dorées. Mais pendant leur agonie, elles changent doucement de couleur et passent du gris métal tacheté de noir au blanc argenté, avant que leurs couleurs d'origine réapparaissent lentement, légèrement ternies par un voyage au pays des ténèbres. Cependant la plupart du temps, ce sont des thons ou des bonites que nous attrapons. C'est nettement moins savoureux, alors je les prépare en sashimis, en sushis, en tartare ou encore en carpaccio, assaisonnés d'un filet d'huile d'olive à la truffe blanche, d'un zeste de citron et de gros sel. En mer, j'attache beaucoup d'importance à la qualité de mes condiments, en particulier de mes huiles d'olive. J'en ai plusieurs, délicieusement parfumées. Je soigne aussi mes moutardes et mes sels et j'ai tout un tas d'épices, de poudres magiques au curry, au safran, au cumin. Grâce à elles, je peux préparer dix fois le même poisson sans qu'il soit jamais identique. En traversée, c'est très important pour le moral des troupes. Cela évite la monotonie des repas et me permet de jouer à l'alchimiste en mélangeant savamment toutes sortes de saveurs exotiques. Je prends simplement garde à ne pas trop pimenter, car il m'est arrivé plus d'une fois d'être la seule à pouvoir avaler mes plats, l'équipage les trouvant trop relevés. J'ai gardé cette habitude du Sénégal et mon palais résiste à toutes les épices, tandis que les autres convives pleurent et s'empourprent à la première bouchée. Je protège mes divines huiles comme une tigresse, c'est mon petit luxe, et plus jamais je ne commettrai l'erreur de mes débuts : poser mes fioles sur la table et voir un des membres de l'équipage vider la moitié de la bouteille dans ses spaghettis bolognaise. Les sources de conflit ne manquent pas, inutile d'en rajouter. Mes épices me font la vie douce et je ne pourrais m'en passer. Je soigne aussi mes thés, mes confitures et mes rougails qui transforment les fromages insipides que nous trouvons autour du monde en subtiles saveurs sucrées-salées. Ainsi, le cheddar avec une touche de rougail à la figue devient tout de suite plus sympathique.

Lorsque la mer est en colère, nous mangeons dans la timonerie, par terre ou accrochés comme on peut. J'ai pendant longtemps essayé de varier les menus, malgré la difficulté à cuisiner par gros temps, mais j'ai fini par me rendre à l'expérience du capitaine : seules les pâtes passent. C'est plus facile à cuisiner et ça fait moins mal de les retrouver quelques instants après dans le seau, rendues par le pauvre équipier qui n'a heureusement pas eu le temps de les arroser d'huile aux truffes. Le reste du temps, je peux me lancer dans la préparation de bons petits plats, et surtout faire des desserts, le tiramisu étant celui que je prépare le plus souvent, car il ne demande pas de cuisson et, curieusement, j'ai trouvé par ici du mascarpone dans les endroits les plus reculés. J'en ai même acheté aux Gambier et je referai le plein à Aho.

La lune se lève, escortée par Vénus, sur l'atoll Maria que l'on distingue vaguement, petit bourrelet brun sur la ligne d'horizon. Philou se souvient que Marc Pinta était tombé à l'eau lorsqu'ils avaient franchi la barrière de corail en annexe avec Tabarly. Le lagon n'offre pas de passe praticable pour un voilier.

Nous ne ferons que peu d'escales aux Tuamotu cette fois-ci. Nous sommes attendus par l'équipe d'Ifremer sur la presqu'île de Tahiti dans quinze jours. Je sens que Philou est un peu triste de laisser ces atolls inconnus dans notre sillage, le capitaine s'arrêterait bien sur tous ces anneaux déserts. Nous sommes portés par un fort vent d'est. La *Fleur* marche à huit nœuds, elle est tendue comme un arc, et vibre de tout son corps. Nous sommes grand-voile, gennaker tangonné. Je retrouve le plaisir de la navigation. J'entends le soupir du vent dans les voiles et tous les infimes grincements d'écoute. Seul le bruit du capitaine qui manœuvre sur le pont vient troubler ce silence habité. La mer me berce, je tangue et finalement m'assoupis.

Le soleil brille aujourd'hui sur Aho, c'est nettement plus joyeux. Les enfants jouent sur le quai. Nous sommes conviés à manger une vraie choucroute alsacienne par Dantzer. Son épouse est à Tahiti. Nous ne pouvions rater la choucroute d'Aho et surtout je pourrai faire le plein de «produits rares» dans sa petite caverne d'Ali Baba. Nous avons rendez-vous avec un des scientifiques du Centre de recherche sur les mammifères marins qui opère en ce moment un grand recensement dans le Pacifique. Ils ont constaté que la densité des cétacés est assez faible. Il y a une prédominance d'espèces de grand large, comme les cachalots et les baleines à bec. Ce sont des mammifères de grands fonds, difficiles à observer, à la différence des baleines à bosse. Ils ne font pas de migrations, ils restent en général dans la zone. Aux Australes, ils ont observé de faux orques à l'allure de gros dauphins, mais sans rostre. Un des trois avions affrétés pour la mission est actuellement à Hao, les deux autres sont encore à Tubai. Ils ne devraient pas tarder.

La choucroute du Pacifique s'avère un grand moment. Il ne manque rien, du jarret à la saucisse, en passant par le petit salé venu directement de son Alsace natale. Le tout largement arrosé d'amer et de vendanges tardives, suivis de sylvaner. L'alcool aidant, les langues se délient, Philou nous raconte que lorsque l'équipage du *Pen Duick*, accompagné de Tabarly, débarqua à Aho en 1977, ils passèrent une soirée mémorable dans un bar, entourés de ravissantes créatures avec lesquelles ils flirtèrent passionnément. Ils découvrirent un peu tard que ces séduisantes vahinés étaient en réalité de très jolis *rae rae*. Il y a beaucoup de rae rae en Polynésie : il s'agit en fait de travestis. Ils ressemblent à s'y méprendre à des femmes et sont parfaitement acceptés dès leur plus jeune âge, à l'école ou au lycée. Autrefois, ils étaient chargés des tâches domestiques auprès des nobles. La présence des travestis est liée à une coutume familiale encore répandue qui veut que, dans les familles nombreuses, le fils aîné soit élevé comme une fille. On m'a aussi rapporté que certains se transformaient en filles pour échapper aux militaires. Dans les années 1960, les rae rae ont un peu perdu leur place dans la société. Ils ont commencé à se livrer à la prostitution. Aujourd'hui, ils sont particulièrement bien intégrés et très appréciés pour leur raffinement et la qualité de leur service, notamment dans la restauration et l'hôtellerie. J'ai rencontré ainsi plusieurs fois en Polynésie des femmes sublimes qui s'avéraient des hommes.

Nous ne pouvons résister au plaisir d'une courte escale à Fakarava, histoire de plonger encore une fois dans l'impressionnant trou d'Ali Baba, pour lutter contre le courant et admirer le mur de requins, observer de près la force effrénée qui se dégage de leur corps dynamique et de leurs muscles d'acier, planter nos regards dans leurs petits yeux vicieux et sursauter au contact de leur peau, pareille à du papier de verre. Philou étrenne son nouveau matériel photo, acheté lors de notre dernier passage à Tahiti. Nos citrons des Gambier font des heureux, nous en distribuons allègrement et pressons le reste pour en faire de la citronnade, dont les enfants raffolent. Ici, on trouve quelques malheureux citrons rabougris qui se battent en duel dans la petite épicerie, à des prix exorbitants. En passant devant les maisons, j'ai remarqué que les habitants fabriquent leur propre compost. Faire pousser un arbre relève de l'exploit. Le contraste est saisissant lorsque l'on revient des Gambier qui se trouvent à peine à quelques centaines de milles, où les fruits et les légumes poussent à profusion. Mais les Tuamotu ont tellement d'autres charmes.

Au retour de la plongée, ce matin, j'ai eu la bonne surprise de découvrir que Laura s'était coupé les cheveux avec ses ciseaux d'écolière. Ce qui a engendré une brouille avec Kelly, puis avec Olivier qui s'est emporté exagérément. La vie en groupe me pèse de plus en plus. Cette promiscuité permanente avec deux personnes qui ne sont pas de ma famille m'étouffe. Impossible de « s'engueuler » avec son mari sans être entendus de tous, ou d'aller chercher un verre d'eau la nuit dans le plus simple appareil. Tout le monde se mêle de tout, donne des avis sur l'éducation des enfants. Olivier pique des crises contre Laura qui lui manquerait de respect. Il est de plus en plus nerveux. Philou et moi n'avons aucune intimité. C'est pour moi une des plus grosses difficultés de cette expédition. Impossible de s'isoler, surtout en traversée. Pendant le passage du Nord-Ouest, c'était Georges, mon maquilleur au théâtre et ami de longue date, qui nous avait accompagnés, tout était donc plus facile. Mais Philou navigue, je filme, je photographie, et si j'ai la grande chance de pouvoir faire ce que j'aime, c'est bien grâce à l'aide de nos équipiers.

Nous franchissons la passe Garuae de Fakarava par trente nœuds de vent d'est. Le mascaret nous bouscule. Nous laissons dans notre sillage Toau, Apataki, Arutua et Kaukura, pluie d'étoiles au paradis des souvenirs, poussières de corail, balayées par les embruns dans le grand océan Pacifique.

Nous ne résistons pas au plaisir de plonger une dernière fois à Rangiroa. Les dauphins sont là, fidèles au poste, ils se frottent contre la proue de la *Fleur*, bondissent à la surface de l'eau et fouettent d'écume immaculée la houle incandescente.

Nous sommes à cinquante-cinq mètres, cette plongée est surnommée la « marche aux requins ». Ils se déplacent en groupe, juste au-dessus du tombant. Je lève la tête : cinq voiliers (espadons) naviguent à la limite de la surface de l'eau, telles des fusées argentées prêtes à décoller. Soudain, toute la population des abysses s'agite, alertée par une menace indicible. Les napoléons accélèrent la cadence et la grosse carangue aux reflets dorés tourne sur elle-même. J'aperçois le monstre responsable de cette agitation subite : un requin-marteau d'environ six mètres fonçant droit sur nous dans le bleu des profondeurs. Mon pouls s'emballe. Arrivé à notre hauteur, il nous lance un regard glacial et, d'un mouvement aussi précis que rapide, poursuit sa route à la recherche d'une proie plus savoureuse. Je palme à vive allure pour tenter de le rattraper, mais il disparaît dans le grand bleu. Je suis anormalement essoufflée. L'émoi provoqué par cette rencontre s'ajoute au fait que j'ai nagé trop vite. Je me contrôle, j'arrête immédiatement de palmer et j'expire calmement pour évacuer le gaz carbonique ; nous sommes très profond, l'essoufflement est l'une des fréquentes causes d'accident. Je réussis à maîtriser ma respiration pour remonter doucement et profiter du temps qu'il nous reste à plonger. Un peu plus haut, nous croisons deux raies mantas qui volent voluptueusement. Nous ne regrettons pas cette escale imprévue.

Iria, fidèle au poste sur son catamaran jaune, nous conseille de faire un petit tour du côté des sables roses, vers l'île aux Récifs, avant de prendre le large. Nous filons donc plein sud en guettant les patates dans le lagon poli comme un miroir. Nous mouillons à la limite du lagon et de l'océan, non loin du platier. Les féos donnent au paysage des allures fantomatiques. Loup s'écrie : « C'est trop beau ! On dirait le Mordor ! » – le pays des ténèbres dans *Le Seigneur des anneaux*. Beti, téméraire, passe ses journées dans l'eau à traquer les requins. Elle slalome entre les féos avec agilité. C'est devenu un vrai chien de marin ! Nous enfilons nos « méduses » et arpentons le platier. Nous louvoyons, à moitié dans l'eau, entre les coraux, les oursins et ces longues silhouettes obscures. Le récif est entrecoupé de hoas qui forment des piscines naturelles dans lesquelles la houle de l'océan se déverse. Un ciel de feu embrase ce décor intense, buriné par l'érosion, déchiqueté par les vagues. Un majestueux cortège de lames se brise furieusement contre la barrière corallienne.

Nous avons navigué toute la nuit, mais nous ne pouvons mouiller à Mataiva car, à l'accore du récif, on tombe dans des fonds à cinq cents ou six cents mètres, rendant tout ancrage impossible. Le capitaine restera à croiser au large tandis que nous visiterons l'atoll. Le petit village, qui abrite deux cents âmes, est blotti de part et d'autre de l'étroite passe qui n'autorise que le passage d'embarcations légères. Les plages de sable blanc sont le principal atout de l'atoll. Mataiva est convoitée pour son phosphate, estimé à vingt millions de tonnes, mais les habitants résistent aux pressions des multinationales et ne veulent en aucun cas se retrouver pillés comme leur célèbre voisine, Makatéa. Nous pique-niquons au bord du lagon infiniment bleu. Les massifs coralliens affleurent la surface de l'eau et forment des vasques cristallines d'une dizaine de mètres de profondeur, créant ainsi de délicieuses petites piscines. Le vent forcit, les vagues ne cessent d'enfler. J'aperçois au mouillage *Fleur Australe* chahutée par cette grosse mer. Le bateau est resté constamment en manœuvre depuis ce matin, Philou doit être fatigué, il est temps pour nous de rentrer. Nous devons être sur Tahiti demain dans la matinée, Marc Taquet nous y attend avec l'équipe d'Ifremer.

Mais les éléments en ont décidé autrement. Vers trois heures du matin, alors que nous approchons de l'île de Tahiti, nous recevons un e-mail de Maurice Uguen. Je ne sais par quel instinct de marin Philou est allé consulter son ordinateur à cette heure avancée de la nuit, mais c'est ainsi. Maurice, notre routeur des glaces et ami, nous informe qu'un séisme de force 8 à 9 a frappé le Japon et qu'une menace de tsunami plane sur la Polynésie. Tout aussi curieusement, je suis debout. Je n'arrive pas à dormir, alors que je ne suis pas de quart. Nous allumons la radio. Au fil de la nuit, cela se confirme. À quatre heures trente, l'alarme sonne sur toute la Polynésie et la VHF annonce que le port de Papeete est fermé. Le reste de l'équipage est encore endormi. Je suis très calme, comme quand la situation s'avère grave. Les e-mails affluent, nous prévenant du danger. Philou m'informe que c'est en mer que nous sommes le plus en sécurité. Il met le bateau à la cape pour rester au large, à quatre, cinq milles de la côte. Le jour se lève doucement. Il n'y a pas un souffle de vent, il règne un calme de mort. L'air semble chargé d'une menace invisible. La mer est noire, tranquille et inquiétante à la fois, elle a le chatoiement du satin. À ce moment précis, nous ne savons pas trop ce qui va nous arriver. De toute façon, il n'y a rien d'autre à faire que patienter et se tenir informés. Les choses se précisent : une vague de plus de quatre mètres est attendue aux Marquises. Pour les îles de la Société, Maupiti devrait être touchée en premier, puis Moorea et Huahine. Une vague de deux mètres est attendue sur la côte ouest de Tahiti. Les habitants doivent grimper à sept mètres par ici et à trente mètres aux Marquises. Ces îles dépourvues de lagon craignent plus les tsunamis, car l'onde s'amplifie en s'approchant de la côte avec la remontée des fonds, alors qu'aux Tuamotu, la vague perd en force en se brisant sur la barrière de corail. Vers six heures trente, l'équipage se réveille. Nous leur apprenons la nouvelle. Kelly a été prévenue par un message d'alerte sur son portable. La tension est palpable malgré le calme apparent ; seuls les enfants n'ont pas l'air de prendre conscience du danger. Le monde semble s'être arrêté de vivre, tout est au ralenti. Le silence est inhabituel, dense, vide. Beti, particulièrement agitée, inquiète, va et vient sur le pont. L'ambiance est pesante. Nous attendons tranquillement l'onde, qui est signalée pour sept heures trente, en écoutant la radio. Les premières îles sont touchées. Il semblerait que les vagues soient moins grosses qu'annoncé. Nous soufflons. À sept heures trente, nous voyons la mer se retirer insensiblement. Nous ressentons ensuite, comme une onde légère, une houle plus grosse que d'ordinaire qui nous soulève, mais rien de clairement angoissant. Pendant près de trois heures, nous guettons d'autres vagues, jusqu'à ce que l'alerte soit enfin levée, vers dix heures trente, et que nous puissions rejoindre la baie de Vaiaro où se trouve le centre de l'Ifremer. Nous sommes sonnés par cette nuit d'angoisse.

À terre, les habitants se réveillent d'un cauchemar qui a finalement bien tourné, puisque les dégâts sont moins importants que prévu. Seules les Marquises ont réellement souffert. Elles ont été frappées par deux vagues successives. À Tahiti, il y a eu quelques inondations, à Pirae notamment, mais rien de catastrophique. Dans les îles de la Société, les habitants s'étaient réfugiés dans les hauteurs. Ils ont pu voir les lagons se vider complètement, laissant apparaître les patates et les coraux. Mais les vagues les ont épargnés. Il y a eu plus de peur que de mal. Rien en comparaison des images épouvantables que je découvre à la télévision en débarquant. C'est sans doute en mer que l'on est le plus en sécurité, mais c'est aussi là que l'on prend réellement conscience de la précarité de notre existence, sur notre petit bateau solitaire au milieu de l'infini bleu, englouti par l'océan au moindre sursaut des éléments. Seule la nature décide de notre sort. L'homme peut bien batailler de toutes ses forces, il ne peut que s'incliner lorsque la nature se réveille et attendre patiemment son bon vouloir. C'est ce que nous avons fait ce matin.

Le centre de l'Ifremer est situé au bord du vaste lagon bien oxygéné, à moins de deux milles de la barrière de corail. Il constitue une plate-forme technologique adaptée aux recherches en milieu tropical. Nous visitons les locaux et les scientifiques nous expliquent leurs différentes activités. L'importance de la perliculture les a conduits à donner la priorité aux recherches axées sur la culture des huîtres perlières, afin d'en améliorer la qualité. C'est déjà ce que faisait François Thais, capitaine de la marine marchande, qui fit ses premiers essais de perliculture aux Tuamotu, à Apataki, au début du siècle dernier.

Le centre développe en parallèle des actions visant à accroître la production de crevettes d'élevage et crée une nouvelle activité de pisciculture marine basée sur l'élevage d'un poisson local très prisé des Polynésiens, le *paraha peue* (*Platax*).

Nous n'avons pas dormi depuis quarante-huit heures, le manque de sommeil nous gagne. Il est temps d'aller faire « dormir les yeux », comme disent les Tahitiens.

Nous profitons de cette escale en ville pour régler tous les détails techniques. L'osmoseur nous a lâchés depuis quelques semaines, le collecteur d'échappement du groupe électrogène est percé, ce qui a engendré une fuite d'eau et de gaz dans la cale moteur. Philou a effectué un bandage avec un bout de chambre à air de vélo. Tabarly, qui considérait Philou comme son second pour ses grandes qualités de marin, disait de lui qu'il savait tout faire ; il est navigateur, fin régatier et bon régleur de voiles, mais il maîtrise aussi la couture, le bricolage, la mécanique, seule la cuisine n'est pas son point fort… Pour l'instant, il répare la chute du gennaker qui a quelques petits trous ; celui que nous avons reçu de France n'allait pas, son point d'écoute était trop bas. Philou les préfère plus hauts, ce qui donne une meilleure visibilité sous voile.

J'ai promis aux enfants de les emmener faire du canyoning dès que nous repasserions par Tahiti. Nous avons rendez-vous avec notre guide qui doit nous accompagner au cœur de la vallée de la Papenoo. C'était le lieu de refuge des chefs battus. Nous garons la voiture au milieu de la vallée, puis grimpons à travers la forêt, à quatre cents mètres d'altitude. Les feuilles de gingembre enivrent l'air de leurs nuances subtiles et épicées. La montée est particulièrement raide, Michel m'avait prévenue que c'était un peu rude et que les descentes en rappel seraient difficiles pour un enfant de onze ans, mais Loup a tellement insisté qu'il ne m'a pas laissé le choix. Il a l'habitude de grimper au mât et il a déjà fait un peu d'escalade et de rappel avec son père. Titouan est réputé pour être un excellent grimpeur, il restait des heures en tête de mât lorsqu'il naviguait. On vérifiera si Loup tient de lui. La forêt est recouverte de *miconia*, cette peste pousse à profusion dans la vallée de la Papenoo. Cette plante introduite dans les années 1930 prolifère de manière spectaculaire et menace d'étouffer la flore. Arrivés enfin au sommet, après trois heures d'ascension, nous attaquons notre première descente en rappel, une paroi de trente mètres. Le pauvre Loup ne bronche pas, mais je sens qu'il prend sur lui. La falaise est glissante, abrupte. Nous enchaînons rapidement par trois autres descentes de cascades, entre vingt et trente-cinq mètres. Philou descend en général en premier et nous assure d'en bas. Nous ne le voyons plus. Nous communiquons par sifflet. Le paysage est somptueux, nous sommes au cœur de cette vallée inquiétante et magistrale, encerclés par d'immenses falaises de basalte. La nature est sauvage, vierge, elle nous enveloppe, et les cascades donnent du fil à retordre aux enfants. C'est effectivement très périlleux. Il faut se lâcher dans le vide à l'intérieur des canyons profonds. Mais Loup et Nina tiennent le coup. Deux toboggans naturels de six mètres de long leur redonnent le sourire, avant de poursuivre par les deux derniers canyons, les plus vertigineux. La vallée nous aspire, l'ambiance s'assombrit, les cascades grondent. C'est très beau ! Après sept heures de descentes à couper le souffle, nous rejoignons le bateau.

Des torrents de pluie s'abattent sur Papeete, les routes sont inondées. Heureusement que nous n'avons pas eu ce temps-là hier dans la Papenoo, ça aurait pu être fatal avec la montée des eaux. Nous sommes en ville pour faire quelques courses avant de reprendre la mer. Il est impossible de rejoindre la marina, la route à quatre voies est submergée. Les voitures ne peuvent plus avancer, c'est complètement engorgé. Depuis le séisme d'il y a quelques jours et le terrible drame qui touche le Japon, les habitants sont sous tension. L'anxiété a gagné la population, surtout depuis que la France a décidé d'envoyer hier cinq cent mille comprimés d'iode qui permettent d'éviter que les particules radioactives ne se fixent sur la tyroïde. Cela a suffi à affoler les habitants et à ajouter à l'inquiétude ambiante. Les pharmaciens avaient déjà été dévalisés de leurs vitamines iodées, qui n'ont pourtant rien à voir avec l'iodure de potassium. Les habitants craignent une contamination radioactive, même si aucun plan d'alerte n'a été déclenché et que les services du haut-commissariat restent rassurants, probablement pour éviter la panique. La population se demande si le pays dispose d'un stock important de masques et si les réserves d'iode sont suffisantes. C'est un sujet sensible ici plus qu'ailleurs. On parle beaucoup de Mururoa : il y a eu là-bas des essais souterrains libérant des éléments toxiques comme le plutonium. Si Mururoa venait à s'effondrer, en cas de séisme ou de tsunami, ces matières radioactives se propageraient. Les scientifiques prétendent que cela se diluerait dans la mer, mais la controverse précise qu'un millionième de gramme de plutonium donne le cancer et qu'il y en aurait plus de huit cents kilos sous Mururoa. La population pense que ce n'est pas aux gens des continents de leur expliquer comment la mer réagit. La psychose règne sur la ville. Tout et n'importe quoi circule sur le Net et par SMS. Les gens parlent d'un nouveau séisme en Polynésie, d'un tsunami et même de la fin du monde. Ce soir, la lune sera à son périgée, soit au plus près de la Terre, et beaucoup associent cet événement à des catastrophes naturelles. D'après les scientifiques, la « super pleine lune » augmente la longueur des marées de seulement quelques centimètres, même si en Polynésie cette différence est plus marquée. Certains y voient pourtant l'origine des catastrophes naturelles survenues au Japon le 11 mars, et font remarquer que toutes les « super pleines lunes » ont été suivies de nombreux événements climatiques meurtriers, comme le cyclone Tracy qui a dévasté la ville australienne de Darwin. Ce soir en tout cas, la lune se trouvera en son point d'orbite le plus proche de la planète bleue et sera 14 % plus grosse et 31 % plus lumineuse. Si la tempête se calme, nous devrions assister à un beau spectacle.

Je ne saurai jamais si c'est parce qu'il a subitement pris peur, contaminé par la psychose ambiante, qu'Olivier, notre instituteur, a déserté le bateau sans même nous prévenir ou si c'est tout simplement parce qu'il souffre du mal de mer et n'a aucune aptitude pour la vie sur un bateau, ce que le capitaine n'avait pas manqué de lui faire comprendre.

Nous avons mis le cap sur Huahine. Le ciel est couvert de gros cumulus. Vers minuit, la lune apparaît enfin. Elle brille de tous ses feux et enlumine la mer de son étreinte. Aucun signe de fin du monde apparent. Je m'assoupis sur le pont, cajolée par les rayons de cette lune qui déborde de vie.

À l'aube, nous embouquons la passe Tiaré. Le soleil est de retour. Quel bonheur de naviguer la nuit et de relâcher au petit matin dans ces lagons de rêve. Cannelle, la fiancée du fils de Lala, a embarqué avec nous pour faire l'école aux enfants suite au départ impromptu d'Olivier. L'équipage est essentiellement féminin.

Lorsque l'on demande à un Tahitien quelle est son île préférée, il est fréquent qu'il réponde Huahine. Je comprends pourquoi. Elle est d'une douceur infinie, il s'en dégage une atmosphère unique, d'une sérénité absolue. Je retrouve cette Polynésie sensuelle et envoûtante que j'ai connue autrefois. Elle est composée de deux îles, Huahine Nui (la grande) et Huahine Iti (la petite) ; ces jumelles cohabitent dans le même lagon. Elles ne sont séparées que par un isthme de quelques dizaines de mètres qu'enjambe un petit pont. Dès que l'on s'éloigne de la côte, on pénètre dans une véritable jungle. C'est une île d'une poésie et d'une grâce infinies. Nous sommes sous le charme de Huahine et de toutes ces îles de la Société qui sont un savoureux mélange de tous les archipels : la force de la montagne marquisienne, la douceur des lagons des Tuamotu, la joie de vivre des Gambier, et le mystère des Australes. Huahine, avec ses plages de sable blanc, ses îlots coralliens déserts qui flottent sur un lagon turquoise, ses baies échancrées, ses parcs à poissons que les femmes lascives entretiennent avec soin, est un concentré des beautés polynésiennes. Nous passons quelques jours bénis dans ce lagon. J'écris, les enfants font du kayak, Philou a sorti son cerf-volant pour faire des photos aériennes. Nous arrêtons l'annexe en plein centre de la passe d'Araara, étroite et peu profonde, au cœur des déferlantes. Lorsque les énormes vagues se fracassent sur le platier, on se laisse surfer et, au dernier moment, quand on se croit perdus, prêts à se faire avaler par ces crêtes géantes, on met les gaz et on s'enfuit, laissant dans notre sillage les lames en furie qui tentent en vain de nous rattraper. C'est un exercice périlleux, mais qui nous a permis de faire de magnifiques photos où l'on distingue à peine la côte, totalement engouffrée par des montagnes blanches d'embruns vaporeux.

Je marche sur la belle plage d'Avea. Le ciel est complètement rose, des nuages bleutés volent comme des plumes à l'horizon, ils forment une frontière safranée entre le ciel et la terre. Des effluves de tiaré et de frangipanier descendent de la montagne lorsque le jour se meurt, ils envahissent subtilement l'atmosphère. Arrivée à la pointe, trois gros chiens me sautent violemment dessus. Ils ne veulent plus me lâcher. L'un d'eux me mord au bras. Je réussis à me dégager de leur étreinte et cours sans me retourner. Mes jambes tremblent. Je les entends aboyer derrière moi, mais ils ne dépassent pas la pointe. À l'hôpital, l'infirmier nous explique que la plupart des accidents en Polynésie sont dus aux morsures de chien, notamment aux Tuamotu où un grand nombre d'entre eux évoluent en liberté dans les rues des villages. Ma blessure est sans gravité, mais j'ai eu peur. Les touristes feraient mieux de se méfier des chiens au lieu de craindre les requins. Il est temps pour nous de nous arracher à la gracieuse Huahine, l'île la plus secrète de la Société, pour voguer joyeusement ce soir vers Tahaa.

Nous avons rendez-vous avec Léo à la fondation Hibiscus. Il se consacre au sauvetage des tortues prises au piège dans les filets des pêcheurs. Léo leur rachète les tortues pour cinq mille francs Pacifique en bons d'essence. Il les garde ensuite dans un enclos dans le lagon, à côté de l'embarcadère, près de sa petite pension, jusqu'à ce qu'elles atteignent une taille suffisante pour être relâchées. Philou tente laborieusement d'attraper une tortue dans le bassin. Une fois sortie de l'eau, nous lui agrafons une bague à la nageoire pectorale avec son numéro et nous la baptisons du nom de Fleur Australe. Le moment est venu de lui rendre sa liberté. Sous l'œil attendri de toute la famille, Philou la remet à l'eau en lui souhaitant bonne chance. La fondation a sauvé mille cinq cents tortues en quatorze ans. C'est un mets très recherché et, malgré la loi qui les interdit strictement, la pêche et le commerce des tortues perdurent. La justice a récemment condamné un braconnier à trois ans de prison ferme. À Moorea, nous avions également visité la clinique de la tortue. Cécile Gaspard, vétérinaire et présidente de l'association Te Mana O Te Moana (« L'Esprit de l'océan ») y fait un travail remarquable. Elle recueille les tortues, les soigne puis les relâche lorsqu'elles sont devenues autonomes.

Tahaa est surnommée l'« île Vanille ». Elle partage le même lagon que Raiatea, où nous sommes déjà passés il y a quelques mois. C'est une île pleine de charme, extrêmement fleurie et délicieusement parfumée, comme sa vanille. Il n'y a pas d'aéroport, elle est donc parfaitement préservée.

J'ai longtemps dormi devant une belle nuit étoilée à Tahaa : Titouan l'avait peinte lors de son passage sur l'île et m'en avait fait cadeau. C'est sans doute pour cette raison que je trouve les nuits étoilées particulièrement resplendissantes ici. Les anciens Polynésiens relevaient la position du soleil pendant le jour et des étoiles pendant la nuit. C'étaient de grands navigateurs. Leur connaissance des corps célestes était stupéfiante. À Hawaï, ils découpaient des cartes marines dans l'écorce de grosses calebasses et dans certaines autres îles ils faisaient des cartes détaillées avec des branches tressées : les coquillages indiquaient les îles et les brindilles marquaient les courants repérés. Les Polynésiens connaissaient cinq planètes, qu'ils appelaient « étoiles voyageuses » et qu'ils distinguaient des étoiles fixes. Un bon navigateur savait dans quelle partie du ciel se levaient les différentes étoiles et où elles seraient suivant les heures de la nuit et les époques de l'année. Les Polynésiens donnaient également un nom aux étoiles qui culminaient au-dessus des îles. Ils avaient compris que non seulement le ciel étoilé était une boussole géante dont l'aiguille tourne d'est en ouest, mais encore que les étoiles au-dessus de leur tête leur montraient à quelle distance ils se trouvaient du nord au sud. Dans les temps anciens, l'année commençait le jour où la constellation des Pléiades réapparaissait pour la première fois au-dessus de l'horizon. Cette constellation est considérée comme la patronne de l'agriculture.

Il y a sur l'île de Tahaa plusieurs petites exploitations familiales qui cultivent la vanille. C'est un travail délicat et technique, car la fécondation de la fleur se fait à la main. Neuf mois plus tard, les gousses sont mises à sécher et à brunir avant d'être triées, calibrées et empaquetées, puis exportées ou commercialisées à Papeete. La saveur de la vanille de Polynésie est inégalable. Elle est épaisse et juteuse, délicatement parfumée. Nous en rapportons quelques gousses ainsi qu'un drap qui a servi à les emballer. La *Fleur* est aussitôt nimbée d'un voile de douceur.

Nous assistons le lendemain à une séance de greffe dans la plus importante ferme perlière de Polynésie. J'y découvre une perle vers laquelle je me sens immédiatement attirée, une perle à l'orient opalescent où se joue une palette infinie. Elle ne me quittera plus.

Nous mouillons juste devant chez Tama, Virginie et leurs nombreux enfants. Chaque jour, en fin d'après-midi, Tama nous emmène chasser dans la passe. Le soir, il fait griller au feu de bois les grosses carangues que nous rapportons, et nous dînons tous ensemble dans sa jolie maison au bord du lagon. Les enfants regardent des films dans la chambre, tandis que nous refaisons le monde jusqu'à plus d'heure. Nous avons bien du mal à quitter cette île du bonheur, mais nous sommes attendus à Bora Bora par l'équipe de *PlanetSolar*, le bateau propulsé grâce à l'énergie solaire.

La star des îles du Pacifique Sud, malgré sa mauvaise réputation actuelle, reste d'une insolente beauté. Le nombre époustouflant de farés sur pilotis n'a pas réussi à ternir son superbe lagon, éblouissant de lumière et de couleur. De vastes étendues de sable avec peu de profondeur lui donnent des airs de grande piscine argentée et phosphorescente. Le mont Otemanu veille de sa présence charismatique sur le lagon. Il trône en plein centre, masse mystérieuse et imposante dont le visage change suivant l'angle et l'endroit où l'on se trouve. Sa silhouette ténébreuse ensorcelle le lagon et lui confère un caractère unique.

Au mouillage, à la pointe Matira, le capitaine repère un de ses anciens bateaux *Fleury Michon*, un formule 40 avec lequel il faisait un circuit de régate en Europe, en 1987. Il est aujourd'hui peint en jaune. Il a été vendu à Pierre English, un ami de Philou, médecin et navigateur qui a participé à de nombreuses courses au large et qui a pas mal navigué avec Tabarly et Kersauson. English a jeté l'ancre à Bora il y a une vingtaine d'années. Philou y avait passé une quinzaine de jours lors de son tour du monde. La chape qui retenait le pataras de *Pen Duick VI* avait cassé, Tabarly était parti à Tahiti pour faire fabriquer une nouvelle pièce. L'équipage avait bien profité des avantages du Club Med devant lequel ils mouillaient. Jean-Louis Étienne, surnommé Papi car il était le plus ancien, leur avait expliqué comment s'insérer discrètement dans les queues devant les somptueux buffets en se fondant ainsi dans la joyeuse ambiance du Club. Ils avaient passé du bon temps en attendant le retour du capitaine.

Le *PlanetSolar* arrive peu de temps après nous. Il glisse sur l'eau, on dirait un ovni. L'équipage s'est lancé le défi de faire le tour du monde uniquement propulsé par l'énergie solaire. C'est une première. Ils font une moyenne de cinq nœuds. Il y a 537 mètres carrés de panneaux solaires sur le pont. Sur le quai, le maire et quelques curieux les attendent. Laurent Bourgnon, qui a fait le voyage avec eux depuis Raiatea, lance les amarres. Le Suisse Raphaël Domjan, ingénieur spécialisé en énergie renouvelable, est à la tête de ce projet. C'est lui qui a inventé ce concept et qui a trouvé le financement. Il se définit comme un «écoaventurier». Au-delà de l'exploit, le but est de démontrer, à travers ce voyage, que ces énergies nouvelles fonctionnent et que l'on peut tourner autour du monde uniquement grâce à l'énergie du soleil, sans faire son plein d'essence. C'est ce que font les voiliers depuis longtemps grâce au vent qui s'engouffre dans leurs voiles. Raphaël nous invite à dîner. Je suis ravie de découvrir qu'il y a d'excellents restaurants à Bora Bora. Je suis la seule femme au milieu de sept marins. Le capitaine, Patrick Marchesseau, était à la barre du *Ponant,* lors de la prise d'otages d'avril 2008. Alors qu'il croisait au milieu du golfe d'Aden, au large de la Somalie, le voilier trois-mâts de croisière, battant pavillon français et transportant trente membres d'équipage, fut arraisonné par une douzaine de pirates somaliens. La France déclencha aussitôt son plan « Pirate-mer » avec mobilisation de tous les moyens disponibles sur zone. À peine une semaine plus tard, les otages furent libérés sains et saufs, suite au versement d'une rançon de 2 150 000 dollars. Une partie des pirates fut appréhendée en territoire somalien, lors d'une opération héliportée qui permit aussi de récupérer une partie de la rançon. La conduite du capitaine Patrick Marchesseau durant cette prise d'otages a été exemplaire. Il fit preuve d'un grand sang-froid et de beaucoup de diplomatie, ce qui conduisit Domjan à faire appel à lui pour commander le *PlanetSolar*, qui devait être amené, en raison d'un choix de route solaire, à naviguer dans ces eaux somaliennes réputées pour être particulièrement dangereuses.

Le vent souffle fort sur Bora Bora depuis deux jours. Avant de quitter l'île, nous faisons deux belles plongées dans quinze mètres d'eau, ce qui permet à Loup et à Nina de nous accompagner. En plein cœur du lagon, les raies mantas, divines créatures, volent autour de nous pendant près d'une heure. Il y en a une qui fait cinq mètres. Avec la construction des hôtels, elles avaient disparu, mais sont revenues petit à petit danser dans le lagon de Bora. Les coraux sont superbes, ils sont paraît-il beaucoup plus sains qu'il y a quelques années. Cela viendrait du fait que la construction des hôtels crée des hoas sur la barrière corallienne, ce qui permet au lagon de respirer. C'est bien la première fois que ces « cités sur pilotis » apportent quelque chose de positif.

La deuxième plongée s'effectue à une dizaine de mètres, au milieu de nombreux requins-citrons femelles. Les mâles préfèrent le calme des profondeurs. Mon petit Loup est aux anges. Il est décidément incollable quand il s'agit de reconnaître un poisson et aussi agité sous l'eau qu'à la surface. Il se trémousse dans tous les sens, se déplace avec son petit lexique étanche afin d'identifier toutes les espèces, s'extasie devant tout ce qui bouge en faisant de grands gestes et tente même de parler pour nous faire partager son enthousiasme. Lorsque nous légendons nos photos sous-marines, c'est toujours lui qui nous vient en aide.

De retour à quai, le vent a légèrement molli. On souhaite généralement bon vent aux bateaux qui prennent la mer, mais c'est un « bon soleil » que nous souhaitons aujourd'hui à l'équipage du *PlanetSolar* avant de hisser nos voiles. La passe de Maupiti a mauvaise réputation, elle est étroite et dangereuse. D'innombrables bateaux, pris dans le mascaret, se sont brisés contre la muraille submergée qui défend l'île. Le capitaine évaluera le danger sur place et prendra la décision d'y rentrer ou pas en fonction du courant et de la houle. La mer est confuse avant de s'échapper de Bora Bora, comme souvent autour des îles. Un ravissant croissant de lune caresse la tête de mât.

Nous atteignons Maupiti tandis que le jour se lève. Le capitaine décide de rentrer dans le lagon malgré la grosse houle. Un impressionnant cortège de lames se brise frénétiquement contre la barrière corallienne, entraînant dans leur agonie des volutes d'embruns. J'entends le rugissement des vagues. Un poti-marara jaune nous croise, il file vers Bora. Je suis contente de filmer cet instant, car il est bien difficile de restituer une grosse mer sur les images. Grâce au bateau de pêche qui bondit sauvagement sur les flots en furie, on se fait une idée précise de la houle. Nous sommes grand-voile haute et génois. Philou se place légèrement au large pour être dans l'axe de la passe. Je m'accroche et tente de stabiliser ma caméra sur mon épaule. Je ne veux rien rater de cette entrée spectaculaire. Lorsque l'on s'aligne, on se retrouve immédiatement vent de travers. La *Fleur* fait des embardées et part au lof. Le chenal est étroit, associé au fort mascaret provoqué par le courant et la grosse houle ; la manœuvre à la barre doit être très précise. C'est là toute la difficulté de cette passe.

Une fois l'entrée franchie, la mer s'adoucit, malgré un courant persistant. Le capitaine est soulagé. « C'est une entrée difficile, il y a trois cents mètres délicats à gérer », m'avoue-t-il, sourire aux lèvres.

Arcturus, notre étoile adorée, celle qui a veillé sur les premiers instants de nos amours, qui a illuminé notre rencontre de son éclat infini, est revenue hanter le ciel polynésien, comme d'autres constellations longtemps disparues, la Grande Ourse, qui ressemble à une casserole, l'Oiseau de paradis, la Chevelure de Bérénice, la Colombe… Le Nuage de Magellan est toujours là, pas très loin de la Voie lactée. Il flotte comme une ombre au milieu d'une pluie d'étoiles scintillantes. D'ici à quelques jours, les Pléiades disparaîtront, elles emporteront dans leur sillage la luxure et la fertilité. Le temps passe, rythmé par les pas des étoiles dans le ciel et par les progrès des petites demoiselles. Marion parle de mieux en mieux et Laura nage comme un petit poisson. Je profite de la quiétude de Maupiti pour écrire.

Nous plongeons avec les raies mantas tous les jours, elles sont cinq à venir se faire bichonner en plein milieu du lagon. Elles planent au-dessus de nous comme des nuages, aériennes, immaculées, parsemées de quelques petites taches noires, puis disparaissent, majestueuses silhouettes obscures dans le bleu du lagon. C'est un spectacle dont on ne peut se lasser.

Le lagon de Maupiti est un véritable joyau. Il occupe les trois quarts de la surface de l'île. La *Fleur* mouille entre deux nuances de bleu, tout près de la plage de sable blanc. Au loin, la barrière corallienne est fouettée par les déferlantes qui forment des nuages de fumée opaline en s'éteignant. Le ciel et la mer s'harmonisent en un cumulus d'écume céleste qui enflamme l'horizon.

Quand le soleil se couche, Philou part en annexe. Il se place au milieu de la passe et contemple les crêtes blanches qui se jettent sur le platier. Le temps n'a plus d'importance. Tout est bleu, les cocotiers frémissent de plaisir, les nuits sont infiniment douces, la Croix du Sud arpente le ciel d'un bout à l'autre. La vie pourrait s'arrêter là.

Demain, lorsque le vent faiblira, nous filerons à l'est vers Mopélia, notre dernière escale en Polynésie. Nous avons sillonné ces îles enchantées jusqu'aux extrémités des cinq archipels, Eiao, Mataiva, Rapa, Mangareva, Mopélia. Bientôt, nous les laisserons dans notre sillage. Je jetterai des milliers de fleurs de tiaré dans l'eau en priant de revenir un jour. Le vent s'engouffrera dans nos voiles et nous filerons vers l'horizon, toujours plus loin... Vers les glaces éternelles.

Légendes des cahiers hors texte

Toutes les photographies des cahiers hors texte sont de Géraldine Danon et Philippe Poupon.

Les légendes se lisent par page, de haut en bas.

1er cahier :

p. 1 : En Colombie-Britannique, *Fleur Australe* au cœur de la forêt.

p. 2 : Arc-en-ciel sur la forêt de Glacier Bay en Alaska.
Fleur Australe mouille au pied d'un glacier noir.

p. 3 : Les baleines nous accompagnent.
Quatre enfants, quatre chiens : l'équipage s'est agrandi.
Entre Vancouver et San Francisco, vent fort et grosse mer.

p. 4 : Laura dans le pot au noir.
Arrivée à San Francisco. Le Golden Gate dans la brume.

p. 5 : Toutes voiles dehors entre San Francisco et Los Angeles.
Le Pacifique pas si pacifique.
Nina et Loup dans la tempête.
Marion, 2 ans et demi, aide à la manœuvre.

p. 6 : Aux Marquises, nous sommes accueillis comme Cook et Bougainville.
À Nuku Hiva, aux Marquises.

p. 7 : Escale au Yosemite.
Philou et Laura devant le paysage aride des Marquises.
La baie de Taihoae.

p. 8 : Sur la plage de Hohoi, devant les « pierres fleuries ».
Hiva Oa, l'île de Brel et de Gauguin.

p. 9 : À Ua Pou, la famille en costume traditionnel marquisien.
Visite des écoles et projection de notre film sur le passage du Nord-Ouest.
Le tiki d'Hiva Oa, le plus grand de Polynésie.

p. 10 : À Fatu Hiva, nous assistons à la préparation du uru.
Petit bain sur le bateau.
Première escale aux Tuamotu : Laura a trouvé des copines.
Je plonge avec les requins à Rangiroa.

p. 11 : Loup et Laura partent en expédition dans le lagon de Fakarava.
Loup en apnée à Ahe, sur les traces de Moitessier.

p. 12 : Nous sillonnons l'île de Moorea à cheval.
Au près entre les îles de la Société et les Australes.

p. 13 : Arrivée à Rapa, la plus septentrionale des îles de Polynésie.
Les enfants au « motu piscine », à Raivavae dans les îles Australes.
Soleil sur la côte ouest de Rapa.

Légendes des cahiers hors texte

p. 14 : Anniversaire de Loup aux Gambier.
À Tahaa, avec Léo, de la fondation Hibiscus pour la sauvegarde des tortues.
L'île aux Oiseaux aux Gambier.

p. 15 : Vol d'une raie manta dans le lagon de Bora Bora.
Fleur Australe au mouillage à Maupiti.
Souffle d'eau à Rurutu aux Australes.
Nos princesses admirent le décor de Rapa.

p. 16 : Coucher de soleil sur Huahine.
En route vers Mopélia.

2e cahier :

p. 1 : Loup, studieux, fait ses devoirs du CNED.
Séance de travail pour l'équipage, tout le monde se retrouve dans le carré.
Stockage des vivres avant la grande traversée. Laura et Marion ont appris à tirer parti de chaque espace de rangement à bord de la *Fleur*.

p. 2 : Exemples de la vie quotidienne à bord pour les enfants : Laura profite d'un moment de calme pour s'assoupir, lovée dans les bouts. En vrai petit mousse, elle grimpe dans le mât (p. 3) ou consigne ses trésors dans son « journal de bord ». Marion peint dans le cockpit.
Balade en annexe au coucher du soleil à Rapa.

p. 3 : À l'étrave, pendant la traversée du Pacifique.
Philou et Laura à Fakarava.
Toutes voiles dehors, vers Mopélia.

p. 4 : Plan de *Fleur Australe*. © Hickory-MXB / Mehdi Benyezzar pour GDF-Suez Architecte : Michel Joubert.

CET OUVRAGE
A ÉTÉ ACHEVÉ D'IMPRIMER
SUR CAMERON
PAR L'IMPRIMERIE NIIAG
À BERGAME (ITALIE)
EN MARS 2012

Mise en page par Meta-systems
59100 Roubaix

Cartographie des p. 12 et 88 :
Gwénaël Le Cossec

N° d'édition : L.01EBNN000247.N001
Dépôt légal : avril 2012